江分利満家の崩壊

山口正介

新潮社

目次

江分利満家の崩壊

第零章　大震災の起こった日に

やはりここから始めざるを得ないだろう。

二〇一一年三月十一日、午後二時四十六分。

僕は武蔵小金井の桜町病院ホスピス棟にいた。

そのまま四時過ぎまで、病棟のカフェテリアで漫然と津波に呑み込まれる家屋や自動車、船舶のテレビ中継を観ていた。そして、母の病室をのぞいたあと、帰宅の途についた。

その間、僕は地震のことより、母のこと、これからのことを考えていた。

たった今、後に東日本大震災と名づけられる地震が発生する直前に、担当の医師から母の容体は深刻で、この一両日中がヤマだと聞かされたところだった。

ヤマということは、越えれば回復するという意味ではなく、明日明後日に越えられない事態になるだろうということだった。

母・治子は危篤の床にいた。

帰宅まで何時間かかるか分からないが、僕はバスの中、タクシーの中で、母のこれまでの闘病や一両日中にも迫っている母の死について考えざるを得なかった。いや、いつ果てるともしれない待ち時間は、これからのことを色々と考えるのに好都合だった。僕はそれを利用しようとしていた。あとで考えると被災された方々には失礼きわまりないが、いつもよりも大幅に必要だった帰宅までの道のりを、善後策を講じるための貴重で有難い時間ととらえていた。

母が今、入院している病院は父・瞳が十六年前に亡くなったのと同じところだった。あのときはどうしたのだろう。父の時はどんな段取りで事を進めていったのだろうか。誰に連絡したのだったか。葬儀社にはいつ、誰が、どの段階で連絡をしたのだったか。

余震がいつまでも続く中、寒風が吹きすさび、僕の心は乱れ、考えは少しもまとまらない。

思えば、母の本格的な闘病生活が始まったのは二〇〇九年七月二十三日の診察からだった。このとき、ここ何年か僕と母のいわゆるホームドクター（かかりつけの医院）になっている自宅近くの開業医へ行ったのだが、母は肺に水が溜まっていると告げられたのだった。撮影されたレントゲン写真を見せられると、右の肺の下半分が真っ白になっていたのだ。右肺の四十%が駄目になっているらしい。

可能性として一番に上げられるのは肺ガンだった。母は、あの父、山口瞳の命を奪ったのと同じ肺ガンを疑われたのだ。

肺に水が溜まったのはこの時が初めてではなかった。これに先立つ数年前にも同じようなことがあったのだ。

　そのときは、やはり同じホームドクターに診てもらったところ、肺に水が溜まっていて、放っておけば数日で死んでしまうかもしれないと診断された。肺の中に溜まった水で「溺死」してしまうというのだった。このころ、母の呼吸がいつになく浅く速くなっていた。もともと鼻が悪く、口呼吸で、またこれといった運動もしていない。いつも息があがったように肩で呼吸をしていたから僕も気がつくのが遅れてしまったのだ。

　リビングの脇に置いてある小型のソファに横になり仮眠しているときなどの呼吸が尋常ではない。母が起きたとき、死ぬ直前のパパみたいな、暑さにあえぐ野良犬みたいな呼吸をしているよ、と言ったのだが、母は、あらそう、あたし感じないけど、と言い返すだけだった。

　しかし、さすがに辛くなったのだろう、数日後に自分からホームドクターに行く、と言い出した。とにかく人後に落ちない医者嫌いだから、我慢の限界がこないと医者に行こうとしない。

　ホームドクターの指示に従い、さっそく近所の総合病院へ行って抗生物質を処方してもらった。直ちに服用したところ、このときはものの三十分もしないうちに呼吸が楽になり、次の日の検査では水もすっかり引いていた。

　水が溜まったのは、老人にありがちな肺炎を起こしていたためだった。

　後日、その旨をホームドクターに報告に行ったら「なんだ、てっきりあのまま入院していると思っていましたよ」と言われた。それほどの病状だったのだ。

　しかし、このときの母の感想は、入院させられなくてよかったわ、というものだった。実は、満床で入院できなかったのだ。

　その経験があるので、また肺炎であろうと抗生物質を数ヶ月間、飲み続けていたのだが、一向に水が引く気配がなかった。そして肺ガンの疑いあり、と宣告されたのだった。

母が入院を嫌がるのは、後で詳述することになる不安神経症からだったが、母は父の死後、何度も入退院を繰り返している。

順番に書き出すと、右膝の膝蓋骨を割る骨折。胃に初期のガンが発見された内視鏡手術。胆嚢に腫瘍ができ、良性かもしれないが念のためということでの胆嚢の全摘手術。そのときの内視鏡による手術でヘルニアになってしまったため、それを押し戻しネットで補修して再発しないようにした手術。枚挙に暇がない、という感じだ。

しかし、母の入院を知るひとは少なかった。その都度、誰にも教えるな、見舞い客はお断り、の一言なのだった。

特に元気なかたの見舞いが苦手だった。大音声で、自分が大丈夫だから、あんたも大丈夫だと言うような、人一倍元気な人の見舞いほど病人を疲れさせるものはない、という考えだった。しかし、いざ会ってしまうとそんな人に対しても、優しく、ありがたく思っています、というように振る舞ってしまう。それがまた疲労の種になり、うるさい静かにさせておいてくれ、と面と向かって言えなかった自分を悔やむのだった。

実は、この膝蓋骨の骨折という最初の長期入院に際してだけは、生来のさみしがり屋である母は親戚や知人に連絡していた。

ある日、見舞いに病室を訪れると母が「これ見て」とサイドテーブルの上の胡蝶蘭の鉢植えを目顔で示し「あんた分かるわよね」と言う。「胡蝶蘭だろ」と答えると「まったくあんたまで分からないとはね。あのね、病気見舞いに鉢植えは厳禁よ。分かるでしょ。鉢植えは〝根付く〟から〝寝つく〟につながるから駄目なのよ。まったくそんなことも知らないんだから。ちゃんと覚えておいてね」

この〝事件〟以来、母は自分の入院をことさら秘匿するようになった。

そんなことから、あまり知られていなかった、この母の四回の入院について、順番に思い出すまま、僕が使っている五年連用のメモ程度の日記を参照しながら、辿っていくことにした。

また、それに先立ち、作家・山口瞳の長年のファン以外の方々には馴染みがないであろう固有名詞や人名についてもあらかじめ説明しておこう。

作家・山口瞳は『江分利満氏の優雅な生活』（ちくま文庫）で直木賞を受賞した後、当時勤めていた「洋酒の寿屋」（現・サントリー）を退職する。それまで住んでいた社宅に居られなくなった瞳が選んだのが、一人息子・正介の通う中学がある北多摩郡国立町（当時）だった。

当初はせいぜい息子が高校を卒業するまでの六年間を過ごす程度と考えていたが、以後、転居することなくこの地を終の住処とした。

思いのほか長く住んだのは、貸主の都合で借家であった家を数年後に購入することになったためと、ご近所の仏教彫刻家・関頑亭さんの知遇を得たためでもあった。

この後、頑亭さんは瞳の作中、ドスト氏としてしばしば登場することになる。風貌がドストエフスキーに似ているからこのあだ名がついた。

代々この地で暮らす頑亭さんに導かれて瞳は、谷保駅近くの焼きとりの『文蔵』を知ることとなる。そして次第に土地の人と親交を持つようになっていった。この店は後に高倉健主演で映画化もされた『居酒屋兆治』の舞台となるのだった。

瞳は以後、郊外生活者の日常を描いた『月曜日の朝』『金曜日の夜』を書く。また『わが町』は、ソーントン・ワイルダーの戯曲『わが町』を映画化した映画『我等の町』に倣って当地を描いた作品だ。

通勤時間片道一時間以上の郊外生活者を描いた作品は、現代アメリカ文学の一ジャンルだが、日本では瞳が初めてではないか。また処女作『江分利満氏の優雅な生活』は核家族と少子化を先取りしている。宣伝部在籍中のコピー〝トリスを飲んでHawaiiへいこう〟を書いて時代を先取りした瞳の面目躍如、という作品群だった。

尊敬していた山本周五郎に千葉浦安が、井伏鱒二に荻窪があるように、国立は作家としての瞳の糧となった。

瞳の行きつけであった駅前の寿司『繁寿司』のご主人タカーキー、喫茶『ロージナ茶房』の伊藤接さん。頑亭さんの甥が経営する画廊『エソラ』と喫茶『キャットフィッシュ』など家族ぐるみの交際が続いた。また国立育ちで国立在住の作家・嵐山光三郎さん、瞳が編集者時代に担当していた作家の岩橋邦枝さんが至近距離の日野市在住であったことも幸いした。

およそ地縁血縁に重きを置かない瞳ではあったが、その分、人間関係を大切にしていた。人類愛よりも隣人愛、というのが瞳の文学的な大テーマであった。この地で、頑亭さんはじめ終生変わらぬ友情が生まれていった。その人間関係を頼りとして、引っ越してきた当初は、こんな草深い田舎に住むのは嫌だと言っていた下町育ちの瞳の妻・治子も、夫の死後、この地に住み続けることとなる。

晩年の瞳は治子に、交通の便がいい都心や、老後を考えて懇意にしている大病院に隣接しているマンションへの転居を何度も提案したが、治子は頑なに首を縦に振らなかった。

しかし、それは治子が急に郷土愛に目覚めたというためではなかった。これから詳述することになるのだが、妻・治子には不安神経症という宿痾があり、親しくしているみなさんのサポートを常に必要としていた。知らない土地や知らない人との関係を新たに構築しなければならないストレスに耐えられる精神状態ではなかったのだ。それは、夫・瞳に倣ってともとれるが、依存といえるほど人間関係を重視したためであった。

第一章　母の神経症の謎を追う

今にして思えば、僕の半生はこの母の神経症との戦いの日々だった。

一九九七年の二月に僕はあるカード会社の会員誌の取材で、シンガポールにいた。これは海外のリゾートホテルとレストランの紹介を中心にした仕事で、当時の僕の主なる収入源であった。

父の死後、不安神経症のために一人ではいられない母を抱え、一番心配したのは海外取材が出来なくなることだった。いや、国内でも泊まり掛けの仕事はできなくなる可能性があった。

かつて僕の友人が、単身赴任を命ぜられたことがあった。

そのとき、僕がどこかの会社に入社して、出張や単身赴任、家族がいたとして地方の支店勤務などの内示があったらどうする、と母に聞いたことがある。

なかば笑いながら「あら、当然、そんな会社は辞めてもらうわ。月給分はママが出してあげるわよ」と、もっともあんたなんかを雇う会社もないでしょうとでも言いたげな表情で母は答えた。これが洒落や冗談ではないところが怖いのだ。

演劇関係の仕事をしていたころも、旅公演などはできなかった。さいわい弱小の劇団で旅公演は僕の在籍中はなかった。テレビの制作会社に就職しないかという誘いもあったが、着到（現場に入ることをこういう）時間が午前四時で二十八時終わり（翌日の午前四時に収録が終わること）などというこの業界の時間感覚では、父が取材で留守にしているときの勤務は当然不可能だった。当時、作家である父・山口瞳の主な連載は旅のエッセイだったからだ。

そんなことだから、僕は可能な限り、編集部に海外取材をお願いしていた。あらかじめ予定が分かっていて、父のスケジュールとも折り合いがつくチャンスにかけていたのだ。いい歳になるまで門限があり、無断外泊などもっての外、あらかじめ外泊したいと言えば拒否されるなどという理不尽な状況に対する、僕なりの反抗心からでもあった。

父の死後半年ほど経過したころ、そんな事情はご存じない編集長から海外取材のオファーが来たとき、まず思ったのは、母が許してくれるかどうかだった。

僕は何気ない様子を演じながら、それとなく聞いてみた。海外取材の話がきているんだけど、と。母は意外にも「あら仕事じゃ、しようがないわね。ママ、我慢するわ」とあっさり言うのだった。僕は半ば狐につままれたような気分で、折り返し編集長に電話をいれて「どうやら行けそうです」と返事をした。

こんないい大人が、仕事の件で母の了解を得なければならないのが我が家の日常だった。

それはともかくとして、シンガポールにいた二月の二十二日。取材を終えて投宿しているホテルの自室に戻ると、成田に着いたら編集室に電話を入れてくれ、とだけ書かれたファックスが、ドアの下に差し込まれていた。

翌日が帰国日だった。二十三日に成田で通関を終えた僕は、公衆電話から編集室に電話をいれた。

担当の若い編集者が出たので「何か変わったことでもあったのかな」と訊くと、お母さまが骨折されて入院中です、という答えだった。

これには驚いた。実はいつも海外取材から戻ると最初にすることは自宅への電話だ。隣のブースでも取材に同行していた写真家が自宅に電話していた。

ところが、この日、母が電話に出なかったのだ。余所の家ならばまだしも、我が家ではあり得ない状況だった。帰国日には、一日中まんじりともしないで、今か今かと電話の前に坐っているのが常だったからだ。

「それで酷いのかな?」

「怪我の程度までは聞いていないのですが、正介さんのことだから骨折を知ったら、仕事を投げ出して帰国してしまうだろうから、最終日の帰国のフライト直前に連絡してくれと、お母さまに言われていたものですから」

この心遣いは母特有だし、その余裕があったということは重症ではないのだろう、と少し安心した。いや、重症でもこのぐらいの気遣いをするのが母だ。

彼は入院先までは聞いていないという。ちょっと万策つきた、という感じ。どこに連絡していいのか分からない。

もしやと思い、自宅駅前の行きつけの寿司屋『繁寿司』に電話をしてみた。この寿司屋さんは父が国立に引っ越してきたとき、最初に行きつけの店としたところである。父の作中、ジュニア、あるいはタカーキー、単にタカチャンとして知られるご主人の岸本髙暉さんは、我が家とは家族ぐるみの付き合いであり、母の事情も重々承知している。一人でいられない母を気づかって、僕の留守中は毎日一度は母の様子を見に行っているはずなのだった。

「あ、お母さん、治子さんのことですね。ええ、三日前から入院してますよ。府中の警察病院です。右の膝のお皿を割ってしまったんですね」

どうやら診察を受けた直後に病院内で転んだらしい。すぐ病院に電話をかけたが、すでに面会時間が終わっていた。そして、病室はもとより病棟にも電話はつなげない、と言われた。だから、母との連絡がつくのは翌日の面会時間まで待たなければならなかった。帰国したことは知っているだろうから、不安に思っているにちがいない。

母は昔から足が悪かった。酷い外反母趾とともに原因不明の皮膚硬化症のようなものが両方の足の裏にあり、歩行は常に不安定だった。そして、これは癖なのだろうが、一歩ごとに歩幅と歩行速度が違うような不思議な歩き方をする。

大学時代、交際中の父が「あんたはほっておくと、どこへ行ってしまうか分からないからいつも気をつけている」と母に言っていたという。当時はグループ交際だったのだが、仲間と歩いていても、ふと気がつくと母がいないことがたびたびあったらしい。ともかく、そんなひとだった。

骨折した日も警察病院の整形外科で足の診察を受けていた。特に異常というほどではありませんねえ、と医師に言われて病院の玄関を出ようとした途端にロビーのマットの端にけつまずいて転んでしまい、右膝の膝蓋骨を割ってしまったのだ。

膝のお皿は綺麗なT字型に三分割されていた。しゃがみ込んだまま、すでに歩けず、近くにいた看護師さんたちが抱き起こしてくれたらしい。

さっき診察を終えて出てきたばかりの診察室に担ぎ込まれて、また、来ちゃいましたって先生に言ったのよ、とは後で聞いた母の話だ。骨折から診察まで最短時間で処置が行われ、医師自身が、冗談半分に「こんな理想的な状態の患者は初めてだ」と言ったとか。

僕がやっと病院に到着したのは翌二十四日で、もしものことを考慮して僕の帰国を待ったためか、この日が手術日になっていた。

病室に入ると、母はすでに麻酔を打たれ、もうろうとしていた。顔つきが肺ガンの手術をしたときの父に似ているのは、眼が虚ろなためだろうか。

執刀する医師から説明を受ける。三分割されてしまったお皿を針金でかしめる、という手術になるらしい。二、三日で歩行可能になるが、リハビリのため退院までは六、七週間はかかるだろうと言う。あの母が二ヶ月近く独りぼっちになるなんて考えられない。

この怪我により母はその後、終生、正座することができなくなった。少し本格的にはじめようとしていた茶道も出来なくなった。長唄の稽古を一人でしていたが、それも椅子に坐ったりベッドの脇に腰かけて、ということになった。

次の日の午前中は、しかるべきところへ母のことを連絡することに忙殺され、昼過ぎに病室まで必要なものを届けた。それ以降は、毎日、郵便物を届けることになる。

手術から二週間ほど経って小言が出はじめたのは、具合が多少は良くなってきた証拠だろう。そして、まだ車椅子を歩行器がわりにして寄り掛かるように歩くのだが、久しぶりに母が歩くところを見た。数日後にやっと膝が直角に曲がるようになり、その後は順調な回復をみせて四月に入るとリハビリ用の病室に移ることになった。

退院にそなえて同月下旬には風呂場で使う椅子を病院で購入し自宅に持ち帰り、夕食を取りに『繁寿司』に出向くと、偶然、父が親しくしていたご近所の編集者、Tさんがいらっしゃった。お蔭で八月下旬に予定されている駿河台の山の上ホテルでやることになっていた父の三回忌の打ち合わせをすることが出来た。

四月三十日。約七十日ぶりの退院となる。父と親しく、文壇従軍看護婦と父があだ名をつけた作家の岩橋邦枝さんと、谷保で小料理店をやっていた『居酒屋兆治』で峰子のモデルとなったシズカさんが手伝ってくれたので作業はすぐに終わった。

夏を越し、父の神田駿河台の山の上ホテルで百名近くの方にお越しいただいた三回忌も終った。同年の十月一日。我が家の親子三人が、かれこれ三十年ちかくお世話になっている総合病院の人間ドックを、母と二人で受診した。

僕は胃カメラで少し胃潰瘍気味といわれたが、あとは、どうやら無事らしい。しかし、母は無罪放免とはいかず、胃にポリープがあるといわれた。母のポリープは良性と思われるが、一月後に再検査して、良性とわかれば一年後にもう一度、胃カメラを、とのことだった。

しかし、二十四日の再検査で、母はごく初期だが胃ガンと診断され、翌週にも胃の三分の二を切除する手術を受けた方がいいと言われることとなる。

母は、さして驚いた様子もなく、平然と「やってください」と冷静に即答する。いつもながらいざとなると強いのだった。子どもみたいに電車にも乗れないくせに、こうした土壇場では泰然自若としている。物事への対処が当たり前の反応とは真逆になっている。ときどき神経の回路が逆につながっているのかとも思うのだが、それも神経症のせいなのか。

ただちに手術をするということで二十八日入院と決まったが、その二日前に父の行きつけの店だった神田明神下の、ふぐ料理の『左々舎』で、父の知り合いや、いつも母がご近所で親しくしていただいている方々と小人数で会食をした。

この会食は前から決まっていたもので、名目がなんだったか忘れたが、母の入院前のささやかな外出と、美味しいものの食べ納めという隠された意味ができてしまった。

もちろん、このときも母は誰にも病気のことや入院手術のことを言わない。これが「最後の晩餐」になるかもしれないという、密かな企みは僕と母だけが共有している秘密であった。

二十八日の午前中に入院。母はしっかりしたものだ。ドックの先生から説明を受けるが、やはり三分の一か二を切除することになるらしい。

僕は仕事先に連絡して海外取材は当分できなくなるかも、と編集長にお願いしたり、近所の画廊『エソラ』に併設されている喫茶『キャットフィッシュ』のオーナーマスターであるマスオさんには母の入院を伝え、他言無用とお願いした。このところ毎日、喫茶『キャットフィッシュ』に行っていたのに、急に行かなくなれば不思議に思うだろう。マスオさんは、父としばしば写生旅行に同行した仏教彫刻家・関頑亭さんの甥にあたる。

しかし、数日後に病院で執刀医の先生と面談したところ、思ったよりも小さいので内視鏡手術でいけるのでは、という診断に変わっていた。もしも内視鏡で取りきれなかったら、もう一度、摘出手術をすることができるということだった。手術日も執刀医の都合で少し先のばしになった。まずは良かったか。内視鏡ならば患者の負担がかなり軽減される。そんな診断が下った翌日、ただちに手術しないのならば、このまま入院していてもしようがないので、いったん退院して自宅にもどることになる。

この日、誰に聞いたのか地獄耳のツボヤンが見舞いに来ていた。さすがに情報が早い。父の作中、ツボヤンとして登場するT氏は、父が勤めていた洋酒会社でも、現役時代の父を知る数少ない一人になってしまった。彼は僕より十歳ばかり年下で、文武両道の健康優良児。息子がこんなだといいんだが、と父が密かに感じていただろう人物で、世事に疎い僕も頼りにしているのだった。母が贔屓にしていた若い男性でもあり、以後、母の死に至るまで色々と助けてくれることになる。

病院側の準備も整い、十一月の十六日に再入院し午後二時から内視鏡手術ということになった。しかし、執刀されるはずの手術が、内視鏡のカラーモニターの不調で、直前になって中止となってしまった。いったん手術室に入ったものの、そのままストレッチャーで病室に戻ってきた母が、このとき、「麻酔のせいで、喉の調子が変で息ができない」と言い出した。半ば予測されていたことだが、この麻酔と母の関係こそ、業病、宿痾となる不安神経症の根源だった。

これは大変なことになったと思った。麻酔を使用するということは母にとって胃ガンなんかより重大な事態なのだった。

母の不安神経症、今風にいえばパニック症候群だろうか、その件について僕がかつて『ぼくの父はこうして死んだ』（新潮社）に書いたところ、多くの人から、全く知らなかった、と言われた。僕は『江分利満氏の優雅な生活』にも書かれているし、知らないはずはないのになあ、と思ったものだった。しかし、読者の方は、これは小説なのだからフィクションであると思い、また父も詳述はしていなかったようだ。麻酔と母の神経症――この件に関しては、父が、自らの母親の出自を描いた『血族』（文春文庫）にある我が家の歴史にも触れないわけにはいかない。

僕を出産した半年後、母は次子を妊娠した。そして掻爬することになる。まだ若かった両親は、というよりも当時は性教育も不充分で、出産直後の女性が妊娠しやすいことをよく知らなかったようだ。また授乳中は妊娠しない、と思い込んでいたような節もあった。

ともかく、母は妊娠した。これがその後、半世紀を越えて死に至るまでの業病の原因をつくることになってしまう。

瞳には家族との確執、特に兄弟間の軋轢で自分がずいぶん苦労したという拭いがたい記憶があり、それと同じ思いを自分の息子にさせたくないという強い意志があった。

また、当時、弱小出版社の編集者であった父は、経済的な理由からも複数の子どもをかかえることは想像できなかった。

瞳は、両親と同居している家を離れようと考えていたが、その当時、朝鮮戦争特需以降、日本経済は上向いてきたとはいえ、子どもがいるとアパートを借りられない、という事情もあったようだ。子どもが一人ならばまだしも、二人三人となると、とても無理だったのだ。

しかしこれは僕の推理なのだが、僕を出産した後の母の様子を見た父が、これでは第二子などを育てるのはとても無理だと判断して中絶に踏み切ったのではないか。最近、観た映画『ヘルプ――心がつなぐストーリー』の中で子守を仰せつかっている黒人のお手伝いさんが、こともなげに「若くして出産すると育児放棄になるのよね」と言うセリフがあった。母は僕の出産時、二十三歳になったばかりで、家には瞳の両親、正雄、静子夫妻とまだ嫁入り前の瞳の二人の妹と弟がいた。それに川端康成の『山の音』にも登場する小久保という老夫婦が同居している。静子の兄弟の子どもたちもしょっちゅう出入りしていた。そんな大家族の家事全般を嫁である治子と小久保のバアバ（僕はこう呼んでいた）が任されていた。

一人一人に子守がつくような恵まれた環境で育った治子は、この状況を「あたしは子どもの頃から継母にいじめられるシンデレラに憧れていたの」と表現していた。夫である瞳をそんな苦境から救ってくれる王子様に見立てていたのだろうか。

こんなありさまだったから、育児に専念する余裕は母にも父にもなかったのかもしれない。

こうして、母は掻爬することになったのだが、この中絶手術は二つの意味で失敗であった。一つは、手術が母の精神を壊してしまったこと。もう一つは、のちの経済状況を考えると、そもそも中絶の必要はなかったのではないかという意味においてである。

母の記憶によれば、その掻爬手術の最中に、麻酔が効かず、術中に麻酔薬を増量するという事態になった。麻酔中にそんなことが分かるものかどうか知らないが、酷く痛かった、というようなことも言っていた。

そして、母の強い思い込みから、そのときの麻酔薬が、まだ体内に残っている、と信じていた。これが母の不安神経症の原因であり、症状であった。

おそらくは僕の出産後、まだ日が浅く、一種の産後鬱病になっていたのだろう。そこに中絶という悲劇が加わった。

それまで病気一つしたことがなかったのよ、と母は言った。もっとも女学校のころ、赤痢に罹っている。病気の話をするときは、必ずこの赤痢のことにもふれた。隔離病棟に入って退院したわけだが、それまで少しばかり肥満体型であったらしい。退院したらフーチャン（旧姓からつけられた、母の当時のあだ名）が綺麗になって帰って来た、と学内で評判になったと付け加えることを忘れなかった。

僕の最初の記憶は座敷の病床に横たわる母の姿だ。

枕元に白衣の看護婦が正座している。かたわらに洗面器が置かれ、手拭いがかけられている。僕はハイハイしながら母に近づこうとしているから、目線は畳の上すれすれでローアングルだ。「ごめんね。ごめんね。ママ、こんな身体になっちゃって」と頭をもたげた母が僕に謝っている。

それが生まれて最初の記憶だ。もちろん、後で聞いたことによって再構成された記憶なのかもしれないが、僕にとって母は最初から病者だった。

こうした悲劇があったにもかかわらず、また母は妊娠してしまう。今度は母自身も、心身ともに具合が悪いという自覚症状があり、これ以上の育児に自信がもてなくなって、再び中絶に同意したらしい。そして、病状は次第に悪化する。もしも、あの妹と弟（性別は分かっていたらしい）が生きていたらパパとママの優秀なところが遺伝したと思う、とよく言われた。知ったことじゃないが。

二度の堕胎の後、『江分利満氏の優雅な生活』のなかでテタニーという病名で登場する、あの発作がしばしば起こるようになった。

手足の先からはじまる麻痺が全身に広がり、呼吸もできなければ心臓も停まってしまう、という症状が出る。心因性で、死に至ることはなさそうだが、本人にとっては大問題だった。

当時、診察した医師は「テタニーというのはニワトリに多い病気です」と言った。母にとってニワトリもまた不安神経症の原因だった。

まだ小学生だった母は通学の途中で巨大な雄鶏に襲われた。その頃は東京の下町でも庭先でニワトリを飼育している家庭が多く、近所にも飼われているニワトリがいた。

あるとき、雄鶏が赤紫の鶏冠を振り上げて母に襲いかかり、両足でフクラハギに横様に飛びつき、強く握りしめ、鋭いくちばしで肌を突ついたのだった。

この事件が元で母は鳥類恐怖症になってしまう。よく蛇が嫌いとかゴキブリが嫌いという人がいるが、この事件以降、母の場合は鳥類一般が駄目になる。中でもニワトリは別格で、特にその足は見ることもできなくなった。

麻布に住んでいたころ、もよりの商店街であった麻布十番に買い物に行くとき、途中にかなり本格的な中華料理店があり、よく羽根をむしったニワトリを数十羽以上も店頭で干していた。母はその店の前を通れず、常に遠回りをしていた。

いずれにしても、よりによって忌み嫌うニワトリの病気に罹ったというのも象徴的だった。母はおそらくは酷い産後鬱から不安神経症になり、それが終生、治ることがなかったということだろう。

この一連の症状は麻酔恐怖症としても残っていた。母には麻酔の量を間違えられて死ぬのだ、という強い強迫観念があった。

話はしばしば前後するが、この二度の中絶手術により体調を壊した母のことを心配した父は、両親やまだ嫁にいっていない自分の妹たちとの関係も原因ではないかと考え、動坂に下宿する。僕が幼稚園に通い始めたころだ。

しかし、父は仕事で留守がちであり、寂しく孤独であったのだろう、母の病状はかえって悪化してしまった。一人ではいられない、という症状が加わったのは、この頃ではないだろうか。

僕はいわば病者である母しか知らない。それも神経症であった。僕はのちに精神分析の本を色々と読むようになるのだが、それは少しでも母を理解したいと思い、また治らないまでも多少は楽になってくれないものかと思って、その答えを探そうという思いからだった。あるいは、僕もいつかは母と同じような病気になるのではないかという予感があったのか。

高校に通うころには僕も多少の智恵がついて、麻酔薬が十数年も体内にとどまっているということは考えられないよ、と母に言うようになった。そうすると、母は別の原因についてしゃべるようになった。

それは中絶のとき、胎児の身体を完全に取り出すことが出来ず、まだ自分の中に残っている、というものだった。

そんなものが残っていたら別の症状が出るだろう、おそらくは体内に吸収されているんじゃないか、きちんと調べてもらえば分かるはずだよ、と僕は言った。

僕が一つ一つ母の主張する原因を否定していくためだろうか、その後も母が口にするこの病気の原因は次第に変化していく。それとも真相は全く別のところにあるのだろうか。父同様、僕にも母の病気の正体は皆目判断がつかない謎であった。

それから何年が経ったころだろうか。麻酔薬が体内に残っていたり、胎児の一部が残っているのは現実的に考えるとありえない、と自分自身でも気がついたのかもしれない。母はまた別の原因について話すようになった。

そろそろ大人になった僕に話してもいいと考えたのだろうか。それは中絶医がモグリの贋医者だったというものだった。

自分の堕胎手術は、一般住宅の応接間で行われたと言い出したのだ。いったい、そんなことが可能なのだろうかと僕は思った。これは今まで聞いていなかった。

この話は自分でも納得がいくのか、この後もよくするようになった。そしてそのたびに少しずつ、内容が変化していった。

その医師は医師免許を持っていなかったのか、と僕が問うと、戦前は開業医だったと母は言った。だったら贋医者じゃないじゃないかと、僕が反論すると、母は言い訳がましく自分の間違いを渋々正そうとした。戦争で病院が焼け、そのころはまだ開業できなくて、自宅の応接間で、モグリの中絶医をやっていたのよ、というのが母の説明だった。

このあたりは確かに一理あるような気がしないでもない。しかし、神経症はほんの些細なことから発症したりもするものなのだった。結論はついに出なかった。

何が原因であるのかは、結局わからないのだが、麻酔に対する不安、ニワトリに対する恐怖、また乗り物に乗れない、一人でいられないという症状は終生、治ることがなかった。

さて、胃ガンの内視鏡による手術がモニターの不具合で延期となった翌十七日、再挑戦となった。今回はものの三十分ほどであっけなく済んでしまった。執刀医が「すべて綺麗に取れました」と術後、教えてくれた。

母が麻酔のことを言い出したので手術を拒絶するかもしれないという思いから、母の麻酔恐怖症の原因や経過を詳しく麻酔医の先生にもお話ししてあった。そのせいか今日は麻酔を使わなかったという。おそらく内視鏡による胃ガンの摘出は、例の口の中に含むジェリー状の麻酔薬を使えば、全身麻酔などは必要ないのかもしれない。

母は胃カメラを飲むのが得意だった。僕はまったく駄目で、胃カメラを飲むたびに随分、苦労する。父も神経質で、ついに担当医が胃カメラを断念したことがあった。

母は普通の人が苦労するようなことにはまったく痛痒を感じないでこなしてしまう。あんなもの、なんともないわ、なんにも感じないわ。あんたたち、なんであんなものに苦労するの、というのが母だった。

モニターテレビのトラブルという不測の事態により、手術が延期されたわけだが、それによって母は恐怖の源泉であった麻酔処置を回避することができた。この、ある種の母の強運に、これ以降もたびたび助けられることとなる。

約二週間後の二十九日に母は退院することになった。僕が自分で我が家の自家用車を運転して病院まで迎えに行った。何をやっても不器用な僕が運転すると言うと皆おどろくが、人後に落ちない安全運転で、人一倍怖がりの父も乗り物恐怖症の母も安心して同乗してくれていた。

帰りの車中、後部座席に坐っていた母が、唐突に例の中絶手術による不安神経症の真相を語り始めた。どんな心境の変化だろうか。もうあまり残された時間もないだろうから、せめてこれだけは伝えておきたいと思ったのか。

その話の内容は、これまで何度も聞かされてきたものとはまったく違い、不適切に使用された麻酔の後遺症とか、切り刻まれ掻きだされた胎児の身体の一部が取りきれずにまだ体内に存在しているとか、執刀したのが贋医者であったという類のものではなかった。

母が話し出したことによると、中絶医を紹介したのは、その頃、我が家にしばしば出入りしていた祖母・静子の昔からの知り合いのオバサンだった。

父が『血族』で書いているように祖母の実家はかつて遊廓を営んでいた。

この〝知り合いのオバサン〟というひとを、当時のやり手婆ではなかったか、と母は怪しんでいた。だから、中絶を執刀したのはかつての事情を知っている医者であり、お女郎さん専門の中絶医ではなかったかと母は感じていた。そして、あたしをお女郎さんと同列にあつかった、ということで、ひどく自尊心を傷つけられたようだ。

来宅して居間で静子と話していたこの〝知り合いのオバサン〟は「チャッチャとやっちまえばいいのさ。あんなものは簡単だよ」とひどく下品な笑顔を浮かべて、事も無げに言ったという。

「パパが反対しなかったんだよぉ」

母はそこだけは絞り出すように言った。

「パパが反対しなかったんだよぉ。あんな医者にはかかりたくなかったんだよぉ。もっとちゃんとした大きな病院がいくらもあったんだよぉ」

呪詛の声を上げるように、母はそう吐き出した。

中絶自体は仕方ないという諦めがあったようだ。しかし、執刀医がよりにもよってそんな医者、という思いがずっと続いていたのだった。

乳母日傘で育ち、優秀な成績で学業を修め、何不自由ない生活をしてきた母だった。高校時代に赤痢に罹患して隔離された以外、これといった病気をしたことがなかった。それが、この一件以来、絶えず心身の不調に悩まされることになってしまった。

事の真相は、父が中絶を祖母・静子に任せきりにしてしまった、ということのほうだった。しかし、中絶医がお女郎さん専門のモグリの医者、というのは母の文学的な推理による後付けなのではないだろうか。祖母の実家の家業が遊廓であるということが正確にわかるのは父が『血族』の執筆にあたって精密な調査をしたあとだった。この時点で、なんだか変だなあ、という思いは家族全員が持っていたとしても、本当のところは誰も知らなかったはずなのだ。父の妹たちも『血族』を読むまで知らなかったという。

この〝遊女専門の堕胎医〟という物語は、今にして思えば、ということではないか。

母のいわゆる神経症の発作は二重構造というか、二つの症状が入れ子細工のようになっている。中心にあるのは心臓神経症、あるいはニワトリに多いというテタニーという病気。これは母の場合、ストレスを受けたり、またまったく予期しないときに発作があらわれるというもので、両手足の爪先から硬直が始まり、しだいにそれの硬直の範囲が広がり、胸部にまでいたると呼吸ができなくなり、心臓も停まるのではないかというところまで来るもの。

もう一つは、それを取り囲むようにして、このテタニーの発作が起こるのではないかという予測から来る不安神経症だ。

母の場合、公共施設の中、たとえば電車、バスの中で発作が起こったら皆さんに迷惑がかかるという恐怖心から、乗り物に乗れない、乗ろうとするだけで手足の硬直が少し現れてしまう、という現象であった。

また、一人でいるときに発作が起こったら、呼吸困難になって、そのまま死んでしまうという恐怖から、誰かが常時、声をかければ来てくれる場所にいてもらわないと困るという症状も出てきた。さらに、そばにいてくれる人は非常に信頼が置ける人でなければならなかった。「何だか身体の具合が変なの」と訴えても「そんなの単なる気のせいだろ」なんていう受け答えをする人では駄目なのだった。

ということで、この非常に信頼できる人、というのは長い間、父・瞳ただ一人だった。したがって、父とは常時、一緒にいる必要があった。いや、父のほうがいなければならなかったということか。

不思議に思われるかもしれないが、父の毎日の通勤は大丈夫なのだった。その日のうちに帰宅することが分かっていれば、一人で留守番ができた。しかし、無断外泊はもちろん一泊以上の旅行は駄目なのだった。だから瞳の取材旅行にも同行していた。

この辺の兼ね合いが難しく、どんなときが大丈夫でどんなときが絶対駄目なのか、土壇場にならないと分からないという問題点もあった。折角楽しみにしていた外出が、玄関先で靴を履く段になって、やっぱり駄目、ハーコ、出られない、などと言い出す事態になるのだった。

症状が出はじめると自分のことを子どもの頃の呼び方で〝ハーコ〟と言い出す。

母も自分の病を知っているから、なんとか治したい、外出に挑戦してみたいという気持ちはあるのだ。だから色々と試みてはいた。しかし、直前になってやはり駄目だという心理状態になってしまうのだった。依頼された仲人を断り、義理のある方の冠婚葬祭を欠席したりして、不義理を重ねていた。

基本的な症状であるテタニーの発作はどういうときに起こるか分かっていたので、僕が物心つくころまでには、一人にしない、無理な外出はしない、というようなことで対処できるようになっていた。

だから僕が知っているのは、主にこの後者の症状、つまり不安神経症による乗り物恐怖のほうだ。一度だけ、僕の目の前でテタニーの発作を起こしたことがある。僕が高校の二年か三年になったころで、後にも先にも一度だけ母の発作を目撃した。

その日のことを書く前に我が家のペット事情を説明しよう。

父は犬猫が嫌いだった。それはそもそも動物が苦手だという他に、自分よりも弱い立場の生き物を身近に置いて優越感を持つという行為を生理的に嫌っていた。生き物を自分に隷属させるという思想を嫌った。また、死んだときにあんなに悲しむならば、そもそも飼わなければいいという考えだった。母はすでに詳述した通り鳥類が大嫌いだった。そもそもの神経症の原因であり、ニワトリはもちろん、すべての鳥類が近くにいるどころか見るのも嫌がった。

ところが、僕は動植物が好きだった。両親の神経がむき出しになったような精神の確執を間近で見るにつけ、複雑な人間関係に愛想が尽きていたのだろうか。

その結果、何か飼いたいと僕が言い出したときに、動物が駄目な父と鳥類が駄目な母との間で見つけた妥協点が、残された魚類であれば許可する、というものだった。

引っ越してきた我が家は多摩川が近く、川魚料理の店があり、淡水魚の養殖が盛んな土地柄でもあった。また、庭には前の持ち主が造った小さな心の字池が残っていた。

この池で最初は金魚を飼いだしたのだが、中学の級友が家族ぐるみで川釣りを趣味にしており、庭の池で錦鯉を飼っていた。それに影響されて僕も錦鯉の飼育を始めた。

その級友に教えられたのが錦鯉の展示即売をしている養魚場だった。我が家から車で多摩川の関戸橋を渡り多摩丘陵の中をしばらく行った柚木というところにそれはあった。吉田養魚場という老舗の錦鯉の業者が広大な飼育池を含む店舗をもっていたのだ。

その日、僕はこの吉田養魚場まで出かけようと思った。

父が地方取材か何かで不在で、母は最初、あたし一人では居られないから外出は駄目、と許可しなかった。しかし、あんたももう大人になったし、いつまでもパパ一人に頼ってばかりはいられないから、ママ、あんたとタクシーで行ってみる、あんたと出かけられるようになれば一緒に買い物にも行けるし、試してみる、と言い出したのだった。

すでに常連となっていた駅前のタクシー会社に電話をし、もっとも信頼が置ける、父の作中、トクさんとして度々登場する運転手さんを指名して、僕と母は出かけた。父が一緒のときはともかくとして、タクシードライバーもトクさんでなければ、乗れないのだった。

甲州街道を新宿方面に少し行き、右折して関戸橋にいたるころ、母が少し変だといいだした。我が家から関戸橋までは約十分ほどである。

「ママ、やっぱり、駄目。手が固くなってきた」

目の前に両手をかざすのだが、もちろん見たって分からない。

「大丈夫だよ、もうすぐだよ」と言ってみたものの、柚木の吉田養魚場まではまだかなりの距離がある。

母の顔がひきつり「駄目、駄目、帰る、帰る」と繰り返し、うわ言のように弱々しくつぶやき続ける。

「トクさん。Uターンして、うちに戻ってくれる」と僕はトクさんに声をかけた。

何事が起こっているのか理解できず怪訝そうではあったが、トクさんはハンドルを切って自宅へと戻る道にコースを変えた。

Uターンするとすぐに　母は、フーッとため息をついて「やっぱり、あんたじゃ駄目だった」と言った。そして「見て、もうシビレが収まってきた」と言うのだった。

これが後にも先にも、僕が母のテタニーの発作を目撃した、唯一の瞬間だった。そして、こんな事は一度で沢山だ、二度と経験したくないと思ったのだった。

その後、トクさんの運転で、僕の同乗ならば都心まで行けるようになったのは、僕が大学に入った頃からだっただろうか。それも目的地に父が待っているという万全の態勢のもとであったが。


母の乗り物恐怖症、あるいは一人で居られない、という病状をお話しすると、誰もが、そんなもの、たいしたことないでしょう、気のせいじゃないんですか、などと実感がないようだ。

実際に、その症状が出るとどんな事態になるのか、僕がもっとも大きな被害を受けた事例を詳述すれば多少はご理解いただけるかもしれない。

僕が中学の一年から二年になる春休み。一年の三学期が終了した最初の夜、寝室でベッドに入ろうとしていた僕は股間にある種の違和感を覚えた。それは男性ならば誰でもご存じの、睾丸を軽く叩かれたような痛みであった。

僕は、幼少時から長期の休暇があると、その最初の日に風邪を引いたり、怪我をしたりして数日を無駄にしてしまう傾向があり、今回もまたかと憂鬱な気持ちになった。

その痺れに似た痛みは次第に強くなる。誰かに握られたようになり、叩かれたようになっていった。どこかにぶつけた覚えはない。そして、ついに万力で締めつけられるような激しい痛みになった。脂汗が浮かび、歯を食いしばる。

痛みは増すばかりだ。僕はそんなときの対処方法として一般的な、片足で立ってケンケンするという、男の子ならばみんなやることを玄関のたたきで始めた。いわゆる金玉が上がってしまった状態ではないかと思ったのだ。

しかし、痛みは一向に引かず、さらに激しくなるばかりであった。

これは、尋常なことではないとさすがに判断して、居間にいた母に「救急車を呼んでくれ」と言って症状を話した。

「あら、そんなこと、できるわけがないじゃない。パパがいないのよ」と母は言い放った。

この夜、父は都内に出ていて、おそらくは銀座あたりの行きつけのバーで飲んでいたと思われる。

「そんなこと言わないで、ちょっと大変かもしれないんだよ。痛くて痛くて、たまらないんだ。お願いだから救急車、呼んでよ」と僕は懇願した。

「知ってるでしょ、ママは知らない他人の車に乗って、知らないとこへ行けないのよ」

「だったら、僕、一人で乗って行くから、呼んでよ」

「駄目よ。そんなことしたら、ママ、一人になっちゃうじゃないの。そんなこと絶対にできないわよ」

「たのむよ」

「いやよ。パパが帰ってくるまで待って、それから三人で病院へ行けばいいわ」

「そんな、いつになるかわからないじゃないか」

そんな押し問答が続く間も激痛は続き、熱も出てきたみたいだった。

今にして思えば、母がこんな田舎は嫌だと言った国立へ引越してきて、まだ三ヶ月しかたっていない。知人もいない。母自身が不安と戦っていたのだ。

さすがに母も心配になったのか、心当たりのバーに片っ端から電話を入れて、父が居ないか尋ねている様子だった。

激痛に泣き叫ばんとする僕の声よりも、母の「嫌よ嫌よ、ハーコ、病院になんか行けないよぅ」と言う声のほうが大きい。

家の中で母と子が泣き叫ぶという阿鼻叫喚が続いた。

それからどのぐらい経っただろうか、やっと父が帰宅した。

事情を説明すると、父は、なんですぐに病院に連れていってやらないんだ、と母を叱責する。

「だって、ハーコ、車に乗れないんだもの。ひとりぼっちになんかなれないよぅ」と駄々っ子のように答える。ヒステリー状態になると精神年齢が低下してしまうらしく、「ハーコ」が飛び出した。

「ハーコ、嫌だよぅ。ハーコ、駄目だよぅ。できないよぅ」というようなしゃべり方になると、ヒステリーの発作もほぼ終盤を迎えた、と僕は判断する。ヒステリー症状が極まると多重人格者のように隠された幼児が顔を出すようである。

「でも、もう安心、パパが帰ってくれたんだから、いま、タクシーを呼ぶわ」

救急車は知らない他人と知らないところへ行くから駄目なのだった。

三人でタクシーに乗って立川の総合病院の救急外来へ向かった。

時刻はすでに深夜を過ぎていた。僕と母親は緊急医療室に入った。父が診察室にいた記憶はないからタクシーの中か、待合室にでもいたのだろう。

医師の診断は左の副睾丸炎というものだった。しかし、こんなに悪化するのも珍しいな、と医師が言った。

抗生物質の投与があり、痛み止めの注射を打たれた。

そのとき、母が少し声を落し、あたりを憚るように医師に質問した。

「それで子種のほうは」

その声はもうすっかり落ち着いて子を思う母親のものになっている。

「あのね、おかあさん、これは、そういう病気じゃないんですよ」

と医師は答え、母は少し安心した様子だった。

しかし、この時点で言うに事欠いて「子種」かよ、何が「子種」だ。ふざけるんじゃないよ、と子ども心にも僕は思った。

そんなことが心配ならば、さっさと救急車を呼べばいいじゃないか。お前なんかに孫の顔を見せてやるものか、と決意さえした。

病棟が満員でベッドに空きがない。普通だったら入院していただくような症状なんですけど、満床なもので、と医師が言った。

母はそれを聞いて、ああ、よかった、入院なんて無理よ、ママ、一人で留守番なんかできないもの、とこの日、一番うれしそうな声を上げたのだ。帰りのタクシーの中でも話題はもっぱらこのことだけだった。

「入院しろなんて言われたら、ママ、どうしようかしらと思っちゃった。一人ではいられないし、パパはいないし」と、僕の病気については何の感想もない様子だった。

翌日、改めて病院へいくと、患部は担当医が驚くほどのものになっていた。睾丸が大きく熱を持って倍ぐらいの大きさに腫れ上がったばかりではなく、皮膚が薄い陰茎も半ばまでが水を満たした氷嚢のように膨れ上がってしまっていた。

「へぇ、こんなになるんだなあ、早く来てもらえれば良かったのかもしれないけど」などと診断とも独り言ともつかない様子で医師がつぶやく。かなり重い症例であったようだ。

その後も痛みは引かず、動くこともままならないまま春休み一杯をベッドの上で過ごした。しかし、日ごとに腫れは退いていった。

睾丸と陰茎がほぼ正常なものとなったころ、男性機能に影響がないかどうかを、この年頃の少年ならば大概は知っている比較的わかりやすい〝手法〟で確認した。今に至るまで子どもはいないので、正確なところは分からないが、このときの感触としては、母が心配した〝子種〟は存在しているような様子であった。

休み明けには、何事も無かったように登校することもできた。その後もかなり永い期間、ごくまれにではあったが、ときに鋭い痛みがあったと記憶している。

腫れは次第に退いて元に戻るかと思われたが、むしろ萎縮してしまったようで、しばらくたつと左の睾丸は右側の半分ほどの大きさになり、最終的にはパチンコ玉大の硬いしこりのようにまで小さくなった。最近は特に興味もないので確認していないが、いつの間にか溶けてしまったというか、組織に吸収されてしまったようだ。

とある、ありがちな状況の中で、僕の股間に手を延ばした、さる妙齢のご婦人が、小首を傾げられたことがあったが、つまり、こんな事情からだった。有体に言えば、僕は俗にいう片キンです。

丁度、そのころ野球部のキャッチャーだった同級生がショートバウンドしたピッチャーの投球を受け損ね、もろに股間で受けてしまい片キンになった。口さがない男子校のことだ、衆人環視でのこの事件はたちまち学内に知れ渡り、ことあるごとに話題になった。

その話が出るたびに、僕は姑息にも友人たちの背後に隠れ、自らの出自を隠す第二次世界大戦中のユダヤ人か、いにしえの長崎で自らの信仰をひた隠しにする隠れキリシタンのような気分を味わっていた。衆人環視の試合中では隠しようがない。発症が春休みの初日であり、新学期の初登校日には何事もなかったかのように装えたために、僕はこの永い秘匿に成功したのだった。

この副睾丸炎事件は父が面白おかしく書き、母も語り下ろしの『瞳さんと』（中島茂信・聞き書き／小学館文庫）でふれている。

丁度、僕が自室のベッドで寝ているときに、伊丹十三（当時、一三）さんが遊びにきて、僕の病気のことを聞くと、ベッドサイドまで来て僕を見下ろし「コウガンの美少年ね」と言って例のシニカルな笑いを浮かべた。

しかし、僕は今日の今日まで、自分から積極的にこの話をしたことがない。だって男だもの、事が事だけに、多少の恥じらいはあるさ。

春休みが明け、中学二年の一学期がはじまってしばらく経ったとき、僕は母に訊いた。「僕が盲腸や骨折とか、あるいは命に関わるような病気になったときにもパパがいなかったら、救急車を呼んでくれないの」

「あら、もちろんじゃない。駄目に決まってるでしょ。ママが一人で車に乗れないの知っているでしょ」

母はまるで面白い冗談を聞いたわ、というように笑いながら、そう言った。そもそも、僕は勘定に入っていないらしい。

そんな馬鹿な、と思われるかもしれないが、これが真実なのだ。母の持病が家族にどのような制約を加えるか、他人には計り知れないところがあった。ともかく、僕は病気になっても、救急車は呼んでもらえないし、入院することもできないらしい。

　とはいうものの、物事には裏と表というか、悪いことばかりではない、かならず良い面もあるものだ。

　僕は生まれつきアレルギー体質で、生まれたときは全身がカサブタ状のもので覆われていた。だから、母が僕に最初につけたあだ名は「カビタンコ」であった。

　赤ん坊のころは、気持ちが悪くて、ついにお風呂に一緒に入ることはなかったと母は言っていた。だからいつも祖母・静子が入れていたのだ。細い足がニワトリみたいで気持ちが悪く、それを摑んで、スーと引っ張るとスッとこっちにくるのよ、と母は汚いものの話でもするように話す。あ、ちっともいい話ではないか。

　全身を覆っていたアトピー性皮膚炎は次第に面積が収縮し、物心がついたときには頭皮と臀部と陰部に皮膚炎があるのみで、小学校に入るころは睾丸部分に残るだけだった。しかし、患部の激しい痒みと体液の染み出しがずっと続いていた。場所が場所だけに不快感もいっそう募った。

　先にふれた副睾丸炎に罹患してから数日後、僕はこの猖獗をきわめた、いわば業病のごときものが次第に快方に向かっていることを知ることになる。痒みは遠ざかり皮膚からカサブタが自然に剝離し、そのあとに普通の滑らかな皮膚が確認できた。そして、二週間後、睾丸部の腫れが収まったころには、あれほど僕を悩ましていたアトピー性皮膚炎も癒えていた。

　激痛のため痒みも忘れ、触ることすらできなかったのがよかったのか。

　禍福は糾える縄のごとし、という言葉を知った中学二年の春ではあった。

　普通の仕事につき、普通の結婚をして、普通に子どもができたら、笑い話として、この想い出を母に語ろうか、と思った。しかし、子種の有無を正確に確認できるような事態にはその後もついに陥らなかったのだが。

あるとき、特に名を秘す行きつけの飲み屋のカウンターで、父の古くからの知り合いで我が家の事情にも精通している人と同席になった。彼はすでに酩酊状態で、僕に面と向かって「僕だったらとっくに離婚だなあ。それとも施設にでも入れていたかなあ。だって妻としての義務が果たせないじゃないですか」と絡まれた。もちろん母のことを指しての話である。妻の務めとは家庭を守り、家事を一手に引き受け、夫の帰りを文句も言わずに待っている、というようなことなのだろう。出張はもとより単身赴任などもっての外、男友達と飲んだ挙げ句の朝帰りやそのまま友人宅に泊まるなど一切が出来ないのではサラリーマンとして困るだろう。海外旅行は自分と一緒でも飛行機に乗れないのだから出来ない。国内でも様子を見ながら、ということになる。

これでは妻に留守を預けるということが出来ない。古風だが社会常識としてはそんなものだろうか。

しかし父は、妻の神経症を自らの責任として引き受けていた。その理由についてはすでに書いたつもりだ。そして、僕もその父の決意に従ってきた。

「ああ、そうか。そうすると正介君も生まれていないわけだ。ごめん、ごめん」

そしてこの話は、瞳さんは偉かった、僕にはとても瞳さんの真似事はできません、という円満な着地点に至るのだった。だいぶ御酒を召したあげくのことではあったが、そんなことがあった。

僕が面と向かって言われたぐらいだから、その方がこんなことを言っていましたよ程度のうわさ話は母の耳にも入っていただろう。それでも、言った当人の前ではおくびにも出さないでいつも通りに接するのが母だった。そうしたことも病状を悪化させるストレスであったであろうに。

一九八〇年代半ばの公開時に、ジェシカ・ラング主演の映画『女優フランシス』を観た。高圧的、厳格で強権的な母親に虐待されて育った主人公は女優になるのだが、次第に精神のバランスを崩して、最後には精神病院に隔離されるまでになる。

この映画を観たときに、その親子関係が僕と母の間にあったことと似ているなあ、と思った。しかし、その鬼のような母親と虐待されているはずの娘が、ときに抱き合って笑い合う温かいタッチの場面が随所にインサートされる。その場面だけが、この映画の中でなんとも異質で違和感を覚えたものだった。

しかし、数日たって僕は愕然とした。僕と母との間にも、まったく同じような和やかな時間がしばしば訪れていたのだ。何にもわだかまりのないときの母は実に自由闊達で才気に富み、なんでも聞き分けがいいのだった。

母親と僕の間にも温かく心が交流する瞬間はあった。父の退社時刻に待ち合わせをする約束をして映画『ウエスト・サイド物語』を母と二人で観た。終盤で僕は母にハンカチを貸してくれとせがんだ。「あら、あんた、泣いてんの」と小声で言ってハンカチを渡してくれた。その数秒後に「ちょっと、あんた返してよ」と僕を小突いた。母も泣き始めたのだった。劇場を後にしながら、いい映画だったね、とお互いの感覚が似ていることを確認しあったものだった。

こんなときはいい母だなあと思うのだが、それがいつ何どき急変するのか、まったく予想できない。その落差が大きいだけに、僕は戸惑ってしまうのだ。

外出先で面白おかしい出来事があり、帰宅してから母に話すと、最初は笑いながら、穏やかに聞いているのだが、突然、それはあんたが悪いと言い出す。

たとえ僕に非があるとしても、親として子どもの側に立って味方してもらいたいと思って話しているのだ。それを頭ごなしに、悪いのはあんたよ、と言い出されると、こちらは立つ瀬がない。

一般の母親というものはどんなものなのだろうか。些細な日常的なことだから右から左に聞き流してくれればいいと思うのに、母は何事も真面目に対処してしまう。だから困るのだ。

いつも明るく子どもを受け入れてくれる母親などというものは、それ自体が幻想なのだろうか。このアンビバレンツな感情を、僕は未だに上手く言葉にできないでいる。単なるマザコンと片づけられたくない、掬いきれないような何物かが澱のように残る。それがなんなのか、寡聞にして書物などでは知り得ていない。

そんないわば言語以前の原初的な感情を、映画はちょっとした不可思議なカットのインサートで表現し思い起こさせる。不思議なものだ。

第二章　父・瞳との思い出を辿る旅

今年で二十世紀も終わりとか、今年から二十一世紀だ、と意見が色々とでていた二〇〇〇年の二月十一日。昼過ぎに、母のすぐ上の姉のご主人が亡くなったという電話が、僕にとってはイトコにあたるマリさんからかかってきた。

しかし、僕が明日から約一週間の日程で、カリブ海周遊の豪華客船クルーズでの取材とニューヨークの食文化取材に出掛けることになっている。クルーズは例の地中海で座礁したり、インド洋で火災事故を起こした豪華客船と同型客船に乗船することになる。

伯父の葬儀の当日、僕は日本にいない。あんたがいないのに行けるわけがないじゃない、と母は通夜、葬式、ともに欠席する旨を電話口で話している。

母の病気のことをよく知っているマリさんは、了承してくれたようだ。

僕の日記によるとこの年の九月ごろから、母は「死んだ後、部屋がちらかっているとみっともない」と言って毎日、少しずつ、片づけるようになった。

近親者の死亡が続き、そろそろ次は自分の番だと思い始めたようだ。

日付は少し飛んで二〇〇三年の四月十四日。午前中、僕の運転で母をホームドクターまで送り、家に戻ると、先生から、母が肺炎を起こしていて、左右の肺の下半分が真っ白になっているので、入院の必要があるかもしれないという電話があった。

これが先に少し触れた最初の肺炎だ。

母を迎えに行って、そのまま至近距離である府中病院のＥＲ（救急救命室）へ向かう。待ち時間に三時間ばかりかかったが、病院は満床で入院できず、結局、投薬だけで様子を見ることになった。母にとっては病状よりも入院することにならなかった方が重要で、よかった、安心したと言う。驚いたことに、母は抗生物質を飲んだら、ものの三十分ほどで呼吸が楽になってしまった。

この時は、すぐに肺の水も退いてしまい、一週間ほど薬を飲み続けたらレントゲンでも白い部分がなくなっているのが確認できた。

同年、七月十五日に、いつもの総合病院で恒例の人間ドックを母は二人で受けた。

僕はたいしたことなかったのだが、母はまたしても異常を発見される。今度は胆嚢の胆汁を通す胆管にポリープがあるというのだ。

縦横が一センチを超えたらガン化する可能性があり、その前に摘出したほうがいいという。今後は定期的に大きさを計るための再検査が必要になる。悪性ならば摘出手術ということになる。

いったん、母を家に送り届け、僕は地元の駅前商店街に出た。気分としては母の件で一仕事終えたという感じで、今夜は痛飲してやるぞ、という決意だった。いつもの居酒屋で飲んでいるうちに夜も更け、ふと母のことが心配になった。なにしろガンの可能性を言われたばかりだ。日頃の神経質を考えれば落ち込んでいるかと思えた。それで念のため家に電話をしたら誰も出ない。

帰宅後、母を問い詰めたら、シズカさんと谷保の焼きとり『文蔵』に行っていたと言う。

昔から僕が外出するときは文句を言うくせに、自分が外出するときは何も言わずに、すーと出て行ってしまうのだ。外に出るときはそのことで頭の中が一杯で、人のことにまで気が回らないのよ、と言うのが母のいい訳だった。

二ヶ月後の九月二十日に、いつもの総合病院で母は胆嚢ポリープの再検査のためのＣＴスキャンを撮影する。前回の人間ドックで見つかったポリープの差し渡しが一〇ミリを僅かに超えていた。成長の速度と大きさから摘出手術をすることになった。

こういうとき、母は平然と、それではお願いします、と言うのだった。

その後、ＣＴスキャンによる再検査やＭＲＩ検査をして十月の九日に検査の結果、膵臓にもポリープがあるかもしれない、と言われた。

同月二十二日の十一時に手術室へ入る。術後、執刀医から摘出した胆嚢を見せられた。大きさも色合いも寿司の赤貝に似ている。手術は上手くいった由。ポリープは親指大で二センチぐらい。いわゆる「人相」は悪くないとの診断だった。母も胆管に出来たポリープだから、胆管だけを取るのだと思っていたのだが、こうした場合、胆嚢そのものの全摘になるのだった。

術後室にいる母に会うとまだぼんやりしていて「取らなかったの？」と言う。それほど上手く手術が済んでしまったということだろう。

五日後に『キャットフィッシュ』のマスオさんと『繁寿司』のタカチャンに手伝ってもらって退院した。

その一月後、母は金沢に出かける決意をした。日頃のことを考えると、まさに大英断である。

父の死後、母はお世話になった皆さんにご挨拶をしたいと慣れない旅を続けている。僕が一緒ならば、電車の旅は出来るようになった。というか、父の死後、例の乗り物恐怖症は多少、軽減されたようでもあった。

ふと、最近いわれるようになった母原病という言葉を思い出す。母の乗り物恐怖を含む不安神経症の原因は父の存在だったのではないだろうか。母は決して認めないだろうが、いわば夫原病とでもいえるものだったのではないか。

父の死後、確かに病状は軽くなっていった。心配していた僕の海外取材にも理解を示し、支障なく送り出してくれる。マスオさんの運転ならば神田明神下の、ふぐ料理『左々舍』に行けるようになった。また、父の妹の娘であるタエさんと一緒ならば、歌舞伎座まで歌舞伎を観に行けるようになった。

つまり僕抜きでだ。これは革命的なことだった。

このままではあまりにも損な人生だ。これまで、およそ人生の楽しみというものとは無縁だった。病気さえなければ海外旅行だって買い物だって美味しいものを食べにだっていけるのだ。そのすべてを自分はずっと我慢してきた、という思いが母にはあったようだ。

多少は無理してでも、その中の少しばかりは果たしたい、と考えても不思議ではないが、それだってマスオさんかタエさんの運転付き、という条件がある。

気軽に友人を訪ねるとか、国立から中央線に乗ってたった一駅の立川まで買い物に、というようなな、ごく普通のことが相変わらず出来ない。その不自由にはまるで気がついていないようだったし、何よりも世間に不義理や迷惑をかけている、ということには思いが至らないようだった。いや、それを糊塗して、ないものとして生きてきた。

そして、やっと出来るようになった人生の楽しみが、父の愛した行きつけの料理店や行きつけの温泉旅館を訪ねるという旅だった。

十一月三十日。十時三十分、マスオさんが迎えに来てくれた。母と家を出て、十二時二十分発の上越新幹線に乗った。母と僕とマスオさんの三人旅である。越後湯沢での乗り換え時間が短く、早く歩けない母が階段の昇り降りに手間取り、あわやという感じだった。

四時に金沢駅に着く。父が愛した金沢のバー『倫敦屋酒場』と懐石料理の老舗『つる幸』を訪れる予定だ。そしてあわよくばやはり父の『草競馬流浪記』（新潮文庫）に出てくる地方競馬「金沢競馬場」を訪れようというのだ。

駅前のホテルの部屋に入るなり、トイレに立った母の悲鳴が聞こえ、ドシンという衝撃音がした。旅装を解いていた僕が、あわてて一体型のバストイレのドアから覗くと、母が床に倒れている。入り口にあった僅かな段差にけつまずき、転んでしまったのだ。

母は、本当にこれからがお楽しみ、ここ一番というときに限って事件を起こす。吸い込まれるように不運を呼び込むのだ。京都に行けば必ず食べすぎてお腹を壊すわ、府中の競馬場では転ぶわ。どうやら以前、骨折した右膝を強打したらしい。ともかく立ち上がることができない。

それでも「大丈夫、あたしは平気」と持ち前の我を通し、『つる幸』さんには予定通り行くという。

ホテルで車椅子を用意してもらい、僕が後ろから押しながら至近距離であるお店に向かった。さいわいお店の入ってすぐのところにテーブル席があり、車椅子のまま、そのテーブルの前についたのだった。

坐っているかぎり、母は元気なもので、はしゃいでいるようでさえある。料理は、絶妙な美味しさ。

食後に『倫敦屋酒場』に向かった。用意していただいた母向けの軽いカクテルなどをいただいてからホテルにもどると、このころから母はまったく歩けない状態になってしまった。

明日の競馬場など無理な話だ。救急車を頼んですぐに帰京しようという提案もなされたが、母はかたくなに応じようとしない。

せっかくの皆さんのお気持ちを踏みにじることになり、気兼ねさせたり、心配をかけたくない、ここでさっさと帰ったら気を悪くするだろう、という気遣いだった。

もう充分、御心配いただき、迷惑もかけているのに、と思うのだが。

ことほど左様に、母の思考回路は常人の常識からはかけ離れている。それにいちいち対処するのも大変だ。どっちに転ぶのか、どんな選択をするのか、まったく予想がつかない。

翌朝になると母の症状はさらに悪化し、ホテルが紹介してくれた近くの香林坊メディカルクリニックへ行くことになった。

症状を見た先生は、すぐに帰京したほうがいい、救急車で横になって行かなければ、耐えられないだろう、とおっしゃる。そのたびに待合室のマスオさんと倫敦屋さんに報告する。

膝から三十ccほどの血液（体液？）を抜いてもらうと少し楽になったようだった。ＣＴスキャンも必要だろうということで金沢の大きな総合病院を紹介していただいた。その結果、骨に異常はないらしく一安心。例の割ってしまった膝のお皿とは少しずれたところをぶつけたようだ。

こうなると母は、現金なもので、だいぶ楽になったから、帰宅などもっての外と言い出す。

昼食は倫敦屋のご主人たちと寿司『小松弥助』へ行く。おそらく日本でも指折りの名店であろう。

食後はホテルに戻り、一休みしたあとで夕食は再度、車椅子で『つる幸』へ行く。

美味しいものを沢山いただけたが、皆さんにご迷惑のかけ通しで、とんだ旅になってしまった。

帰りはとても電車には乗れそうもないので、翌日、レンタカーを借りて、マスオさんの運転で国立の自宅まで帰ることになった。

車椅子もそのまま借りることができた。車を返却するときにトランクに入れておいてもらえばいいとのことで、便利な世の中になったものだ。レンタカーが二万円で、高速道路料金が一万円也だった。ガソリン代金の五千円を含めても、三人ならば電車よりも安いか。

帰路、高速道路の前方、フロントガラス一杯に富士山の眺望が拡がる。

「いい想い出ができた。これで富士山も見納めかも。車にして良かった」と母が言う。

高速道路が空いていたので六時には国立に着いてしまった。

翌日、膝の手術をしてもらった府中の警察病院で診てもらったが、骨に異常はないようで、経過をみることになった。やれやれ、参ったなあ。

暦は進み、二〇〇五年の七月五日。恒例の人間ドックで、僕は胃炎が多少あるものの糖尿のほうもまあ境界型ということで食事の注意ぐらいだったが、母はまたしても問題を抱えていた。

以前、胆嚢の摘出手術をしたとき腹腔鏡手術で開けた三ヶ所の穴（？）のうち臍かその近くに開けた場所にヘルニアができたらしい。よくわからないが薄くなって疵になっていた箇所から小腸か大腸が出てきて押し上げている。簡単にいうと脱腸という症状。押し戻して十センチ平方ほどのネット（！）で、再度、出てこないように補修するという手術を勧められた。

十月五日にその補強（？）手術を受け、十日後には退院した。健康を取り戻した母はいたって元気なものである。

月日はあっと言う間に流れ、今にして思うと、母との二人暮らしが、しばらくの間ではあるが、もっとも平穏無事に続いていった。結果的に胆嚢の摘出手術やヘルニアの手術があったが、この二〇〇二年から二〇〇九年の上半期あたりまでが、僕と母にとっては最後の平和な数年間であったかもしれない。

病気といえば二〇〇七年の四月五日に八度二分の熱があると言ってベッドで横になっていたぐらいなものだ。軽い風邪であったか解熱剤などを処方してもらっている。母はおよそ風邪を引いたり寝込んだりすることがなかった。例の神経症でそれ以外の病気の全てが帳消しになっているのではないかと思えるほど、基本的にはいたって健康体なのだ。

だからこそ、事情を知らない方々は「あんなにお元気なのに」とか「病気一つしていないのに」となり、その割りには冠婚葬祭などで不義理をする人だなあ、という感想を持たれていたようだ。喘息やら花粉症で一年中なんとなく具合が悪い僕とは正反対だった。

しかし、歳月の流れは誰の前にも、過酷な現実として立ち現れる。

二〇〇九年の七月中頃、僕自身が毎月、処方してもらっている降圧剤をもらいに、例のホームドクターへ行ったら、先生が「お母さんは腹膜炎で肺に水が溜まり、もしかしたら悪性のものかもしれませんよ」と教えてくれた。

実は数ヶ月前から呼吸が上手くできなくなり、また水が溜まったのかと疑われ抗生物質を飲み続けているのだが、一向に症状が改善されないのだ。

先にも少し触れたが、六年前の四月に右肺に水が溜まってしまったことがあり、このときは抗生物質を投与されると、ものの三十分ほどで呼吸が楽になり、回復した。今回も同じことだろうと、数ヶ月前から同じ抗生物質をホームドクターに処方してもらい飲み始めていたのだが、一向に水が引かないどころかますます増えているのだった。

母はこのところ、ずっと外出していない。肺に水が溜まったせいか、背中だかお腹だかが痛い、と言う日が続き、僕も母のことが心配で、なんとなく自宅にいることが多くなった。

七月下旬には、いざというときにそなえて、母にケータイを持たせることにしたのだが、結局、使いこなせず、あまり役立たなかった。

「来年の正月は止めよう」と母が宣言したのは八月に入ったころだった。父が元気だったころは元旦にのべ百名近い来客があった。父は還暦を機会に、公には元旦の会を止めたが、その後も秘密裏に肝胆相照らす数名で細々と続けていた。それが父の死後も続いていたのだが、その元旦の会を止めようというのだ。

母が自らの体力の低下をはっきりと自覚し始めたためだった。

八月の十七日、午前中に母をホームドクターへ連れて行く。レントゲンを撮ると右肺は真っ白で、やはり水が引いていない。

「山口さん。これはちょっと大変だ。すぐに入院して水を抜いてもらいましょう」

その場で先生が、ここから一番近い総合病院である府中病院へ電話を掛けてくれたのだが、なかなからちがあかない。ベッドがない、部屋がない、先生がいない、というようなことで電話がたらい回しになっている。

僕より十歳年長の先生は、古いタイプのお医者様で、どちらかというと気が短いほうだ。次第に語気が荒くなる。

「今ね、目の前に患者がいるんですよ。女性！　年齢八十歳！　肺に水が溜まっているんですよ。すぐに抜かないと死にますよ！　死にます！　ガンですよ、ガン！　どうして引き受けないんですか。さっきからあっちこっち電話を回しているだけじゃないですか」相手は別の係に回すと言っているらしい。「そっちにはさっき、つながったじゃないですか！　そっちからこの電話につなぎます、って言うから、今、あんたと話しているんじゃないですか！」というような会話が続いて、先生は結局、あきらめて電話を切ってしまった。

このやり取りを狭い診察室で先生と膝をつきあわせて聞いていた僕と母は、先生が「ガンなんですよ」というくだりで顔を見合わせていた。

あらまあ、という感じで母が眉を上げて口をへの字にすると肩をすくめた。とんでもないこと言うものね、とお得意のおどけた表情を見せた。

僕は、ふと例の総合病院に当たってみようか、と思いついた。

母に「いつも人間ドックで行っている総合病院はどうかな」と言い、先生に「その総合病院ならば、多少のワガママが効くかもしれません。いったん自宅に帰って問い合わせてみます」と思いついたことを告げた。

診察室を出ると、普段は僕と母以外いない待合室が、いつの間にか老人たちで一杯になっていた。それほど、母の診療時間は長引いたのだった。

このホームドクターは、小児科はありませんというといういわば町の老人医療の専門店のような開業医だ。還暦間近の僕が患者の中では最年少だろう。あとはいずれも介護が必要なような老人ばかりだ。そんな待合室の老人たちはみんな最前からのやり取りを聞いていたに違いない。診察室での会話は筒抜けだ。興味津々の老人たちに囲まれた不思議な沈黙の中、母と僕は診察料金の計算ができるのを待っていた。

自宅に戻った僕は早速、件の総合病院に電話をかけた。

窓口が出たのだが、ベッドが空いているかどうか確認してみるという。またこの病院には肺の水を抜くような病気に対応している科がないかもしれないと言われた。通常、この種の病気は呼吸器内科の担当になるらしいのだが、この病院にはないので普通の内科で対処できるか、外科になるか、その辺の受け入れ態勢に調整が必要らしい。

折り返し電話するので、いったん電話を切って待ってください、とのことだった。母と二人、待つ時間はことさら長く感じられた。一時間後に連絡があり、通常の内科で処置できるので、すぐ来てください、ということになった。

ほっと胸をなで下ろし、入院の準備をする。母も何度目かだから手慣れたものだ。

僕の運転で二時に病院に到着し入院の手続きをした。

一般的な問診のあと大部屋へ案内された。母には例の神経症がある。その症状の一つは他人と同じ部屋では寝られない、というものでもあった。それゆえに今までは無理をしても個室に入っていたのだ。「治子さんは贅沢だ」と思っていた人もいるかもしれないが、こんな緊急入院に際してそんなことを心配しなければならないのが母の病気の病たる所以だった。看護師さんに、もしかしたら神経性の発作を起こすかもしれないので、あらかじめその旨、記憶にとどめておいてください、と一言、余計なことを言わなければならなかった。

若い医師が担当してくれて、さっそく背中から水を抜く。なんと直接、背中側から肺に太い注射針を差し、そこからビニールチューブを引っ張ってベッド脇に吊るされたビニール袋に内部の液体を導くのだった。なんとまあ原始的で乱暴な。

担当医の話では「肺に溜まった水は一度に全部抜くと、その場所に身体の中の水が入ってしまうだけなので、ゆっくりと少しずつ抜いていくしかない」のだという。それだけでおよそ一週間はかかるらしい。

肝心の病名のほうは今日の状態を見た限りでは「水の溜まった原因は、良くて結核。悪ければ婦人科系のガンの転移ではないか」と幅をもったものであった。

結核の可能性もあるのか。もしかしたらホームドクターは入院を促す為、大袈裟にガンだと言っただけなのかもしれない。

すぐにホームドクターへ、無事に入院できました、と御礼の電話を入れた。

帰路、車を運転していると急に涙が出てきた。

その涙は父が危篤状態になったときと同じ種類のものだった。別れを確信したときの涙だ。

まだ決まったわけじゃない、決まったわけじゃない、と自分に言い聞かせると、涙は止まった。

これからどうなるか皆目わからないのだが、ともかく、決まったわけじゃない。

これまでの母との確執や経緯から考えて、母にもしものことがあっても涙が出ないのではないかと思っていた。しかし、今あふれ出るこの涙はいささか意外であり、あれ、僕は母のことを愛していたのかと思うとともに、困ったことになったとも思った。

なぜならば、父が逝ったとき、僕は毎日を泣き暮らしていたからだ。人前で涙を見せることはなかったが、一人になるといつまでも、時に嗚咽を漏らしながら滂沱の涙を流し、めそめそといつまでも回復しない悲しみの中にいた。

それでも母が気丈にしていてくれたから、また仕事の締め切りにも追われていたから、それなりに対処できたのだと思う。

しかし、今回は、母については何もかも僕一人で対処しなければならなかった。孤立無援が予想された。父のときのような精神的な動揺があったら、とても乗り越えられそうにない。

一体、誰を頼りにすればいいのだろうか。何から手をつければいいのだろうか。母は大丈夫なのだろうか。最後の瞬間が訪れるのは、いったい、いつになるのだろうか。

不安は募るばかりだ。しかしまだまだ時間はある。泣くのは最後のときにしよう。そのときは盛大に泣けばいいさ。

そう自分に言い聞かせるだけで精一杯だった。ともかく、今は自宅まで事故を起こさないように運転することを優先しよう、とハンドルを握りなおした。

母との確執を考えれば、どんな人でも、何故さっさと家を出なかったのかと思うだろう。早く独立すべきだったし、それは誰でもやっていることだ。

僕自身も二十歳の年に何も持たずに、行き先も決めずに歩きだそうか、と考えたことぐらいはある。何故、歩きださなかったのかと、何度も自分自身に尋ねてみた。

それは両親との生活があまりにも面白かったということと、僕自身が身体が弱く、何種類かの常備薬を必要としていたから、と自分で結論づけていた。

生まれつきのアレルギー体質である。前述したアトピー性皮膚炎は軽減されたものの、喘息の発作は高校卒業時まで続き、医者に「これは小児喘息ではありません、れっきとした大人の喘息です」と宣告されていた。そして当時は塩酸エフェドリンの吸入ぐらいしか対処方法がなく、これを手動の吸入器で摂取しなければならなかったのだ。

発作は深夜、眠りに就くころやってくる。小学校の修学旅行で数十人の生徒がごろ寝していた真夜中、ふと目が覚めると、担任の若い女性教師が吸入器で手当てをしてくれていた、などということもあった。僕は寝ていたつもりだったのだが、傍目には発作が起こって苦しそうにみえたのだろう。

先生、少しテンポが強すぎるし、量も多いよ、と言いたかったが薄く目を開けて先生を見上げるだけだった。吸入器のエボナイトの吸い口を伝わって、僕の涎が、その頃なかなかの美人だと思っていた先生の手に滴っていた。

こんなことから僕はその後、修学旅行を欠席するようになった。旅先の湿気た布団の黴臭さ、ハウスダストが僕のアレルゲンだった。布団が変わると一泊目の深夜には必ず発作が起こるのだった。そんなことで僕は、母とは違う理由で旅嫌い、外泊嫌いになった。

ふとした巡り合わせから演劇を教える短期大学に入学した。

家を出たいという欲求はあったのだろう。また当時、人気作家であった父も、成人した息子が家でごろごろしているよりはどこかに下宿していてくれたほうがいいと思ったのだろう、気軽に下宿することを認めてくれた。もちろん父が取材旅行などで家を留守にするときは、何があろうと必ず帰宅するというのが条件だった。

大学の二年目に入っていただろうか。ある夜、それまで寝る前に必ず少し噴霧していた喘息薬を、もしかしたら使わなくても寝られるかもしれないなあ、と思った。不思議なことに、その夜、そのまま寝ついてしまった。それ以後、薬は使っていない。ただし鞄の中に必ず薬を入れていた。この常時携帯もいつのまにか忘れ去ることができた。

なぜ発作が起こらなくなったのかといえば、大学の授業のほとんどが柔軟体操と腹式呼吸で行う発声訓練だったからだろう。喘息治療のためにこの二つが勧められるようになったのは割と最近のことだと思うのだが、それを知らず知らずのうちに実行していたことになる。演劇人となることは結局なかったが、このことだけでもあの大学に入学してよかったと思っている。

もう一つ、家を出なかった理由があるとすれば、我が家での生活が面白すぎたから、ということになるだろうか。

のちに映画監督になる俳優兼エッセイストの伊丹十三（当時、一三）さんと東宝東和の川喜多長政、かしこ夫妻の一人娘でそのころ伊丹夫人だった川喜多和子（後にフランス映画社を起こす）さんが毎週のように元住吉の社宅に遊びに来ていた。その社宅が父の小説『江分利満氏の優雅な生活』の映画化に際してロケ現場となった。

中学校から帰ると、庭にはムービーのキャメラが置かれ、照明機材が乱立し、二階の夫婦の寝室兼客間は楽屋替わりに使われていて、母、夏子役の新珠三千代さんがシミーズ姿で化粧直しをしていたりした。

そのころ、深夜、母が玄関のドアチャイムを聞いてドアを開けると、人気コーラスグループのダークダックスが立っていて、コンバンハ（とハモっていたかは知らないが）というようなこともあった。父に作詞を依頼したいという用件だったが、父は定型詩は短歌に限らず、苦手としていたようで、その場でお断りしたのだった。

大学時代に「猷めくわが性の悲し砂浜に身を抛ちて吠えんとぞする」の絶唱があるものの、後に書いたのはバレ句や川柳のようなものであった。そもそもポピュラーの作詞は儲かりすぎるから、俺はやらないよ、と言っていたのだった。持ち付けない大金を手にして人生が狂ってしまった人を身近に何人も知っていたからだ。

我が家で定型詩、短歌の才能があるのは自費出版の歌集を二冊残し、「アララギ」に毎月投稿していた母の方だ。

我が家が国立に引っ越してからまた父の原作の『血族』がテレビドラマになることになった。今度の母役は丘さとみだった。萬屋錦之介（当時、中村錦之助）主演の『源氏九郎颯爽記白狐二刀流』を元住吉駅前にあった東映の封切館で観ていたが、錦之助の相手役は、当時、東映のお姫様女優であった丘さとみだった。父が『江分利満氏の優雅な生活』を書くことになる、あのサントリーの社宅にいたころのことだ。

その銀幕のスター女優が自宅の居間に坐っている。現実と虚構が毎日、行ったり来たりするような生活が父のものだった。これは僕にとって、やはり面白くてしようがない、という状況であり、捨てがたい甘い誘惑だった。父の業界の子弟でも、そんな誘惑に負けずに育った人は多いが、映画演劇など芸能界が子どもの頃から好きだった僕はそうもいかなかった。


母の入院がやっとのことで可能となったその翌日、十二時に病院に着き病室で母の様子を見たのだが、あまり容体は変わらないみたいだ。相変わらず荒い呼吸を繰り返している。

絶対に個室がいいという母なのだが八床の相部屋しかなかった。すぐに個室に移りたがるかと思ったら「あんたは帰っちゃうし、周りに人がいて寂しくなくてよかった」と言う。いつもながら母の言動は予測不能で、こちらが拍子抜けしてしまうこともある。

翌、十九日に病室を訪れると、母が「管を取り替えるときに心臓が痛くて大変だった」と訴えた。心臓が痛いというのも例の病気の症状に関わってくる。一時は心臓神経症などとも診断されていたのだ。そう聞くと、何となく心臓が痛いような気持ちになってしまうのもこの病気だった。その旨、ナースステーションにいた師長さんに聞くと、痛みは「それほどでもなかったはずだ」と言うことだった。母の血色も多少はよくなっているように見えた。

次の日、病室に入ると母が「昨日の夜、管が外れて体中が血まみれだった」と訴えた。

丁度、廊下にいた担当医を捕まえて、その件を問いただすと「血液がもれたのはドレインの管が外れたのではなく、サイズが合わず漏れただけなんです」とのことだった。母の病名は「少し結核かもというサインがあるが、婦人科系のガンかもしれません」とも。

ガンという言葉が出てきたので、少し早いかと思ったがホスピスのことを考えてもいいのかと尋ねると「ホスピスではなにも出来ないから、まだ考えなくても」というお返事だった。

母のところへ戻り、「ジョイントのサイズが合わなかっただけじゃないか。たいしたことないんじゃないか」と言うと「(サイズを合わせるために切開部分を) 縫い縮めるとき、痛かったのよ」と直ちに言い返してきた。すぐ反論するのは元気な証拠と安心もするのだが。

二十二日の午前中に『繁寿司』のご主人、タカチャンから「お母さん、入院したのか」と電話があった。電話をしても母が出ないのでそれと悟ったようだった。いつまでも内緒にしておくわけにもいかない。タカチャンには入院したことを教え、肺に水が溜まっただけで、抜けば元気になるよ、と言っておくにとどめた。そしてすぐに『キャットフィッシュ』に出掛けた。毎日のように通っていたのに、急に行かなくなれば、やはり心配するだろう。

お店のカウンターでマスオさんに入院の件を話すと、なんとすでに知っているという。

頑亭先生と父のファンクラブの方のごく一部もすでに知っているとのこと。こういうことはどこからか、少しずつ漏れるものであるらしい。ここでも、単に老人にありがちな肺炎で水が溜まったけれど、抜けば大丈夫だよと言うだけにした。

何度も書いてきたが母は病気見舞いが嫌いだ。まことに申し訳ないが、入院していることは誰にも言わないでね、とマスオさんにお願いした。

翌、二十三日に個室に移り、内科の医師が病状を説明してくれた。まだ病名は正確には分からないが、腹膜炎か悪くすると中皮腫かもしれないとのことだった。中皮腫とは肺を覆っている中皮という膜にできる腫瘍のことだ。それならば悪性腫瘍であり、やはりガンはガンである。

二十七日、一時。この病院をそもそも紹介してくれた方の御家族と、院内の廊下で偶然会えた。病名次第では専門のところへ移らなければならないというようなお話しをして、どうしたものかと相談させていただいた。そんなことは気にしないで、どんどん主張してもいい、というようなことだった。病院を移るときにお力添えいただけるかも。

病室に戻ると母が銀行カードを僕に渡し、暗証番号を教えてくれた。今後の入院費などの精算や洗濯屋などの支払いを僕に任せるという意味だ。

二十八日の二時に、五階の病室に居る母を車椅子に乗せ、病棟の一階にある外来の内科診察室に降りた。

この病院には呼吸器内科がなく、それで当初は母の病状では受け入れられない、ということで入院に手間取っていたのだった。多少の調整があったのかもしれないが、結局、水を抜く処置は内科で行い、主治医にあたるものは非常勤で週に一度診察をしている医師が担当することで受け入れてもらえることになった。

だから母は基本的には外来扱いなのだった。

水を抜く処置をして以来、ずっと母の診察をしてくれていた外来のY医師からお話を伺う。この日のY医師の診断は次の通りだった。

「今の症状から判断すると、ガンでも中皮腫でも結核でもない。しかし、手術して生体検査して原因が分かっても、あと二十年生きられるわけではない。そもそも生体検査のために細胞を採取する手術は肺ガンの手術と同程度の大手術になるから、そんな手術をして、病名が分かったところで、想定される病名、中皮腫ならば治療の手立てはない。もしも運良く良性の腫瘍であったり結核であったりした場合は大手術の負担で命を縮めるだけだ。この二つを秤に掛けると、何もしないという選択肢が最善、最良となる」

それがY医師の現状における判断だった。

僕もこの意見に全面的に賛成した。母もこの数年間の手術と入退院の繰り返しで、もう痛いのは嫌だと言っている。

「あとはいわゆるクォリティー・オブ・ライフでいくことになるでしょう」とのこと。

このときの診断が母の命を延ばすことになる。もしも手術をしてガンだと分かり、肺の摘出や放射線治療や抗ガン剤の投与を開始したりすれば、その日から母は寝たきりになり、半年から一年後には意識もなくなり死に至ったのではないか。あくまでも結果論ではあるが、Y医師の「何もしないというのが最善です」という診断に母は助けられたと思う。この「何もしない」という選択肢を選んだ結果、この病院で今後やること、出来ることはリハビリのみになった。

診察を終えて病室に車椅子で戻ったら、背中に穴をあけて取り付けたドレインのジョイント部分が床にポロリと落ちたのでびっくり。すぐに看護師さんを呼んで接続してもらった。人間なんて案外、いい加減なものだと思った。

夕食をとるために寄った自宅駅前の居酒屋で、たまにカウンターで隣り合わせになる都内の大病院の医師に、それとなく母の病状を訊いてみたら、菌が出ない結核もあるということだった。単なる結核であればいいのだが。

翌、二十九日にロスアンジェルスに住んでいる父の妹・伊藤栄（僕はサカバーと呼んでいる）から「治子さんに電話してもでないし、心配している」と国際電話があった。叔母は世界的に有名な伝説的舞踏家の伊藤道郎の次男で、俳優兼ジャズシンガーであったジェリー伊藤の未亡人だ。現在はロスで日本舞踊を教えている。

叔母にも「肺に水が溜まっただけで、抜けばいい」と説明しておくにとどめた。

午後、病院へ寄って病室を覗くと、だいぶ元気になっている様子だった。

翌日の午前十時に家を出て浦賀にある山口家の菩提寺、顕正寺に向かう。高速道路が空いていて十二時には着いてしまった。小雨が降る中、墓にお花と水とお線香を供える。

この日、八月三十日は父・瞳の命日である。

ついに一人で墓参りに来るようになってしまった、と思ったら少し悲しくなって、うっすらと涙が出た。かつての山口家の墓参りといえば親戚だけでも十数名で、金沢八景あたりの街道筋で干物を買ったり、帰りには皆で横浜の中華街で食事したりと、なんだかお祭騒ぎのように賑やかなものだった。庫裏でのお斎には遠縁にあたる先代のご住職が同席されたりもしていたのだった。

先代住職の押田龍男さんは若いころ我が家に下宿していたこともあったようで、俳人としても優れた句を残している。高校の国語教師でもあり、父にしてみれば理想的な人生だった。ひょうひょうとして痩軀。いかにも清貧の俳人らしく、生徒たちからも慕われていただろう。

父がとても尊敬していて、親戚の中で父が親近感を持っていたのは、この住職と佐賀の本家のイトコたちだけではなかったか。

「この家の話わからずガスストーブ（たつを）」は山口家のめちゃくちゃで理解不能なところを詠んだもの。

三十分ほど大黒さんと庫裏でお話しをして帰宅。帰りは一時間半ほどだった。

九月に入り、母が歩行訓練を受け始めた。

九月一日の朝日新聞夕刊に父のことが出ていて、僕も取材を受けたので、その記事を病室に持参して母に見せた。

記事の内容は父の著書『行きつけの店』の中から読者に人気投票というか、行きたい店のランキング投票をしてもらうというもので、一位は天橋立の『文珠荘』であった。

金沢の『倫敦屋酒場』さんと『つる幸』さんにお邪魔したことは書いたが、この新聞記事で僕は父の死後、母のお供でこうした父が生前に贔屓にし、またお世話になった旅館やお店に、いわば御礼参りをした、というコメントをした。

父のことが新聞などで取り上げられると自分のことのように喜び、記事をスクラップして、筆者には御礼の手紙を欠かさないのだが、このとき母はあまり嬉しそうな顔をみせなかった。

自分の今おかれた状況を思えば、また行きつけの店を再訪するのが難しいと思ったのだろうか。それとも、自分にもしものことがあったとき、僕にきちんと御礼参りができるのかどうか不安であったのか。あるいは、御礼参りをいいことに僕が遊び呆けるのではないかと懸念していたのか。

六日。京都の和菓子の老舗『麩嘉』さんの創業記念パーティーに出席するため、一人で京都に行く。母の名代である。

大きなホテルの大きなパーティー会場に立錐の余地もない程の招待客。僕は母からそれなりの御祝儀を手渡されていたのだが、京都ではこういうとき、会費や御祝儀は置かないものらしい。数百年単位のスパンで考えているので、いずれは招待客も招待する側になるだろう、という発想ではないのか。その都度、その場で割り勘にしてしまう東京とは、やはり多少の違いがあるようだ。

しかし、一人でいられないはずの母がよく出してくれたと思う。数ヶ月前に招待状が来たときから、あんた一人で行ってらっしゃい、と言っていたのだ。ある種の諦めだろうか。

早く着いたので骨董屋などを見学し、土産に錫の盃を老舗で買ったら、奥からご主人が飛び出してきて「山口さんのご子息でっしゃろ、お父様にはえらい贔屓にしてもろて」と深々と頭を下げられてしまった。

どうして、息子と分かるのか。さすがは京都と感心してしまう。どこまで行っても父の威光というべきか、七光と言うべきなのか、お釈迦様の手のひらから出るのはなかなか難しいようだ。

八日の昼過ぎ、東京駅から、まっすぐ母の病室に向かった。母に、京都では誰それに会ったとかパーティーの様子などを報告する。母は、ちゃんと御祝儀を置けたのか、失礼はなかったでしょうね、などといつもの口調が戻ってきている。リハビリの成果が出て、少し歩けるようになっていた。

十日にかつて都内で下宿していたころの友人たちと新宿の中華料理の店で会食した。そのグループでは最年少の女性を慰める会であった。彼女のご主人A君は僕と同い年なのだが、難病を患い入院中だ。現在は目が見えず半身麻痺だという。退院の望みはほとんどない病状であるらしいが、それでも点字をはじめたいと言っている由。強いひとだ。

母のこともさることながら、僕の同世代どころか年下の知り合いが相次いで病に倒れる。もうそんな年齢になったということだろうか。

病室から入院中に母が読んだ本などを自宅に持ち帰った。この入院中に母は向田邦子全集全十一巻を読破してしまった。さらに、百閒先生、百閒先生、っていうけど、あたしまともに読んだことないのよね、というので、僕は書店で文庫の『第一阿房列車』と『冥途・旅順入城式』を購入して差し入れた。

十八日に以前から頼んでいた大工さんが家に来て、階段と風呂場に手すりを付ける工事をやってもらった。その後で病院へ行ったら「だいぶ良くなっているので、そろそろ一時帰宅も考えられますよ」と担当医師に言われたという。「でもあたし、まだ自信がないの」と、どうせまた戻ってくるのならば面倒だという考えから首を縦に振ろうとはしない。

二十日に病室へ着替えの服を持っていったら「これじゃない」と怒られた。わがままや憎まれ口がでたら良くなった証拠と思って許すのだが。

二十五日、近所の喫茶『ロージナ茶房』でガマさんこと佐藤一夫さんと待ち合わせ、母の今後の介護の件の相談にのっていただく。

かつて、ガマさんが国立市の職員であったころ、父が市役所のガマさんに電話をかけたことがあった。このとき、父は焼きとり『文蔵』で飲み友達になったガマさんの本名を知らずに電話をかけてしまった。

僕にも似たようなことがあった。飲み友達のブンちゃんの会社に電話をかけたのだが、酒場で会うだけだったので本名を知らないことに、会社の受付嬢が出るまで気がつかなかったのだ。飲み屋では名物男であったので、社内でもきっと有名人で、あだ名で通じると思ったのが間違いだった。我が家にはこの種の軽率がつきまとうのだが、父も同じだ。

当時、市役所内で佐藤さんのあだ名を知るひとはいなかった。小学校の学芸会で自来也が乗る蝦蟇の役を演ったことから、このあだ名がついた。

父の応対に出た市の職員が丁度、通り掛かったガマさんに「瞳先生が市役所の蝦蟇さんに、とおっしゃって電話をかけてこられたのですが、〝蝦蟇さん〟って誰のことだかわかりますか?」と訊いたところ、それは俺だよ、となったという。それ以来、市役所でもガマさんで通るようになった。

それはともかくとして、ガマさんはその後、市役所を退職して国立市の社会福祉協議会会長に就任していた。つまり、老人介護のエキスパートだ。母のことを相談するのには、まさに最適の人物である。

母の病状を一通り説明して今後の対策などを教えてもらった。

我が家は父がその著作の中で「変奇館」と名づけたように、普通の住宅とは構造が大きく変わる。バストイレと台所と食卓があるリビング兼ダイニングが半地下になっていて、そこから急な階段を八段上がったところが玄関と応接間、父の書斎（現在は僕が使っているが）で、さらに階段を五段上がった中二階が母の寝室。そこからもう一度階段を上がった二階部分が僕の寝室となっている。この構造では、体力の低下が予想される母の介護は通常よりも大変になることが予想された。もちろん本人も辛いことになるだろう。その辺りもガマさんにお話しした。

結局、母は一時帰宅することもなく、二十八日に退院することとなった。

十時半に家を出て病院まで、僕の運転で一時間かかった。入院費用を僕のカードで払うと限度額ギリギリだった。午後一時に無事、帰宅した。

退院と聞いてガマさんとマスオさんが我が家を訪れる。『繁寿司』のタカチャンも来た。すっかり元気になって普段通りの母に比べ、マスオさんとタカチャンのほうが足を痛めていて病人みたいだ。

母が退院したことを、ホームドクターへ行って報告した。先生は、お母さん、ガンだと思っていたんだけどなあ、とやや怪訝なご様子。まさか元気に帰宅するとは思っていなかったようだ。

退院の翌日、いつもお願いしている我が街の造園業「植繁」さんが来た。庭のキンモクセイが枯れたため撤去してもらうのだ。父のときもそうだったが我が家では誰かが入院するたびに身代わりのように庭の植木が枯れる。

数日後、駅前商店街の植木屋にキンモクセイの高さ三十センチばかりの小さな苗木が出ていたので買ってきた。三年経つと花芽が付くらしいよ、と言うと、母は果たしていい顔をしない。そのころ、あたしは居ないかもしれないのが分かっているの、とその眼が言っている。生きる励みになればと思ったのだが、逆効果だった。

月が変わって十月九日、いつもの総合病院へ行く。

あとはクォリティー・オブ・ライフとなったので、定期的に腫瘍が大きくなっていないか、水が溜まっていないかを確認するのみの診察が月に一度行われることになっていた。

五時過ぎの問診では、炎症がまだ残っていて、薬を止めると、また水が出てくるだろう、二十三日にまたCTスキャンをして、水が溜まってきているようだったら、場合によってはまた手術することになります、という。

診察の待ち時間が長くだいぶ遅くなったので、処方された薬は、いつものように病院に隣接する調剤薬局ではなく、自宅の近所の薬局で処方してもらうことにして帰宅した。

しかし、近所の調剤薬局には在庫がないという。この手の薬は決められた時間にきちんと飲み、血中濃度を一定にしておく必要がある。

実は父が闘病中に眠れないことを不憫に思った母が、自分の入眠剤を飲ませたことがあった。日頃、父は睡眠薬のたぐいを一切飲まない。かつて編集者時代に優秀な執筆者が睡眠薬中毒で廃人同様になってしまうのを見ていたのだ。怖がりの父は、これは駄目だ、よくない、と思うとそれを忠実に守る。しかし、このときは自分でも少し眠りたいと思ったのだろう。まったく使っていなかったので入眠剤はよく効いた。

久しぶりにぐっすり眠れたのはよかったが、起きたときから末期ガンに特有の激痛が父を襲った。すでに痛み止めのモルヒネ剤を使用していたのだが、寝ている間にその成分の血中濃度が下がってしまったのだった。

定時に飲まないと大変なことになる。僕は可哀相でこのことを母に言えなかった。それと同じことが母にも起こるかもしれない。さいわい、すぐ薬は届けられ、間が空いてしまう、ということはなかった。

僕の日記を見ると、前年のこの日は、母と横浜で柳原良平さんの個展の展覧会場を訪れ、そのあと中華街で食事をしたりしている。それがたった一年でこんなことになってしまった。

少し迷ったが、友人たちに、毎年正月三日に拙宅でやっている飲み会を来年はやらない、と告げた。

二十日。新橋の小料理屋でツボヤンと元同僚のT氏と会い母のことを少し話す。このときはどこまで話したか。もしものときに僕一人ではどうしようもないので、力になってくれそうな方になんとなく了解を得ておきたい、という気持ちだった。

二十三日。いつもの総合病院で母、造影剤を使用してCTスキャン。

二十五日。母、自宅で入浴。これを特記するには訳がある。母は不思議なことに入浴が嫌いだった。そして体調が悪くなってからはますます入らなくなっていた。母は言わなかったが、どうやら一人のときに風呂場でドアを閉めて裸になるというのが怖くてできないらしい。僕の帰宅はいつも遅いので、それから入浴ということもできないというのが真相であるらしかった。

十一月三日に、母を駅前「せきやビル」のイベントホールでおこなわれていた頑亭さんたちのグループ展に連れて行った。九十歳以上が出展条件。十余名ほどの方々が色紙などを出品していらっしゃっただろうか。皆さん、お元気だ。母も負けずに皆さんとおしゃべりしたりする。母が参加資格を得る日が来ることがあるのだろうか。

僕の一つ年下の友人が重症のくも膜下出血で倒れた、という報告があった。さいわい一命は取り留めたらしいが最近はこんな話ばかりだ。

その一方で僕の古くからの友人から献呈本が来たりした。帰宅したらその書籍小包が無造作に食卓に置かれていて母はむっつりしてそっぽを向いている。僕宛の献呈本が父の関係ならば、母は自慢げで嬉しそうだが、僕の友人からだと渋い顔をする。あんたもしっかりしなさいよ、ということだ。今日のは後者で、一週間ばかりはなんとなく不穏な空気が家の中に漂うことになる。

このところ、母の病状に変化は見られなかった。水が再び溜まることもなく、腫瘍がはっきりと姿を見せることもなかった。普通にしていれば普段通りの生活ができる。なんとなく平穏無事な静かな毎日が過ぎていった。母もこのまま何事もなく経過していくのではないかと思っていたようだし、僕も悪性腫瘍というのは誤診ではないかと思い始めていた。

しかし、病魔は決してその足を停めてはいなかったのだ。その足音はどこか遠く暗いトンネルの向うから規則正しく足並みを揃え、確実に近づきつつあった。

二〇〇九年の大晦日。駅前のスーパー『紀ノ国屋』へ母と正月用の買い出しに出掛けた。明日は来客もないだろうが、大晦日からお正月三が日にかけての食料を買うためだ。

かつて、父が元気だったころ、我が家の元旦はのべ百人余りの来客でごった返していた。その食べ物や飲み物は我が家の風物詩であり、父が亡くなった後も、母はその正月料理の献立だけは同じものを造り続けていた。母は、そんなに食べられるはずもないのに、いつも通りに惣菜を山のように買い込んでいる。夜は近所のお蕎麦屋さんからざるそばをとる。これも定番。そして、なんとなく「紅白歌合戦」とそのまま「ゆく年くる年」を観て、床に就く。これが我が家の大晦日だった。

年が改まった二〇一〇年の一月元旦。年始客などないと思っていたら、サカバーと、もう一人の父の妹・麗子の長女、つまり僕にとってはイトコにあたるタエさんとその息子があらわれた。

サカバーはロス在住だから来日なのか帰国なのか。年末から日本で数週間を過ごしていた。ワインを開けてステーキを焼く。サカバーとタエさんは下戸だから、僕と母であらかた飲んでしまっただろうか。それと我が家の元旦料理の恒例であるステーキ。父が元気で数十人の年賀の客があったころは十枚近くのステーキを僕が焼いた。最近はそんな機会も余裕もなくなったが、僕、ステーキ焼かせたらなかなかの腕です。

四時ごろにタエさんと息子が先に帰って、残ったサカバーと母は、我が家の思い出話やら親戚の悪口やら、嫁と小姑の定番の問題についてなど色々な話をしている。今となっては戦争直後、鎌倉時代からの我が家の歴史を自分自身の体験として語り合えるのはサカバーと母だけになってしまった。

女同士の会話だから、そんなことまで話さなくてもと思ったほどだが、そのくせ母は自分の病状については、おくびにも出さない。

新年最初の受診を八日にいつもの総合病院で受けた。母の腫瘍マーカーの数値が上がっている。気管支炎かガンらしい。気管支炎とガンではずいぶん違うような気がするが、そんなものなのだろうか。診察の後、そのまま母と銀座に出た。母は「ちょっと、あたしも贅沢したいのよ」などと言いながら、ポール・スチュアートでカシミアのセーターを買う。

その足で父の行きつけの店である銀座松屋裏の『はち巻岡田』で母と名物のアンコウ鍋をいただいた。銀座も関西料理が席巻しているなか、江戸料理の小料理屋として今や貴重な存在だ。樽酒を僕は室温で三合飲み、母は父の死後、随分飲むようになって温燗で二合空けてしまう。相変わらずの母の健啖ぶりには驚かされる。食欲はいたって旺盛だ。

十一日。高校時代の同級生、Nの訃報に接する。僕も今年、ついに還暦を迎えることとなる。母のことどころか、いよいよ同世代、同年齢に迫り来るものがある。

そう言えば、このごろ、赤ん坊や子どもが僕になつかないことに気がついている。我が家の男性はみんな、すこぶる子ども好きで、子どものほうもそれと知ってか、すぐになつくものだった。そのいわば特技ともいえるものが消失していて、一抹の寂しさを覚える。赤ん坊は老人を仲間と思わないのか。

十七日。母と駅前の『紀ノ国屋』へ普段の食材を購入するための買い物に行く。こんな近所でも母は昔からバスで行くことすらできない。タクシーを使い、たいがいはその足で『繁寿司』へいく。食後、タカチャンにタクシーを呼んでもらって帰宅、というのがいつものパターンだ。随分と贅沢な話だが、根底に乗り物恐怖症があることをご理解いただきたい。そして、このころになると買い物の荷物を自分で持って歩くのが億劫になってきている。だから、僕が自分で運転して送り迎えできる日に買い物にいくようになった。

二月最初の金曜日は月に一度となった外来の担当医Y医師の診察日である。非常勤のY医師の診察は金曜日のみなのだ。母はやはり中皮腫らしく、以前の診断通り、手術も抗ガン剤も放射線も、この歳ではかえって良くないという診断に変化はない。五分ばかり、進行はないようですね、というようなお話しを聞き処方薬をもらって帰宅した。

三月を迎えたが、このところ僕はずっと胃痛が続いている。神経性胃炎というのだろうか、緊張すると胃が痛くなる質で、胃潰瘍も過去に二度ばかりやっている。加えて血圧が高いという自覚症状がでてきた。計測すると上が一六〇で下が一〇〇ぐらいが日常となってしまった。そろそろ降圧剤の投与をはじめたほうがいい数値だ。僕も父も低血圧が年齢とともに高血圧に移行するというタイプ。父はそれに糖尿病が加わった。母の容体が急変したりする場合も考えられる。ここで僕まで倒れてしまっては大変なことになる。

十七日。母が曜日を間違えて野菜ジュースの配達は今日だと言う。週に二回、配達してもらっている。早朝六時半ごろ戸口に届けられるので、起き次第、母か僕が取り入れることになっているのだが、その曜日を間違えたのだ。惚けの始まりか？　常に聡明でこの手のことは決して間違えない母だった。いまだかつて、こんなことは決してなかった。

翌、十八日。母と銀座の『はち巻岡田』へ出かけた。母が、このところ父の書籍の復刻版を出してくれている論創社の若い編集者I君を、父の作中、慎重社の臥煙さんとして登場するベテラン編集者に紹介するという目的だった。母はこの、銀座で一席設けるというゴッドファーザー的な役目を面白がっていた。当然、僕も同行して、お相伴にあずかることになる。

当日は和気あいあいと談論風発であったが、僕は頃合いを見計らって、かねてから母が着手していた原稿について、お二人にも、お話しして置いた方がいいのでは、と水を向けた。僕もフィクサー役はまんざら嫌いじゃない。

母はこの数年前から自分で何か書きたいと思い、構想を練り、すでに多少は書き始めていた。その内容は、二〇〇七年に出版された聞き書き『瞳さんと』では充分に意を尽くせなかったところ、しゃべり足りなかったところを自分なりに補いたいというものであるらしい。母にはまだまだ語り尽くせなかった思いのたけがあった。しかし、僕たちがその意外な主題を知るのは少し先になる。

下旬になっても、僕の血圧は下がらず治療を受けることにした。降圧剤を飲み始めると柑橘類は食べられなくなるというので丁度、食卓にあった到来物の文旦を食べた。これが食べ納めか。

ホームドクターへ行き、どうも血圧が高いという自覚症状があるのですが、と言うと、確かに高いね、強い薬を飲まねばと言われた。昨日、柑橘類の食べ納めをしました、と言ったら先生に笑われた。いまどきそんな薬はないということだった。さっそく服用して寝る前に測定したら一三五―八五まで落ちていた。薬効あらたかとはこのことか。介護する側の懸念は一応去った。

四月二日は定番となった第一金曜日の診察日だった。いつもの総合病院で母の定期検査である。あいかわらず「病状は進行していませんね」とちょっと雑談風に先生と話すのみで診察を終える。

父には第一早稲田高等学院時代、親友が三人いた。Uさん、Mさん、Hさん。それぞれの奥様を含めて計八人は仲がよく、端から見てもうらやましいかぎりだった。

僕もこの四名の人生にあやかりたいと思った。父と母は大学で知り合った初恋同士だった。大学時代の友人たちとの友情も終生、変わらなかった。また四人が四人とも社会的に成功し、我が家をのぞけば子どもたちもみな立派な経歴だ。

なんて素敵な人生じゃないか。僕がその人生をなぞりたいと思っても無理はないだろう。しかし、どうも現実はままならないものらしい。僕はそのどれにも失敗してしまった。

四月五日は、このご縁での外出である。十一時に家を出て巣鴨に向かう。この日はMさんの菩提寺に墓参りをしたあとで、巣鴨駅の近くで会食することになっていた。すでにMさんとHさんが他界されていて、ご夫人のみの参加になる。

僕は母を送り届けた後、皆さんに託して新作映画の試写に行き、食事が終わったころを見計らって母を迎えに行くという段取りであった。

五月二十二日。十時半に家を出て僕の運転で母を鎌倉へ連れて行く。今日は両親が卒業した鎌倉アカデミアの同窓会が、校舎にしていた光明寺で開催されるのだ。

数年しか存続しなかった大学校であり、高齢化も進んでいるので実際に学んだひとの出席はごく僅かである。しかし、ご存じのようにその卒業生たちはいずれもきら星のごとく各界の著名人となっている。卒業生に講演をしてもらって、それを一般のかたに聞いていただくという趣旨の会合である。

この数年は母も瞳未亡人として壇上にあがりトークショウに参加する。見ず知らずの人たちの前でしゃべるどころか、親しい方のご子息の仲人もできず、父の法事のスピーチも僕に任された。それほど引っ込み思案の母であったのに「なんだか、このごろ、人前でも平気なの」と言って進んで出席するようになっていた。

母を光明寺で下ろしてから、僕は一人で二時半に鎌倉プリンスホテルにチェックインして、母のトランクを部屋に置いた。それから、毎土曜日、数年前から受講している大人のための音楽教室でのサックスレッスンへ行くため、JRで銀座に向かった。

母の乗り物恐怖症は我が家から鎌倉までの片道が精一杯で、一日のうちにこの距離を往復するのは我慢の限界を超えてしまう。ましてトークショウという緊張がある。こうしたとき、常になだめすかしながら余裕をもって行動しなければならなかった。しかも、僕と一緒でなければ移動できないので、こんな面倒くさいスケジュールになるのだった。

母には絶対に僕が一緒でなければならない時間と、僕が居なくてもいい時間があった。それゆえに僕は居なくていいときは、極力外出して距離を置くようにしていた。それが母と僕との間にある、根本的な確執であった。何も好き好んで一緒にいるわけではない、という思いが心の奥底にある。しかし、お互いにそんなことは言葉にしないようにしていた。

一言でも不満を表明したら、だったらあたしが死ねばいいのね、と言って、本当にその場で首でも吊りかねないのだった。

それは父に対しても同じだった。僕も父もそれを恐れていたし、支えられる限りは支えていこうとしていたのだった。

七時ごろ、JR鎌倉駅からホテルに戻ると、母はホテル内のレストランで同窓会の幹事役の元同級生、服部さん、タエ夫妻と食事中だった。タエさんの母親、父の妹・麗子も鎌倉アカデミアの演劇科に学んだので同窓会に出席していたのだった。

何事もない様子で談笑中の母を見ると、大丈夫だったかと安心すると同時に、言い知れぬ不快感も頭をもたげる。

翌日は一時から鎌倉長谷の旧山口邸を見学することになっていた。

鎌倉アカデミア卒業生の俳優の加藤茂雄さんが現在お住まいの方を偶然ご存じで、お邪魔することができたのだ。加藤さんの案内で同行したのは、服部さん。タエ夫妻。それと母と僕。

父の作中、川端康成邸の隣であったという家だ。

見学とはご大層だが、この家は現在、加賀谷邸として鎌倉市景観重要建築物に指定されている。一般には公開されていないので、紹介者が必要だった。

重要建築物として登録されるだけのことはあり、その全てがほとんど当時のまま、そこに保存されているのだった。

ときとしてダンスパーティーが行われ、玉突き台が二台置かれていたという応接間は天井高が五メートルほどだろうか。庭に面して半円形に突き出している部分があり、天井までのガラス窓になっている。瞳やその兄弟の友人たちは玄関からではなく、直接、この温室のようになっているガラス張りの扉を開けて出入りしていたという。

復員したばかりの若き瞳は、この応接間のソファに坐って蓄音機でジャズやクラシックを聞きながら、出版されたばかりの太宰治の新作などを読んでいたのだろうか。その屈託を思い、少し涙がでた。

広い庭に面して、十二畳敷きの日本間が二つ並ぶ。

「この部屋が、あたしがはじめて外泊した部屋なの」

と母が女学生のようにはしゃいでいる。治子が瞳の妹たちと枕を並べてこの日本間に寝ていると、深夜、帰宅した瞳の父・正雄が、庭に面した長い廊下と渡り廊下を舞台の花道に見立てて長唄の一節を謡いながら、障子越しに子どもたちに「グルナイ」（グッドナイトの意）と声をかけて通りすぎたという。太鼓橋状の渡り廊下の先の茶室を正雄夫妻は寝室にしていた。

借家ではあったが、山口家の鎌倉の家は豪邸であったという伝説は本当だった。戦後、山口家は二年ばかりここに住んでいた。当時そのままに保存されている加賀谷邸の様子は最近、出たばかりの『鎌倉の西洋館』（柴田泉著／平凡社コロナ・ブックス）で確認することができる。

数年前、鎌倉の老舗タウン誌である「かまくら春秋」からのご依頼で、僕は「追想の鎌倉」と題して次のようなエッセイを書いている。少し長くなるが全文を引用させていただく。


子供の頃、毎年、夏になると鎌倉に行った。

祖母の妹の嫁ぎ先が由比ヶ浜にあり、昔はそれなりに有名だった『海月』という旅館を経営していたのだ。

ぼくが知っている昭和の二十年代後半にはすでに廃業していて、どこかの会社の海の家兼保養所のようなことになっていた。

場所は由比ヶ浜の一番、端っこ。国道が江ノ島方面に向かって左に折れる手前だった。

国道を挟んで由比ヶ浜が広がり、陸の側はコンクリートの防波堤のような壁が高くそびえて、かつての旅館の外壁になり、内側は、だだっ広い芝生の庭で、そこに面している一間幅の廊下に沿って畳敷きの客室が幾つも並んでいた。

当時も旅館のままだったから、とてつもなく広い台所には巨大なガスコンロが幾台も置かれていた。天井は高く、天窓から夏の明るい日差しが落ちてくるのだった。

なにもかも広かったり、だだっ広かったりするのは、ぼくがまだ小さかったからだ。いや、本当に当時の造りは家にしても、何にしても茫漠と広かったような気がする。

まだ日本そのものが取り止めもなく、のんびりとしていて、ぼんやりと広がっていたのだろう。夏空の下、海も人影もまばらに広がっていた。

ある日、ぼくは父の従兄弟の息子、つまりハトコの漕ぐボートに乗せられて由比ヶ浜の沖にでた。水はあくまでも澄み渡り、白い砂の中に不思議な形をした巨岩が幾つも転がっていて、あれは珊瑚だったのだろうか、色とりどりに塗り分けられている。

当時のぼくは酷い悪戯っ子で、ハトコが大切にしている水中眼鏡をボートの底から拾い上げると、ポンと海中に投げ入れた。

あっ、眼鏡が落ちたよ、とぼくが叫ぶと、少しばかり年長のハトコは立ち上がり様に海に飛び込んで、まだユラユラと漂いながら沈んでいく水中眼鏡のあとを追った。

海底には強い日差しを受けて大きな波紋が投影され、白い砂の上に軟着陸した水中眼鏡をハトコは片手で捕らえることができた。

ハトコの黒い影が海底の砂にくっきりと映っている。

昭和三十年か三十一年の由比ヶ浜沖はそんな風だった。

後年、生意気盛りとなったぼくは積年の疑問を父に尋ねた。『海月』とはクラゲの別名である。なにも旅館にクラゲはないだろう。逆さクラゲ、というちょっとばかり下卑た連想がぼくのなかにあった。ぼく以前にも同じ疑問を持った者が親戚のなかにいなかったか、ちょいときわどい話だが、父に訊いたのだ。

「そんなひとはいません」

父はたった一言、ぼくを大喝すると、そっぽを向いてしまった。まあ、我ながら詰まらないことを言ったものだ。

この例は酷すぎるが、このことにかかわらず、父には鎌倉にまつわる話題をことさら避けていたきらいがある。

話題がその辺りになると口をつぐむか、あからさまな不快感を表に出して別室に去っていった。戦中から戦後にかけてながく暮らし、鎌倉アカデミアを卒業し、母とその学校で知り合ったにもかかわらずである。

いや、父の青春がそこにあるから、人並みはずれた羞恥心を持つ父だからこそ、そこは振り返りたくない場所なのだろう。

それにひき替え、母にとってはまさに青春そのもの、父とはじめて会った場所として記憶のなかに焼きついているのだった。

その頃は小学校の低学年だったぼくを連れて母が毎年、由比ヶ浜を訪れた。ほかの従兄弟達も同じ頃を見計らって現れるので、時として十人以上の親類縁者が、その元旅館で夏休みを一緒に過ごすことになった。

しかし、父が同行したという記憶があまりない。たしかに一緒にいたはずなのだが、ぼくは子供同士で遊ぶことが多かっただろうし、二回に一回は来なかったのかもしれない。

唯一、記憶にあるのは両親とぼくの三人が砂浜にいる情景だ。

頭に手拭いをバンダナ風にかぶった水着姿の父が、ぼくに砂浜における遊びの幾つかを伝授してくれている。

ひとつは少し湿った砂を、ただ単に手のひらで、薄くそぎ取るようにするという遊びだ。

手のひらの上で、そぎ取られた砂は、切りわけられた刺身のようになる。

「はい、お刺身」

と父はたいして嬉しそうでもなく、ぼくに言う。

もう一つは充分に海水を含ませた砂を手に取り、指先から滴らせるというもの。砂だけが堆積して、小さな鍾乳洞の石筍のようになる。これを無限に繰り返すと少しずつ、砂のお城か砦のようなものが出来あがるのだった。

父は一日、浜に西日が射すまで、倦むこともなく、この作業を繰り返していた。

これは、僕自身による記憶なのだが、父が自分から鎌倉時代の思い出を話す事はなかった。若いころの、まして恋愛に結びつく思い出は父にとって耐えがたい〝羞恥〟に似ていたのかも知れない。

ときどき、夏の日の夕暮れ、市内を母に連れられて散歩することがあった。

火の見櫓があり、その角を曲がると突き当たりに川端康成邸がある。その手前、右側の大きな門の邸宅がかつての山口家であったと母は言う。

ここにパパとママの恋愛時代があるのよ、と母が言うとき、父がその辺りの事情をあまり書いていないことに気付く。

戦前、山口家は港区麻布の仙台坂上に住んでいた。

それとは別に坂を四之橋の方に下ったところにも家があり、〝下の家〟と呼んでいたという。坂上の家は〝上の家〟である。上の家は住居であり、父はそこから徒歩五分の麻布中学へ通っていたことになる。

下の家は来客用と日舞を習っていた父の二人の妹の為の檜の舞台がある稽古場になっていた。

また、戦前、戦中には今で言う旧軽井沢に、敷地内に川が流れているという別荘を持っていた。

また戦後は二年ほど借家ではあったが鎌倉の大邸宅に住んだ。

おっと驚かないでいただきたい。当時の起業家の生活とは、おおむねこんなものだったのだ。小なりといえども社長でありさえすれば、といってもいいだろうか。

祖父は幾つも会社をつぶしてはまた造るという生活を繰り返していた。会社といっても旋盤が何台かあるだけの家内工業に毛が生えたようなものなのだ。それでも、この生活である。当時は貧富の差は激しく、また誰でも巨万の富を手にすることができたのだ。つぶれれば共同トイレの長屋暮らしであり、みかん箱の机だが、また会社を造れば、この通りである。

一度もつぶさずに育て上げれば祖父は、もう一人の松下幸之助になるはずだった。だが、そうはならなかった。多くの第二の松下幸之助が、そうならなかったように、である。

父は一貫してこうした浮き沈みの多い生活を嫌い、なんとか細々でもいいから安定した暮らしをしたいと願っていた。そのことは何度も書いている。

というわけで、鎌倉なのだが。戦争が終わると同時に焼けてしまった東京の家はなくなり、軽井沢の別荘は人手にわたる。戦中から疎開していた鎌倉の別荘だけが残った。

ぼくは、祖父が、また幾つかの会社をつぶしたあとのことしか知らないので書けるのだが、父の筆致をもってしても成功しているころの祖父や自分自身の生活について書くのは憚られたのであろう。どうやっても自慢話みたいだもんね。

〝父は、まだ幾つもの会社を造っては潰し、そのたび毎に会社の規模は小さくなり、疲弊していった〟といったようなことは書いている。

まあ、それはもう少し先の話で、戦争直後は例の『鎌倉アカデミア』の後援会長（たぶん）におさまり、父と父の兄と妹の三人が入学することになる。おそらく、多少は資金も援助していたのではないだろうか。

のちに映画『ウエスト・サイド物語』を観たとき、ナタリー・ウッドに似ているとぼくが思った、父の一番下の妹は『鎌倉アカデミア』の男子生徒のマスコット的存在だった（らしい）。

つまり、相当に派手な一家ではあった。学内でも有名で、〝山口ファミリー〟といえば、かなり目立つ存在だったであろうことは想像に難くない。

この辺りも書きにくいかなあ。思い出したくない、というのも分からなくはない。

家は川端康成邸の隣にあったわけだが、味噌醤油の貸し借りがあったという。しかし、どちらが借りたのかというと、話が曖昧になってくる。それはまあ、当然、山口家が借りたのではあろうけれども。

直木賞受賞直後には夫婦でご挨拶に伺っている。そういうお付き合いだった。

別のときに川端先生は、あの山口君だと分かっていれば、芥川賞に推挙したのに、とおっしゃったとか。真偽のほどは定かでないが。

最近、母がふっともらしたところによると、どうやら父は川端家の養子になりたかったらしい。

これも恋愛時代の若者にありがちな錯覚かもしれないが、そんなことを匂わせて、母を困らせようと思ったのかもしれない。

いずれにしても、今となってはすべてがあやふやな記憶となり、追憶の彼方へと消えようとしている。

ともかく、それやこれやの全般的なことが、父を鎌倉から遠ざけ、詳述を避けた理由だったのだろう。

父の死後、数年たったとき、『鎌倉アカデミア』の同窓会があった。ひとりでは行けないという母のお供でぼくも同行した。

場所は当時、校舎に使っていた光明寺である。

参道に立った母は父の面影を少しでも多く思い出したいと思っているかのようだった。

早すぎた死から、まだそんなに日時がたっていない。

ぼくの鼻の奥が少しばかり熱くなった。老いた母はあれ以来、随分と小さくなっている。

「あの回廊をねえ」

母が本堂の方を指さした。

「あそこを、瞳さんが、仲間達と一緒にかけてきたのよ」

本堂をとりまいて回廊があり、それは当時のままのようである。

黒澤明監督の『わが青春に悔なし』だな、とぼくは思って回廊を見上げた。

「ママがパパをはじめて見たのは、そのときなのよ」

五人ばかりの学生が木製の渡り廊下を駆け抜けて、本堂の回廊へと差しかかっている。どやどやと駆けだす彼らは、一様に汚れた学生服、すすけた軍服姿、みな若いが、その中にひとり垢抜けた背広姿の父がいる。

お洒落な父は学生服など着なかったのだ。後年はすっかり薄くなった頭髪がうるさいぐらいに黒々として特徴のあるちぢれっ毛ですぐにそれと分かった。

何がおかしいのか、みんなが笑っている。ふと二十歳の父がこちらに気付くと、はにかんだような笑みを浮かべた。

振り向くと、そこにあの日のままの母が立っていた。


以上が「かまくら春秋」からの引用である。山口家が借りていた期間など、後でわかったこともあるので若干の加筆訂正をしたことをお断りしておく。

翌、二十四日に帰宅して、鎌倉アカデミア同窓会の服部さんからお借りしたビデオで『小説・吉野秀雄先生』の映画化版『わが恋わが歌』を母と二人で観た。鎌倉アカデミアの創立六十周年記念の同窓会に際して松竹のご好意で提供を受けたビデオであった。中村登監督の作品で原作は吉野秀雄『やわらかな心』と吉野先生のご子息の書かれた吉野壮児『歌びとの家』、それに父・山口瞳『小説・吉野秀雄先生』の三作品を鎌倉アカデミアの卒業生である脚本家の広沢栄さんが一つにまとめたものだ。昭和四十四年の松竹大船作品である。脚本の広沢さんはじめ、鎌倉アカデミア出身者がスタッフに参加している。

出演は吉野秀雄先生に先代の中村勘三郎はじめ、八千草薫、岩下志麻、中村賀津雄、緒形拳、竹脇無我と豪華なものである。緒形拳が若き日の父を演じている。鎌倉アカデミア在校中の母と父の恋愛などがテーマだ。僕もこの映画の撮影当時、両親に連れられて松竹大船の撮影所見学に行っている。

椅子に坐った母は後ろ姿だったので分からないが、僕はどういうわけか泣けて泣けてしょうがなかった。

六月二十四日。平凡社コロナ・ブックスの取材陣が我が家に来宅した。物故作家の自宅を取材するもので『作家の家』というタイトルになるようだ。生前のまま残っている住宅は少ないらしく、我が家にも白羽の矢がたったということになる。写真に付けるエッセイを頼まれたので、国立の自宅と共に、僕としては見学してきたばかりの鎌倉の家についても書くことにした。最近、何かに導かれるように両親の青春からの道程を辿るような出来事が多い。迫り来る何物かに対する予兆のようなものであろうか。

午後からマスオさんの運転で父の行きつけの店であった、浦安『秀寿司』へ行く。母、関頑亭先生、将棋の大内延介さんご兄弟、写真家の田沼武能ご夫妻、常盤新平ご夫妻、某大学病院の大野先生、父の作中、トッカピンこと醍醐さん。このメンバーでたびたび会食していたが、僕はこれが初めての参加となった。僕もなるべく父の友人関係や母と皆さんの関係を知っておきたいと思ったのだ。

前述したように、母が一人で外出できるときは、極力同行しないようにしていた。しかし、これからは違う。なるべく母の人間関係を知っておく必要があった。

今のうちに母が父の縁の方々と対面できる機会を増やしてあげることも、僕の今しなければいけないことのような気がする。どうせ入院したら例によって見舞い客はお断りなのだから。

第三章　もしものときのシミュレーション

六月三十日の朝、いつもは八時ごろには起きてくる母が十時になってもまだ起きてこない。

その間、状況が状況ゆえにもしかしたらとの思いがあり、万が一のことを考えて、どういう手順で誰に連絡していいものか、頭の中でシミュレーションしていた。実は、このシミュレーションはもう何年も前から何度も考えている。

常識的に考えて、まずはホームドクターだろう。しかし、現在のホームドクターとは診察時間以外は連絡がつかない。国立に引っ越してきた当時から通っていたお医者さんが谷保駅近くにある。先生のお母様と母は短歌の結社を通じてのおつきあいがあり、ご自宅の電話番号も知っている。いざとなったら、こちらにワガママを言って診ていただく以外ないだろう。

自宅でもしものことがあれば、一律に変死扱いにされてしまうということを聞いている。その場で検死がおこなわれるという。母をそんな目に合わせるわけにはいかない。

病状が急変したら懇意にしている開業医に来てもらうしかないだろう。そして死に至ったら救急車を呼ぶのか、葬儀社に連絡することになるのか。お手伝いをお願いしている方々にも連絡しなければならないだろう。そんな手順と段取りでいいのだろうか。

何度か寝室をのぞいたが、どうやらぐっすりと寝ている様子だ。それにしても起床時間がずいぶん遅い。そんなことを考えているとき、やっと母が起きてきた。昨夜、ちょっと読書しているうちに時間が経ってしまったのと疲れがたまっていたらしい。

そのストレスのせいか母の顔を見たらにわかに便意を覚え、トイレに駆け込んだのだが、不用意に排便したために肛門に激痛が走った。痔が出たか、脱肛か？

このところ、ものを飲み込むときに、喉に違和感がある。それだけでもめげているのに痔疾か何かになったら面倒が増える。

母に言うと、簡単に「ワセリン、塗っておけば」と言う。だいたい何でも赤チンかワセリンで治してしまうのだ。幸い痛みは一週間ほどで収まり痔疾でもなかったようだ。

七月二日。十二時に母と二人で家を出ていつもの総合病院へ行き、この日、僕は自分自身の人間ドックの予約をした。

実はここ三年間ばかり、母も僕も人間ドックをやっていない。数年前に母が、もう何時死んでもいいから、人間ドックはやめる、と言ったのが原因だった。これ以上、受診するたびに入院加療が必要な病変を見つけられたのではたまらないと思ったのだろう。

この総合病院の先々代の院長先生が父の競馬友だちであり、そのご縁で三十年以上前から親子三人で年に一度の人間ドックをやっていた。父の肺ガンが発見されたのも、この病院の人間ドックだった。

しかし、母が「もういい」と言い出したので自然に僕もやめることになってしまった。贅沢好きの母はいつも一泊ドックを選んでいた。外泊ということは僕も同行するということである。母が僕の分も費用の全額をカードで支払っていたのだが、それには母の付き添い代金という意味もあった。それがなくなった以上、僕一人がそんな贅沢をするわけにはいかず、僕の人間ドックも自然消滅となった。しかし、どうもこのところ喉に違和感を覚え、不安にもなっていたので、半日ドックを受けることにしたのだ。母の受診日に合わせ、午前中は僕の人間ドック、午後は母の定期的な受診、とすれば一日で両方済んでしまうという計画だった。

母は中皮腫と診断されたとき、この三年あまりの空白がなければ、早期発見できたかねえ、と悔やみつつ嘆息した。確かに今考えると、これが最大の問題だったかもしれない。

しかし、早期発見で大手術をしたらクォリティー・オブ・ライフどころではなくなっていたかもしれない。判断は難しいところだった。

母はいつもの診察なので、僕は予約をした後で、中央線O駅駅前まで散歩にでかけた。ところが、帰りにバスを間違えてしまい石神井公園のほうに出てしまった。バスを乗り継いで、やっと病院に戻ったら母の診察は終わっていた。いつもは受診まで何時間も待たされるので油断していたのだ。

母が、遅刻した僕を咎めてから、「腫瘍マーカーの数値が高くなっていて再検査と言われたのよ」と寂しそうに言う。同席して横で聞いていたら、かなりのショックを受けたかも知れない。しかし母がなにげなく再検査というので、僕もああそうか、と軽く受けながしてしまったが、事態は少なからず進行しているようだ。六日にCTスキャンをやることになった。

七月十一日は国政選挙の投票日であった。もよりの投票所は近所の小学校の体育館で、午前中に母と出かけた。母はいつものように日本共産党。僕はこのときは民主党の党名だか個人名だったかを書いたと記憶している。だいたい僕は時の政権に対しての批判票になるようなものにしか投票しない。だから一度として僕が投票したひとが当選したことがない。しかし、このときの投票は、おそらく投票権を持つようになってから初めて〝生きた〟票になったようだ。このときは勝ち馬に乗ったつもりだったのだが。

だいぶ以前のことだが、あるときの国政選挙で投票用紙に、野坂昭如、野末陳平と書き込んで、このお二方が大学時代だったかに漫才コンビを組んでいたことを思い出し、なんだか可笑しくなった。それ以来、あまり真面目に投票したことがない。

それはともかく、母の投票の事情については説明が必要だろう。

母にとって大切なのは、憲法第九条を死守することなのだ。それをマニフェストの最初に掲げているから日本共産党という理屈だった。主義主張が同じひとはいないのよね、と言いつつ「九条の会」にも参加していて、人前で話すことなど絶対にできないはずなのに、参加者の前で自分の戦争体験を話したこともあるようだ。

あるとき、新聞に三月十日の東京大空襲の航空写真が出ていた。墨田川沿いから下町方向の全てが焼け野原になっている。

ねえ、母さんはこの写真だと、このときどこにいたのと訊くと、ここよ、と指さしたのは、一面の焼け野原のまん真ん中だった。

その日、自宅にいた母はすぐ上の姉さんと二人で、炎を避けるためにドテラを羽織って、雨と降る焼夷弾の下を駆けだした。すでにして左右の家屋に火がついて燃え上がっている。

上昇気流ができるから、フワフワと身体が浮かぶのよね。まるで空を飛んでいるみたいだったわ。それが面白いといって姉さんと二人、ゲラゲラ笑いながら逃げたのよ、という。当時、二人は箸が転んでも可笑しい年齢だ。

右も左も燃え盛るなか、おおい、娘さん、ドテラに火がついてるよ、とオジサンが声をかけてくれた。あわててそれを脱ぎ捨て、逃げまどった。

コンクリート建てのビルがあり、みんなその中に逃げ込むのであとにしたがった。内部はすでに立錐の余地もないほど避難民であふれ返っている。

おい、窓から火が入るぞ、という声で窓を見るとガラスの隙間から火の粉が入ってくる。それを手で叩き落した。

もう入れない、火が入る、と言って扉を閉めたのよね。入れてくれ入れてくれってドアを叩く音が聞こえたけど、あのひとたちは、きっと死んだんだわ、と母が寂しそうに言う。

どうしてこんな状況で蒸し焼きにもならず生き残ったのだろうか。ともかく、母と姉は生き残った。

これからは愛読していた少女小説にあるように、姉と二人、貧しい孤児としてつましく健気に生きていくんだわ、と夢見がちな若い娘にありがちなメロドラマのヒロインのような空想をしたのだった。そして内心では家族との軋轢からも解放される、と少しばかり嬉しかったのだという。

ところが家族はこれも奇跡的に全員が無事であった。

父・伝吉がリュック一杯の炭を持って避難したというので、後々まで娘たちの物笑いになった。母・さわはお向かいに住む朝鮮人一家の子どもたちの手を引いて避難した。この子たちの親が数日後に、当時入手困難であったはずの砂糖を一包み持って御礼に来たという。

戦争は二度と嫌だ、というのが母の変わらない気持ちだった。それには、ともかく憲法第九条を維持することだ。そこに母が共産党に投票する意味があった。

例の九・一一の第一報が入ったとき、そのワールドトレードセンタービルに旅客機が突入する映像を観て、母は咄嗟に「ざまあみろ！　思い知ったか！」と声に出して快哉を叫び、椅子から飛び上がった。隣で観ていた僕は、この咄嗟の反応に驚いたものだった。

それほど空襲の戦火の下を逃げまどった記憶は、母の心を傷つけ、深く残ったのだった。

選挙の日の夕食は到来物の「鳥すき」セットを二人で食べた。おそらく麻布に住んでいたころから我が家にあるすき焼き鍋の出番である。このすき焼き鍋とひしゃげた蒸かし器だけがずっと家にあった。美味いのなんの。〝美味いものは小人数〟というのが我が家の家訓である。年に数度の自宅での水入らずの食事だ。普段は自宅で飲まないが、年に一度の「鳥すき」の日だけは日本酒を僕は冷やでいただき、母には温燗をお酌する。

七月十六日の午前六時に、母と二人で家を出て、僕は三年ぶりの人間ドックである。今日は午前、人間ドックを僕が受け、午後から母の診察、という段取りだ。一日中、この病院にいることになる。

父は胃カメラをまったく受け付けず、診察室からほうほうの体で出てくることがあったが、僕も苦手だ。ある時など、診察室でもがき苦しむ僕の反応を見ながら、担当の先生が、いいかい、これが喉に異物を入れられたときの筋反射だよ、などとインターンに教えたりしていたことがある。あまり例のない珍しい反応だったのだろう。

ところが母は内視鏡などまったく平気なのだ。あんなもの痛くもなんともないわ、という。親子三人とも神経質なのだが、父と僕が過敏なものと、母が過敏なものの内容は違うようだった。

鬼門だと思っていた内視鏡は、二年前から全身麻酔を併用したものになっていて、ほとんど何の苦痛もなくすんでしまった。

検査後の問診では、食道に異常はなく、軽い胃炎ということだった。しかし前立腺ガンの腫瘍マーカーが有意に上昇している。まったく、いつでも人間ドックというものは意外な伏兵が現れるものだ。ヘモグロビンA１ｃも五・八と若干、上昇している。あとでホームドクターに結果を報告したら、「山口さんは軽い糖尿病になった」といわれた。

結果を先に書くと、後日、病院から届いた総合判断では、慢性胃炎でピロリ菌の除去と眼科の再検査をお勧め、という二点のみだった。数値的には前立腺も糖尿もぎりぎりセーフであったようだ。目に関しても、もしも異常があったら、という程度であった。


僕がドックを受けている間、母は待合室のソファにずっと坐って週刊誌などを読んでいた。僕のほうはまずまずの結果ということになったのだが、午後からの母の問診ではそうはいかなかった。胸部レントゲンとCTスキャンをやってから外来のY医師の診察を受けたところ、やはり右肺の影は腫瘍、とのことだった。中皮腫か肺の腺ガンの可能性が一番大きいとのこと。

右肺の下半分程度が腫瘍らしきものになっていて、去年、水を抜いた手術跡から腫瘍の一部が身体の外に露出して皮膚の下でこぶ状のものになっていた。

「この状態から判断すると、だいたい一年ぐらいだと思います」

担当のY医師は、わりと男っぽい豪放磊落な感じなのだが、このときだけは少し目をそらして、ぽつりと小さく告知した。

つまり余命一年ということだ。

母は、咄嗟に首をすくめ、口を結んで何かに耐えるようにした。しかし、すぐにあきれたことを言うものね、と言う感じで僕と目を合わせ、口をへの字にして眉を上げ、小さく首を振っておどけてみせるいつもの表情を作った。それからちょっと真顔になって何事かを訴えるかのように、僕の目を見つめた。あんたもしっかりしなくちゃだめよ、という意味だろう。

狭い診察室の中には医師と母と僕しかいない。もっとも後ろの壁は開放されていて、看護師が行き来している。

こういうとき、冷静というか客観的というか、それとも先生のお気持ちをくんで、というべきか、泣き叫んだり、不平不満を言い募ったりしないのが母だった。その胆力にはいつも驚く。そして、噴出することなく押さえられた、いわば感情のマグマとでもいうものは、例の乗り物恐怖症に代表される、不安神経症の中に隠され、押さえ込まれているのだった。

母は余命一年と宣告されると、Y医師に「先生、手術はもうしたくない」と以前からの決意を告げた。僕も横から「母はもう何年も前から尊厳死協会に入っているんです」と付け加えた。

このところ、ずっと担当してもらっている外来のY医師は最初から、高齢であることを考慮して細胞採取のための手術すらもしないほうがいいという意見だった。母の言葉を受けて「いままで申し上げませんでしたが、実は僕は終末医療、緩和ケアを以前から研究して、心がけているのです」と教えてくれた。なるほど、最初から僕は何もしない主義です、と言ったら患者は驚いてしまうだろう。

まったく、母は運がいい。もしも旧態依然たる、何がなんでも手術一辺倒の先生にかかったら、水が溜まった段階で延命効果もない無謀な手術を執刀され、その日から寝たきりになってしまっていただろう。

父が肺ガンを宣告された十五年前は、まだ緩和治療や終末医療に関して医学界自体が手さぐり状態で、ホスピスなんか断固拒否、という考え方がほとんどではなかったか。

手術自体が患者の負担となり、ガンの種類は分かったが患者の体力はなくなった、というのでは延命効果もあったものではない。

父の死のときから、父の失敗の轍を踏みたくない、というのが母と僕の願いだった。

それが叶えられようとしている。それは今、この不幸の中にあって母と僕の間に流れる、何か温かいものだった。希望通りになったね、永い間の思いが今から現実のものになるんだね、という感慨だ。

結局、最後まで母の正確な病名が中皮腫であるかどうかは分からなかった。

「これからはいわゆるクォリティー・オブ・ライフでいきましょう。放射線の使用や抗ガン剤も生活の質を落とすだけで、延命にも効果がないでしょう」

「もうホスピスに行ったほうがいいのでしょうか」と僕が尋ねると、医師は「それはまだ早いでしょう。ここでも、まだできることはあります。水が溜まったら、また抜くということは有効です。また痛みが出てきたら痛み止めの使用を行います。ここまではホスピスに行っても同じでしょう」

担当のＹ医師は緩和ケアに理解があったのだ。患者として、これだけこちら側と考え方が同じなのはありがたいことだった。

すでに書いてきたが、この何年間か、母は何度も手術をして入退院を繰り返していた。もう痛いのはいやだ、というのが母の口癖なのだ。

父が前立腺の手術を受けたころだっただろうか「以後、入退院を繰り返す、ね」と自嘲気味に笑ったことがあった。自分の死亡記事にそんな風に書かれるだろうと文案まで考えるのが瞳らしいところなのだ。しかし、父はその数年後に肺ガンで入院すると、そのまま退院することもなく、呆気なく死んでしまった。そのときの手術は、あとでどんな医師に聞いても、延命効果がない、患者の命を縮めるだけの無意味なものということだった。「ええ、ぼくだったらやりませんよ」とどの医師も口を揃えて、そう言葉を継いだ。このことの反省が深く母と僕の心の中に残っていた。

担当医の言うまま、父に手術を勧めてしまったのは母と僕だった。手術さえすればよくなるらしいよ、歩いて帰れるらしいよ、と。

帰りの車中、後部座席に坐った母が「ずいぶんあっさり言うものね」と言った。余命の宣告のことだ。それが自分自身の死の宣告に対する、たった一言の感想だった。

「あたしはパパに会えるからいいの。やりたいことはやったし、しようと思っていたこともできたわ。でもあんたをひとり残していくのがかわいそうで」

母が僕の背中越しに、自分自身を納得させるようにそう言った。僕は運転しながら「それが励みになって、少しでも長生きしてくれるのならば、それでいいよ」と答えるのがやっとだった。

しかし、心の奥底では、いまさら何を言っているんだ、結婚もできず、子どもにも恵まれなかった原因の一端は、母さんの病気にあるじゃないか、という思いも暗くよどんでいる。このアンビバレンツな感情が僕と母の関係を重たいものにしていた。

後部座席で母が「どうすれば、パパのところへ行けるのか、やっとわかったわ」と独り言のようにつぶやくのが聞こえた。

二十日の一時に、いつもの総合病院で母は肺活量の測定と脳のCTスキャンをおこなった。思いのほか、早く終わったのだが、それはそうだろう、もうやることはないのだ。結論は出ている。あとは患者の不快感を取り除くために、できることはやる、ということのみだ。幸い進行が遅いようなので、これからは腫瘍が増殖する推移を見守ることだけになった。

翌二十一日、母が右半身が点々と痛い、と訴えた。ガン患者にありがちだという帯状疱疹を発症したのだろうか、あるいは既にガンの転移が始まっているのか？　これからは色々と予測できないことが起こるだろう。ところが、翌日になると、母は発疹が出ていたけれど収まったと告げた。こちらとすれば発疹が出来ていたのか、早く先生に言えばいいのにと言いたいところだ。

二十三日の午前中、母がホームドクターへ行くと言い出した。これまでの経緯を考えても、自分から診察してもらいたいというときは、だいたい容体が相当に悪いのだ。診察室で母の隣に坐っていた僕は自然に患部を見ることになった。臀部に小豆大の水泡が幾つかできていた。場所が場所だけに自分では見られず症状が分からなかったのだ。やはり右半身の痛みは帯状疱疹であった。

僕も帯状疱疹を患ったことがあるからよく分る。芥子粒ほどの水泡が数個できただけでも異常な筋肉痛を伴う不快感のある痛みだった。これほどの大きさにまで育ってしまったら、おそらく激痛であっただろう。昔から母は痛みに強く、たいがいのことは我慢してしまう。もちろん、いきなり入院とか毎日の通院、などと言われるのが嫌だということもあるのだが。

ホームドクターは、すぐ入院して点滴をするしかないという。母は、また入院は嫌だよう、と言いつつも痛みも酷くなってきているのだろう、入院に同意してくれた。例によっていつもの総合病院に電話して入院をお願いする。

さすがにおいそれと病室の空きはないようだったが、これまでの経緯もあり、何とか部屋の都合がついた。一時から二時半の間に来ていただければ、入院可能です、という返事だった。

僕は母が入院してベッドに落ち着くのを確認したら、そのまま都内の仕事先に廻るつもりだったので、このときはタクシーで病院へ行った。母も入退院はお手の物となり準備にも時間をとらなくなった。パッキングも手慣れたものだ。今回は皮膚科の扱いということになった。

二十五日の三時過ぎに見舞いに行くと、帯状疱疹はよくなっているみたいだが、なんとなく元気がない。二十六、二十七、二十八日と連日、病院に寄ったが、顔を見るだけ。二十八日には下着を届けたあと、JR東京駅で下車、『丸善』と和菓子の『長門』でお中元の手続きをした。母は父の死後もお世話になったかたがたに盆暮れの挨拶を欠かさない。昔と同じように贈り物は丸善だ。二十九日。ホームドクターでピロリ菌と前立腺のことを話す。これは僕。いずれにせよ病院がらみの毎日である。

三十日の九時半に家を出て病院へ向かう。帯状疱疹に関しては本日退院である。車を運転していったのだが、病院のパーキングが満車で入れない。午前中に来ることはめったにないのだが、午後よりも混んでいるようだ。

車内からケータイで病棟に電話。下まで来ていて駐車待ちの列に並んでいることを母に告げる。時間通りに姿を見せないと、どんなことになるかわかったものではない。なるべく不安神経症の発作を起こさせないように常に気をつかっている。ケータイができて本当によかったと思う瞬間だ。

「来月から特効薬の使用が解禁になるのですが……」と皮膚科の担当医が言っていたが、結局、使用することはなかった。

十二時に皮膚科の病棟はチェックアウトして、最上階のレストランで昼食を摂ることにした。母はアイスクリームだけ。二人で週刊誌など読んで四時まで時間を潰してからロビーに降りて、今度は外来のY医師の診察を受ける。

相変わらず「中皮腫か肺ガンか分からない。歳を考えてこのままが最善だと思います」と言う診断に変化はない。しかし、余命一年ぐらい、という判断に変わりはないようだ。

帰りの車中で母が「腫瘍が大きくなっていないということは、今日から一年ってことかしら、そのたびに延びるのね」と言うので、僕も「そうだよ、今日から一年ってことだよ」と相槌をうつ。やはりそろそろホスピスを考えてもいいのかもしれない。母は、今日も「あたしはパパのところへ行けるからいいけど、あんたを一人残していくのが可哀相で」といつものセリフを呟いている。

インターネットで調べたら中皮腫の平均余命は十五ヶ月と医療関係のホームページに出ていた。

このところ、頼みの綱である作家の岩橋邦枝さんと連絡がつかない。父は岩橋さんのことを文壇従軍看護婦と呼び、自分が病気になったら介護は岩橋さんに頼む、といつも言っていた。父の死後も変わらずお付き合いしていたので、母のことでも色々とお力添えいただきたいと思っていたのだが、連絡がつかず不安になった。あとで聞いたら足を骨折なさって入院、加療中だったということだった。

八月に入り、四日にせんだって取材を受けた平凡社コロナ・ブックス『作家の家』の原稿と、某医療機関発行のメルマガで連載している映画紹介の原稿を書く。僕としては年に何度か、という忙しい日になった。この日は僕が家に居たので、母が入浴をした。一人だと怖くて入れないのだ。とても余命一年と宣告された身とは思えないのだが、いつもに比べれば少し元気がないようではある。六日。いつもの総合病院で、帯状疱疹の皮膚科の診察を三時半に終え、そのまま外来の内科に廻るために一階のロビーに降りた。今日は院内でハシゴである。最近、病院の中ではもっぱら車椅子を利用するようになっていた。

患者や付き添いでほぼ満員の一階ロビーで、肺に水が溜まったときの担当の若い先生が通りかかり、母に軽く会釈された。

母が、そんな先生を車椅子から見上げて「あたし、もう永くないのよ」と笑いながら言う。周りに人もいるし、何ということを言うのだ。若い先生もさすがに驚き、戸惑った様子だった。

内科の外来での診断は相変わらずで、やはり中皮腫か肺ガンではないかということだった。ホスピスが現実になってくる。

最寄りの駅からＪＲで三駅の武蔵小金井で降り、桜町病院のホスピス棟に行ってみようと思い立ったのは、夏も真っ盛りの八月十三日だった。母に話すと嫌がると思って内緒であったが、下調べ、というか転院の段取りだけでも調べておきたいと思ったのだった。

父のときは入院に先立ち面接があるということだったが、すでに半ば意識がない状態だった。主治医となる方と師長さんの面接を受けたのは僕だった。

担当の医師と師長を交えて、病院側からはホスピスの考え方の説明があり、患者の現在の病状や、患者にもう無益な治療をしたくないのだという確固たる強い意志があるのかどうかの確認をする。これを入院前にあらかじめ行っておくことがホスピス入院の条件なのだった。

そのとき、患者の状態について主に質問したのは、医師ではなく師長さんの方だった。

緩和ケアが主体である終末医療では介護がメインになるので、院内における看護師のウエイトが大きいようであった。

ホスピス棟のたたずまいは父を送ったあの日のままだった。あれも暑い日だった。

勝手知ったる、ちょっとしたホテルのフロントロビーのようなエントランスに入り、左を見上げると懐かしいサンドロ・ボッティチェリの「春（La Primavera)」／別名「春の寓意（Allegoria della Primavera)」の大きな複製絵画がかけられている。

死を暗示しているともいわれている名画だ。父が好きな絵だった。

受付で、父がこちらで十五年前に亡くなったこと、母が末期ガンであり、いずれこちらでお世話になりたいのだが、どうしたらいいのでしょうか、と来意を告げた。相手は白衣を着た若い男性だったので、コーディネーターの方ですか、と尋ねると、ホスピス棟の医師だった。ホスピス棟には患者と医師、看護師の間の意思疎通を図るため、コーディネーターという役目があるので、その人だと勘違いしたのだ。

「手続きの担当者を呼びますから、少し、お待ちください」と言われたので、玄関ロビーから奥に入り、明るい床から天井までのガラス張り窓で周囲が囲まれている広いカフェテリアに向って傍らのティー・テーブルについた。ここはボランティアの人がお茶のお世話をしたりしている、患者と家族のための、いってみれば応接間である。

ホスピスの眼目のひとつは、家庭にいるときと同じような生活を続けながら静かにその時を待つ、というものだ。

したがってリビングとキッチンを合わせたようなカフェテリア、瀟洒な中庭、銭湯を模した共同のお風呂、カラオケルームなどがあるのだった。カラオケルームはストレスの発散の意味もあるが、ときに号泣したい人への配慮だった。

しばらく待ってから師長さんとお話しができた。

父のこと、母のこと、これまでの病状と経緯などを分かる範囲でお話しする。

桜町病院はカソリック系なので、今はシスターがコーディネーターを務めているのだが、あいにく本日は休みなので、あらためて連絡をくれることになった。

翌、十四日。母が山崎章郎先生に手紙を書いた。内容はもとより知る由もないが、自分の病気のこと、今後のことなどだろう。山崎先生は父がお世話になったころの桜町病院ホスピス棟の先生で『病院で死ぬということ』などの著書がある、いわば終末医療、緩和ケアの大先達である。母は父の死後もドネイションなどでホスピスを応援し、山崎先生にもよくお手紙を出していたようだ。

十六日にコーディネーターのシスターから電話があり、母の桜町病院での予約と最初の面接日が決まった。父はすでに寝たきりであったが、母にはまだ面接をおこなえるだけの行動の自由がある。

面接の日取りは十月四日に決まった。

二十二日。母の身体が一回り小さくなったようだ。この数年は健啖家という感じだったので、太りすぎを心配していたぐらいなのだが……。

二十三日。この日、僕は連載を持っているあるPR誌での鎌倉取材に出掛けた。取材先は最近流行の鎌倉野菜を使ったイタリア料理の店。食後の取材を兼ねた散策の後、たまたま入ったスナック兼古書店に鎌倉アカデミア関係の本があったので購入した。『鎌倉アカデミア——三枝博音と若きかもめたち』(前川清治著/サイマル出版会)で、この本のことは知らなかった。理事をしていた祖父・正雄や伯父と父の若いころの写真が掲載されている。もちろん瞳と治子の仲人をしてくれた三枝博音先生の写真もあった。

二十七日。母をホームドクターへ連れて行く。何度かやっている膀胱炎が再発したらしく、尿が白濁しているのだ。

最近はたいがいの家庭には備わっているトイレの自動洗浄機のビデ機能で、排尿後、洗っておくといいとのことだったが、古風な母は恥ずかしがって、くすぐったいから嫌だと使おうとしない。少しはワガママを言わないでほしいのだが。

人間ドックの結果などを話していたら、僕は軽い糖尿病といわれた。この前の人間ドックで分かったピロリ菌についてお願いすると、ピロリ菌の除菌は総合病院など大きなところでなくては出来ない、ということだった。抗生物質を飲んで血液検査でもすれば簡単にできると思っていたのだが、そうもいかないらしい。

二十八日。今日は国立駅前の父が贔屓にしていた『繁寿司』に「山口瞳の会」(父のファンクラブ)の人たちが集まるので、事前に母が、多少は飲み代の足しになるのではと包んだカンパを届けた。

父の命日である八月三十日がまた巡ってきた。菩提寺は浦賀の顕正寺。いつも自分で運転していくのだが、今日は品川経由、京急で行くことにした。浦賀駅前の中国人一家がやっている中華料理店でごまだれの冷し中華を食べる。二時半、駅前からタクシーに乗り、途中で供花を買ってお寺へ。

我が家の墓参りといえば法事もふくめていつも十人以上であった。それがいつしか人数が減り、昨年あたりから母もなかなか足を運ばないようになった。とうとう一人になっちゃったよ、などと墓前で父に報告すると、鼻の奥が、月並みではあるが、きな臭くなる。

第四章　母、旺盛な執筆活動に勤しむ

このところ、母はリビングのいつもの席でテーブルに向かい、毎日、熱心に何事かを原稿用紙に書き続けている。その資料として昔の日記などを引っ張りだしている様子だ。古い手紙類も傍らに置いている。きっと以前話していた、語り下ろしの『瞳さんと』で言い尽くせなかったことを書きはじめているのではないか。原稿用紙も若干残っていた父が愛用していたものを使用するという念の入れようだ。

九月三日。いつもの総合病院。母は皮膚科で帯状疱疹の経過説明を聞き、僕は人間ドックの受付でピロリ菌除菌の予約をした。

母が帰りの車中で、書きたいと言っていた、例の小説の内容を話しだした。

それは、以前、話していた『瞳さんと』では書き切れなかった、しゃべりつくせなかったことを書きたい、という内容とはまったく違うテーマであった。

あるとき、父のファンというひとたちと母が同席する機会があった。

僕は参加していないのだが、母がひとりでも行ける範囲なので出席したのだろう。父のファンというだけで安心してしまうようなところもあった。

会場は近所の居酒屋か小料理屋で、宴たけなわとなり、そうとうに酔っぱらってきたのか、一人の男性の声が大きくなった。

「ぼくは知っているんですけどねぇ。山口瞳が一穴主義ってのは、ありゃ嘘ですよ。ぼくは読んで知ってます。ああ、そうですよ。浮気してます。だって本人が書いているじゃないですか」

したり顔でそんなことを話し出したのだという。鬼の首でも取ったよう、とはこのことか。その人が読んだのは父の小説『人殺し』（文春文庫）のことであろう。

帰宅後、母は僕に「あたしは癪に障って、カチンときたけど、黙って聞き流してあげたのよ。だって悪いじゃない。反論するのも癪に障るし」と訴えた。彼のご高説を聞きながら、母はいつもの調子でにこやかに微笑んでいたのだろう。

しかし、このことは永く母の心に残った。そして、いつか自分自身の手でこの疑いを晴らしたいと思ったようだ。自分自身でも多少の疑いは持っていたのかもしれない。自分で納得したかったのかもしれない。それからどの位の時間が経ったのかは分からない。

母はこの会の話を再度、僕に聞かせた上で、やっと反論の方法が分かった、と言った。

小説を書くというのだ。

それが今現在、取りかかっている『瞳さんと』で語り尽くせなかったことの中身であり、本当に書きたかったことだった。

僕は虚を衝かれた。母が書きたかったのは『「人殺し」考』とでも言うべきノンフィクションか検証小説のごときものだった。

父は嫌がっていたが、母は父から来た手紙は、恋愛時代をふくめてほとんど全て保存している。また毎日、詳細な日記もつけている。

このこと自体、僕はあまり好きではない。なにしろ保存している手紙は、初めてもらったラブレターから、つまり鎌倉アカデミアで知り合った直後からの全て、なのだ。

この偏執狂に近いしつこさに、父も僕も辟易することがままあった。今日では父と母のことを知る上での資料として貴重なのだが。

日記はたぶん高校時代からずっと付けているのではないだろうか。あとで分かることなのだが、最後の日付は二〇一一年の二月七日であった。

しかし、その資料性がどうであったかというと、中々に難しいものがある。父が生前、『男性自身』か何かの資料として「あの日はどうしていたんだっけ」と母に訊いたとき、その日の日記には一ページまるごと「パパのこと、好き好き好き好き……」と〝好き〟の一言で埋めつくされていたのだ。これでは資料に成り得ない。

一九七〇年、父は糖尿病の治療に託つけて京都の病院に入院した。

これが後に小説『人殺し』の舞台となる。

この入院に際して、父には密かな計画があった。

これまで書いてきたように母には乗り物恐怖という持病があり、電車に乗れない。バスにも乗れない。したがって移動はすべてタクシーということになる。一人ではやっと国立駅前に買い物に行ける程度だ。中央線で一駅の立川や国分寺まで買い物に行くなどということは考えもつかない。

僕が知っている限り、母が一人でバスに乗る姿や電車に乗る姿を見たことがない。どんな場合も父が一緒だった。

僕と一緒に都心まで行けるようになったのはいつごろからだろうか。二十歳を過ぎたころからだろうか、それも現地に父が待っているという条件付きでだ。

その持病をなんとか治してやりたい、というのが父の願いだった。

この京都での入院よりあとになるが、一九八〇年の五月十四日から二十一日まで、もうそろそろ大丈夫だろうと、父が海外取材を決行したことがあった。このタヒチへの関頑亭先生との海外旅行は、かえって母の病状を悪化させてしまった。

父の不在期間中、母は都心のホテルを予約し、すぐ上の実姉を呼び出して、一日中、手を握っていて貰う、という事態になった。そして父の帰国まで、僕と伯母さんが母を真ん中に挟んで川の字に寝るはめになったのだった。

当初は「治子、がんばるから楽しんできてね」というような感じで送り出したものの、「あらあら、パパは今頃何処なのかしら」となにげなく地図を見た瞬間、あまりの遠さにパニックを起こしてしまったのだ。せいぜいハワイの近所かと思っていたら、ほとんど地球の裏側じゃない、パパがこんなに遠くに行っちゃった、こんなに遠いのならば行かせるんじゃなかった、と。

最初はたまにはいいじゃない、ゆっくり行ってくれば、と鷹揚に構えていたのだ。

いつどこで何によって引き金が引かれるか分からないのが、この病気の困ったところだ。

結局、これが瞳にとって最初で最後の海外旅行となってしまった。瞳に『迷惑旅行／欧州珍道中』や『草競馬流浪記・海外編』がない所以である。父にケンタッキー・ダービーやロンシャン競馬場を見せてやりたかったのだが。

どうも、父は父で荒療治がすぎるように思える。

この京都入院のときも、そんなに遠くだとしても母は必ず見舞いにくるに違いない。そのためには新幹線に乗らなければならない。そうすれば乗り物に乗れない、という病気は事実上、克服されたことになる、という荒療治こそが父の思惑だった。

しかし、実際には当時懇意にしていた医師と頑亭先生に左右に坐っていただき、両手をお二人に握ってもらいながら、さらに医師が処方してくれた安定剤を服用しての旅という体たらくであった。

これでは〝克服〟とはいえないだろう。帰ってくれば、なんでもなかったわよ、大丈夫、ママ、京都までならば行けるようになっちゃった、と笑いながら言う母なのだが、実際はこの程度だ。

この京都入院は、小説『人殺し』によれば三週間の話になり、思いの外、長引いた。主に糖尿病の食事療法が目的だったたが、なにしろ京都のことだから、美味しいものを避けるのは難しいだろう。

この入院中、父は病室から毎日、母に手紙を書いている。一日に二通来たこともあったという。そして、その中に、素晴らしい小説の題材を得た、それは貴女のことです。貴女について書こうと思います、というものがあった。

母は少女のように小躍りして喜んだのだった。何を書かれてもいい、悪口でもいい、何でもいいからあたしのことを書いてくれるなんて素敵、と思った。

それが『人殺し』だった。

連載の第一回。昭和四十五年「文學界」十月号。一目散にページをめくった母は驚愕することになる。

あれほど待ち望んだ、やっとパパがあたしのことを書いてくれる、ということで胸を高鳴らせてページを読み進んでも自分のことが出てこない、その代わりに何と銀座のホステスとの交情、浮気が語られている。

このとき、母と父は壮絶な大喧嘩をしたらしい。

僕はこのころ、家を出て下宿していたので、この一件については知らない。

自分の文学と病気治療と母の回復という一石二鳥ならぬ三鳥を狙ったのに、肝心の母の症状は、むしろ悪化してしまったのだ。

だいたいにおいて父には乱暴なところがある。荒療治が好きで、一打逆転のチャンス、なんて言葉がお気に入りだ。

大喧嘩はしたものの、母はこの作中での浮気がフィクションであり、実際には京都の病院まで銀座の懇意にしていたホステスさんが見舞いに来たことは来たが、浮気には至らなかったと解釈していた。いや、そう信じ込もうとしていた。

それを資料を元にして、これから検証しようというのだ。

資料とは次のものだった。

小説『人殺し』。

「週刊新潮」に連載中だった『男性自身』。

母の日記。

父の京都から来た手紙。

母が京都に出した返事の手紙。

これらを突き合わせて、いわば現場不在証明をしようというのだ。

例えば小説ではホステスと二人で喫茶店に行ったことになっている日。

ほぼ実際の行動をそのまま書いていた『男性自身』では、この日は懇意にしていた出版社B社のTさんと三人で喫茶店に行ったとなっている。Tさんも同席していたのだから、浮気のしようがない、というのが母の考えだった。

いわばロッキングチェア・ディテクティブ（安楽椅子探偵）物であり、完成すればノンフィクションとして相当な傑作となるのではないかと思われた。

でも、書き方が分からないのよね。どこから手をつけていいか分からないの、と母が僕に訊いた。僕は、本稿の場合もそうだが、何月何日と記述した上で、『男性自身』、その日の手紙、『人殺し』で該当する記述を併記すれば、何らかの結果があぶり出されてくるのではないかと提案した。つまり、時系列にそって資料を並べることによる検証だ。

我が家の日常会話は、いつもこんな話題だった。例えば朝の食卓で、僕がまだ半分、寝ぼけているというのに「あんた今度の直木賞、読んだ？　芥川賞のほうはともかくとして直木賞のほうの作家は残らないわね」。

今回の直木賞作家はこの受賞作一作で消える、という意味だ。朝っぱらから勘弁してほしいのだが、それが我が家の親子の会話だった。あんた、読んだの？　まだ、読んでないの、と続き、僕が読んでいないと知ると不機嫌そうにそっぽを向いてしまう。

ともかく、朝一番の食卓での会話が文学論から始まるというのが我が家の定番であり、日常だった。それはまるで同人雑誌の合評会のようなもので、なかなかに手厳しいものであった。親子三人の中でもっとも舌鋒鋭いのは母で、父は「彼も大変なんだから、勘弁してやれよ」となだめる側に廻るのが常だった。そして、母の批評の矛先はしばしば僕に向かうことになった。おかげで一日中不愉快ということが連日続くこともあった。

確かに向田邦子や倉本聰にいち早く着目したのは母であり、鎌倉アカデミア時代から短歌を詠み、読み巧者としては父も一目置いていたのである。

だからこそ、車中での書き下ろしの新作についての話題は、我が家のこれまでの家庭内の会話のことを思えば、決して唐突でも珍しいものでもなかった。

しかし、新作の内容が夫と自分自身のことであることに僕は少なからず驚いた。だが、父も僕も自分自身のことを書いてきたのであり、親にも言えないことを公に発表するのが家業という変な家庭であった。以前、「日記を公表するなんて信じられない」とある女性から言われたこともあった。確かにこれが世間一般の常識なのかもしれないが。

いずれにしても、この母のいわば『「人殺し」考』とでもいえる作品が完成していたら瞳ファンを中心として、かなり評判になったのではないかと思われる。

しかし、『瞳さんと』で語り尽くせなかったことというのが、この以前から言っていた『「人殺し」考』のことであることに、僕は迂闊にもこの日まで気がつかないでいた。

だが、如何せん、母に残された時間は僅かだった。

あとで書き残されたものを整理してみると、『人殺し』『男性自身』の該当する箇所、母の日記、父の手紙を書き写したものが残っているだけだった。それと早々と書きおいた「あとがき」のようなものを見つけた。

残された原稿を見ると、母自身は『「人殺し」の頃』という題名をつけていた。

また、このころ、母は小説の構想も得て少しばかりのメモを残している。

これは『末っ子の物語』あるいは『末っ子物語』という仮題を書いた小さな紙製の買い物袋の中に残されていた。

下町の町工場で生まれた母の子ども時代、すなわち昭和初年から戦前、戦中あたりまでを書こうとしていたらしい。

この時期、母は起きている間は、リビングのテーブルに向かい、この『「人殺し」考』の原稿、つまり手紙や日記を書き写すことに没頭していた。父の例で執筆中の作家の精神状態を知る僕は、それを横目で見ながら、気取られぬようにそっとコーヒーを注いで自分の書斎に戻るのだった。静かに筆を滑らせる母の姿は、鬼気迫ると形容できるものではあった。

ともかく、残り時間があまりないと自覚して、言い残したことが沢山あるという思いが旺盛な執筆活動の原動力となったようだ。

第五章　喪主挨拶の予定原稿を書く

いつ頃からだろうか、母と僕の起床時間が逆転するようになった。父が元気だった頃は僕が起き出してくると両親は朝食を終えていた。しかし、数年前から僕が歳のせいか七時前後に起き出し、母はそれに遅れること小一時間という塩梅だ。

僕は毎朝、起きると階下のリビングに降り、血圧の測定をしてから降圧剤を飲み、ワンルームになっている台所で朝食の支度をする。この三十年ばかり僕の朝食は、小説家で料理研究家でもあった丸元淑生さんのレシピの影響で、全粒粉のホットケーキと定期購入している野菜ジュース、それとペーパードリップでいれるコーヒーと決まっている。そして食後に何種類かのサプリメントを飲む。

僕が朝食を食べ終わった八時ごろ、母が起きてくる。それが最近の定番となっていた。しかし、この一年ばかり、母の病気が分かってから、母の起床が八時半を廻ると心配になってくる。もしや就寝中に……、などという不吉な空想をしてしまう。それが九時近くなると、僕は何度か寝室に足を運び、襖をそっと開けて母の寝息を確認するのが、習慣になっていた。

九月七日。この朝、母が九時を過ぎても起きてこない。僕がそろそろ様子を見に行こうかなと思っていたら、やっとリビングに降りてきた母が、冗談とも本気ともとれる感じで「まだ死んでないよ」と言った。

母を見る僕の目がそう言わせたらしい。確かにドラマチックで面白いシチュエーションだが、何も、そんなキャッチーなセリフを言わなくてもいいじゃないか。この場面ではこのセリフが受ける、と思いつくと咄嗟に言わずにはいられなくなる瞳譲りのイタズラ心が母にも移っている。

一時半から、今日は僕だけが、ピロリ菌の除菌をするために、いつもの総合病院の内科へ出掛け、受診した。診察室はいつも母が入る診察室の隣で、初対面の先生が僕の人間ドックの胃カメラの写真を見て、この程度の状態ならば、除菌の必要はないでしょう、と言う。存在が確認されれば、待ったなしで除菌をするものと思っていたのだが、なんだかキツネにつままれたような気分で早々に退出する。

十二日、桜町病院ホスピスのコーディネーターのシスターから電話があり、キャンセルが出たので十月四日ではなく九月二十二日の三時からの予約がとれますがどうしますか、とのことだった。

父の時もそうだったのだが、ホスピスに入るためには最初に外来で面接を受ける。父の時は、担当の医師と師長の黒川さんの二人だった。

ともかくホスピスの場合は、どんどんキャンセルが出て予約の日程が早くなる。

土壇場でどうしてもあきらめきれず手術に挑戦してみたり、抗ガン剤治療を受けてからと予約を取り消したり、ホスピスを選ぶ末期患者だから面接を待たずに亡くなる人も多いのだ。

そのため、父のときも、最初は二ヶ月待つ、というのが数日後には数週間になり、それがたちまち明日、来てください、となった。そのお蔭で、かろうじてホスピス入院が実現し、ホスピスで最期を迎えることができた。

　母の場合もキャンセルが出たというのはそういうことだろう。ともかく面接の予約が十日ばかり早くなった。

　ということは、二〇一〇年九月十二日からの十日ばかりは、母にとって、ごくありふれた日常生活を過ごせる最後の日々となるのだろうか。

　二十二日に桜町病院でホスピスの説明を受けることになった。そうすれば何かが既定のものになっていくだろう。

　これまでは半ば夢物語であった、最後の最後がいよいよ本当に始まることになる。

十五日。母の葬儀のときの喪主挨拶の予定原稿を書いてしまう。

気が早いようだが、父のときとは事情が違う。余裕があるといえばそれまでだが、土壇場になったら全ての責任を僕が負わなければならなくなる。落ち着いて挨拶文を書いている暇などないかもしれない。

　書き始めたら随分と長くなってしまった。父のときは二百字程度ではなかったか。

「あんたあたしが一人ではどこにも行けないの知っているでしょ」と書きかけたとき、不覚にも涙が込み上げてきた。今からこんなことでどうする、と自分に言い聞かせるが、これればかりはどうしようもない。

　以下に草稿の全文を記す。〇表示は当たり前のことだが、日取りや当日の天候が分からないためだ。

　本日は〇〇が〇〇のなか、母の為にお集まりいただき、ありがとうございます。

二〇〇九年七月、右肺に水がたまりました。数年前に同じような症状があったときは、抗生物質をつかったところ、たちどころに回復したのですが、今回は何日たっても水が引きません。

ホームドクターは「これは大きな病院で水を抜いてもらうしかない」ということで府中病院に電話していただいたのですが、受け入れをしてもらえません。

「患者はガンなんですよ」と電話口で先生が大声を出しても、空きベッドがないということで来られても困る、というような返事でした。

「ずいぶん簡単にいうのね」とあとで先生が「ガンだ、ガンだ」と言っていたことを面白そうに話していました。

ふと思いつき、前からお世話になっている総合病院ならば受け入れてくれるかと思い、帰宅後、電話したところ、一時間ほど待たせてくれ、ということでしたが、折り返し電話があり「なんとかします」ということでした。

ただちに背中の右後ろに穴をあけて水を出す処置をしていただきました。

約一月ほどの入院で退院したわけですが、原因が分からない、中皮腫か肺ガンと思われるけれども、ガン細胞が検出されないということでした。

年齢を考えると、大手術をして原因を解明しても患者にとって負担になりこそすれ、治療にはならない、というご判断でした。

この時点から母はいわゆるクォリティー・オブ・ライフに入ったと思います。

二〇一〇年七月に帯状疱疹を発症、またいつもの総合病院に入院したわけですが、帯状疱疹がでてきたときはガンを疑われますが、母の場合はまさにガンが原因でした。

やはり中皮腫らしく水を出した穴が腫瘍で盛り上がっているような状態でした。

先年、入院したときに「もう手術はしない。痛いことはしない。いざとなったらホスピスへ行きます」ということで担当の外来の先生も「年齢を考えたら手術や抗ガン剤による延命効果は期待できない」というご判断で、お互いの認識はすでに一致しておりました。

思えば父の死後、右膝のお皿の骨折。初期の胃ガンが見つかり内視鏡で摘出。胆嚢にポリープが見つかり全摘手術。そのときの傷跡からヘルニアが出たので押し込める手術。

そして死病となる肺水腫とそれにつながる帯状疱疹、と俗に言う入退院を繰り返すという年月でした。

その間、幾つかの入院に関しては母の意向もあり、どなたにもお知らせしない、ということにしておりました。他人行儀と思われるかもしれませんがお許しください。

そして、二〇一〇年七月の診断で余命一年と宣言されたのでした。

そのときも「あたしはパパに会えるからいいけど、あんたが一人になるのが心配で」というのが母でした。

この間に数年前から構想を温めていたノンフィクション小説を書き上げてしまったのですから驚くべき精神力です。

実は我が家で一番、執筆量が多く文才があるのは母でした。

あえて京都に入院して書きあげた父の小説『人殺し』と執筆中に京都から母がもらった手紙と同時に連載していた『男性自身』の記述を突き合わせて父の浮気の真相を証明するという、いわば謎解きミステリーでした。その着想だけでも素晴らしいと思いました。

この未知の作家のため、僕はここ数年はお茶汲みに徹しておりました。

母は僕が物心ついたとき、すでに病人でした。

というよりも僕の出産による産後鬱病と思われる症状から、ついに生涯逃れることができませんでした。

それは主に、乗り物に乗れないという症状です。

父か僕が一緒でなければ駅前までの買い物もできないのでした。

いま西方浄土であるかどうかは知りませんが、初めての一人旅でございます。

いまにも「あたしが一人じゃどこにも行けないの、知っているでしょ」という声が聞こえてきそうです。

そこまで父が迎えに来てくれているといいのですが、どうも僕が付き添いになるまで、このあたりに居そうな気がします。

まだ少しばかりは付き添えないような気も致します。それまでは微力ながらこの家を守っていこうと思っています。絵に描いたような不肖の息子ですが、これからも両親の菩提を弔い、両親の名前を汚さないように心がけますので、今後ともよろしくお願いいたします。

本日はどうもありがとうございました。


なんだかいくらでも書けそうであり、随分長いものになってしまった。この時点では、事実誤認というか、たとえば例のノンフィクション小説など、書き上げているだろうと想定して書いている。

そして、実際の葬儀のときは、悪口になるような暴露的なところは削除して二百字ばかりに短縮したものを読み上げた。

九月十七日、山崎章郎先生から母の出した手紙の返事が来た。国立は現在、往診の範囲に入っていないこと、国立地区で往診のできる別の医師を紹介する、桜町病院のホスピスがいいでしょう、というようなことが書かれていた。

つまり、母が山崎先生に手紙を出した頃は、まだ在宅での緩和ケアを望んでいて、ホスピスに入るという決心はついていなかったようだ。いわば一縷の望みを託して、山崎先生にお尋ねした、ということだろう。

ともかく一人でいられない、というのが母の人生の通奏低音であった。その母が独りぼっちで帰宅の望みがない入院をしなければならない。その心中がどれほどのものであったか。

九月十八日。母が珍しく入浴するという。近々、桜町病院で面接があるので、入浴しておいたほうがいいと思いついたのか。これまでは「一人で入っているのは怖いから、あんたが家にいるときに入る」と言って入らなかったのだ。「今日は、まだ家に居るでしょう」と言うので、夕食を食べに出かけようと思っていたが、せっかく入る気持ちになったのだから風呂から出るまで家にいることにした。

出たわよ、という声がしたのでこれで晩飯にありつけるかと思ったら、「あたしの背中のこぶを見てみる」という。

そんなことをイタズラ好きの子どものように言わないでほしいものだ。

キャンサーの語源ともなったタラバガニが足を広げたような感じでケロイド状に赤く腫れ上がっているのではないかと思ったのだが、五センチほど治癒した切開のあとがあり、それを中心に手のひら大に皮膚がわずかに盛り上がっているだけで、特に変色したりしてはいない。綺麗なもので、これだったら、もしかしたら良性の肉腫なのかもしれないなあ、などと楽観的なことを考えてしまう。

しかし、女のひとって勇気があるなあとも思った。僕だったら怖くて自分で見るのも嫌だろう。

それをひとに見せるなど考えもつかない。

十九日。午前十一時に、念のため山崎先生に電話を入れる。さいわい先生がお出になり、五分ぐらいならば話せるとのこと。これが息子のケータイであること、自宅の固定電話の番号をお教えし、二十二日の三時に桜町ホスピスの面接の予約が取れたことをお話しする。

母が日常生活には支障ないが、外出はしていないことなどもお話しする。もしも往診が必要なときはこの近所で対処できる先生を紹介していただけるようだ。母はどこまでも幸運だと思う。

二十日の四時ごろ、母が、本を読みながら横になる、と寝室に入ってしまった。実はこういうことは大変、珍しい。通常はリビングのテーブルの所定の位置に坐ったたまうたた寝をするのだが。

直木賞受賞作家の受賞第一作が掲載されている「オール讀物」の最新号が来たので、それを読むつもりなのだろう。「パパは直木賞受賞第一作が一番、重要なんだって言っていたのよね」と常日頃から言っていた。

ベッドに横たわり、このままスーッと息が……などと考えて心配してしまう。

第六章　ミステリーの悲しい結末

ついにこの日が来てしまった。

おっちょこちょいで気ばかり焦る僕は、当初から医師に、ホスピスに行ったほうがいいですかと、事あるごとに訊いていた。しかし、いずれのときも、まだ早い、まだやれることはあります、という返事だった。

だが、そのずっと将来の何時かであるはずのものが、具体的になってきた。今日は母を桜町病院のホスピス棟に連れて行く。いつも通り僕が運転して母が後部座席に坐る。母の心中はいかばかりであろうかと考えるが、母にしてみれば父が亡くなったときから、ここにくるのは予定していたことだ。

運転しながら、ここは家から近いだろ、僕も見舞いに行きやすいよ、などと世間話をするのが関の山だった。

今日は九月二十二日。小金井の桜町病院ホスピスの面接日である。

総合病院の受付で診察の手続きをするわけだが、ホスピスの診察であることは他の患者さんに悟られないようになっているようだ。やはり、全快を希求して来院されている方々が、治る見込みのないホスピス棟の患者を見かけるのは辛いものだろう。逆の場合も辛いものがある。診察券を内科受付の目立たないところに置かれた所定の位置に置き、待合ソファに腰を下ろした。

帯状疱疹以来、院内では車椅子を使用していたのだが、今日はいらないと言う。気が張っているのか、体力を少し取り戻しているのか。

担当は若い女医さんで、診察といっても今日は顔合わせといった感じだった。

背中に露出している患部の触診があり、そういえば総合病院の先生は、レントゲン写真とCTスキャンの結果をパソコン画面で確認するだけで、患部を直に見たり触診したりしなかったなあ、と思い出した。逆にここではレントゲンの撮影やCTスキャンの検査などはなく、問診と触診のみであった。間近で見る母の露出している患部は成長していないようなので一安心した。

呼吸が苦しくなったときに服用するという鎮静剤を処方された。これは息ができなくなると気持ちのほうが急いてしまってなおさら苦しくなるので、まず気持ちを落ち着けるために服用する、という説明だった。一般の医師にはまだあまり知られていない使い方です、とも言われた。

介護保険の手続きをしたほうがいい由。自宅での介護をお願いするにしても、何か器具を借りるにしても、介護保険の申請だけはしておいたほうがいいということだ。保険適応が認定されるまでに多少の時間がかかるが、保険は申請した日にさかのぼってカバーされる。

中皮腫ならば、間違いなく認定されるが、母の場合は手術をしていないので、病名が確定されていない。いつもの総合病院のほうでもそのことは話題に出たのだが、認定に必要な病名の特定のために手術したりするのも、当然のことながら患者のためにならないという結論だった。

あとは入院するタイミングだ。最後の日々を平穏に過ごす、という理想を実現できるケースは少ないらしい。

父のときは遅すぎて、ホスピスにたどり着いたときは、すでにほとんど意識がなく、一日たらずで旅立った。一方で決断が早すぎて、いつまでもそのときが訪れず、一旦、自宅なり普通の病院にもどるケースもあるようだ。

確か五十日を過ぎても何事も起こらなければ、一度退院ということになるらしい。その入退院は患者の負担になるだろうし、手続きも煩瑣なものになるだろう。希望する病院に戻れないこともあるだろう。ともかく時期の判断は難しいことになりそうだ。

こうして面談は終わり、いずれ、入院を希望する時に連絡をいれることになった。しかし、その時点で満床という場合もあり、ウエイティング・リストに載ることになる。

父のとき、そのウエイティング・リストがあっと言う間に短くなった経緯があるので、あまり心配する必要はないと思うが、今後のことは分からない。父の前例が予行練習になっている。

診察室を出た母はホスピス棟の見学をすることになった。車椅子を用意してもらい、ボランティアの奥様が二名ついて案内してくれた。僕はその間に駐車場に停めてあった車をホスピス棟の車寄せに移動させた。

母にとっては父と最後の夜を過ごした想い出の場所であり、万感の想いであっただろう。

ここは自宅から車でのんびりと走っても片道三十分ほどなので立地も好都合だ。

ホスピスに入所するためには本人の意志確認が不可欠である。父の場合は、「これ以上、痛くしない、手術もしないところがあるんだけど、そこに行かない？」と訊いただけだった。父は混濁する意識の中で、それと察したのか、かすかにうなずいた。これが父の「本人意志確認」だった。

母の場合は違う。傍目にはピンピンしているし、僕よりもしっかりしているし、頭の回転も早い。

病院からの帰りの車中、いつものように後部座席に坐っている母がポツリポツリと自分のこと、例の不安神経症について話しはじめた。

子どものころから一体、何度、聞かされたことだろう。それは少しずつ形を変えて細部が変化していったのだが、聞かされる身にしてみれば、もういい加減にしてくれという思いが増すばかりだった。

しかし、このとき話した内容は、まったく初めて聞くものだった。これまで聞いていた麻酔が効かなかった件でもなく、堕胎に失敗して胎児の一部がまだ体内に残っているというものでも、医師が贋医者でお女郎さん専門だったということでもなかった。

これだけは言い残しておきたいと思ったのか、父が最期を迎えたホスピスを訪れ、自分自身にとってもこれが最後の入院となるであろう病棟を見学した昂奮が言わせているのだろうか。

初産の直後からの、いわば産後鬱病が長引き、それにつづく予定外の懐妊と堕胎のあとで精神の失調をきたしたときに、父が我が家の家族に特有の口の悪さでこう言い放った、と母は言うのだった。

「あなたの家はみんなおかしいから、あなたも、いつかおかしくなると思っていました」

父は自らの予想が的中したような口ぶりだった。

「パパがそう言ったんだよう」と母は絞り出すようにつぶやいた。父が言ったこの言葉こそが、その新しい、初めて聞く話の内容だった。

産後鬱病のような状態から気が進まない中絶を強要された母に止めを刺したのは、この言葉だった。乳母日傘で育った母は「継母にいじめられるシンデレラ」に自分をなぞらえ、瞳をその環境から救ってくれる王子様だと考えていたのに、この心ない言葉は、母を誰にも頼れない絶望の淵に突き落とすことになった。

そうして、これ以降、母は精神のバランスを崩していくのだった。

母の不安神経症の根本原因はここにあった。この言葉が持つ力は強い。これまで聞いてきたどんな理由よりも、このたった一言の〝言葉〟の重さには説得力があり、僕の積年の疑問に答えるに充分だった。

僕はハンドルを握りながら暗澹たる気持ちになっていった。もしも、この一言が原因だとしたら、解決の方法はないように思えた。

父には毒舌というか、言ってはいけないことを言ってはいけない場面で言ってしまうようなところがあった。それが当意即妙の洒落になっているところに、作家としての真骨頂があるのだが、舌鋒の矢面に立たされた方はたまらない。

以前、父がまだ元気だったころ、中途失明した知り合いがいた。

父はその方に面と向かって「眼が見えなくなるってのは、どんな気持ちですか」と尋ねたのだ。

その方は当然、ひどく気を悪くして「瞳さん、あなたは今、自分がどんなに酷いことを言ったか、分かっているのですか」と父を叱責した。それが当たり前だろう。

父にしてみれば例の死の床にあった葛西善蔵に田山花袋が言ったという「どうだい死んでいくっていうのはどんな気持ちだい」という故事にちなんだパロディーのつもりなのだ。

この方も父の同業者である。物書きならばすぐに出典が分かるだろうという思いと、職業柄、この程度のきつい冗談にも耐えられなければならないという思いがあったはずなのだ。しかし、これは世間一般では通用しない。

最近、新聞紙上で知ったのだが、内田百閒先生の飼い猫が失踪したとき、高橋義孝先生が電話をかけて「いつまでめそめそしてるんだ。ノラならばいまごろ三味線の皮になってつっぱってらい」と言ったという。これなども発想の根底は同じではないだろうか。

猫、三味線の皮、つっぱる、ふんぞりかえって威張っている、まんざらでもない、という連想に気がついたとき、咄嗟にそれを誰かに言わないではいられなかったのだろう。

ノラは往生して、しかし、それなりに所を得て威張っているのだから、いつまでもくよくよしなさるな、という半分は親切心で言っているのだ。

しかし、それは通用しなかった。高橋先生は長く、ご機嫌を損ねた百閒邸にお出入り禁止になる。ご存じのようにドイツ文学の高橋義孝先生は父がもっとも敬愛し私淑していた方だ。

世間一般で通用しないことは、作家同士でも通用しないということになる。

直木賞を受賞した直後、父は週刊誌のグラビアページで取り上げられ、親子三人の姿が撮影された。

父はその写真のキャプションとして「こんど生まれ変わってもこの妻を妻とし、この息子を息子としよう」と書いた。僕はそれを読んで泣いた。それ以降、父との関係は良好なものになっていった。

あるとき、この言葉が特攻隊で戦死することになる小泉信三さんのご子息が残した遺書のパロディーであることがわかった。元々は「こんど生まれ変わってもこの父を父とし、母を母とし」というものだったのだ。

それは分かったのだが、すぐにそれを告げるのははばかられた。後年、最晩年となった父にそれとなく、あれって小泉信三さんのご子息の遺書だったんだよね。僕は真に受けていたのに、と言ってしまった。

父は少し寂しそうな顔をしたが、否定も肯定もしなかった。お前、そんなことも知らなかったのか、ということだろう。

父の〝本歌取り〟というか〝たとえ〟〝見立て〟のたぐいは、誰もが出典を知っているという思い込みから、なんの前提もなく書いたりしゃべったりするのだ。

だから、母に言った「あなたはいつかおかしくなると思っていました」というのも、恋愛時代にお互いが読んでいた太宰治か、母が終生、愛読していた夏目漱石の作中の言葉なのかもしれない。ほら、あの小説にこんなセリフがあっただろ、お前も読んで面白いと言っていたじゃないか、と言いたかったのかもしれないが、言葉が足りなかった。

いや、父は当時、編集者で島尾敏雄さんを担当していた。つまり、あの『死の棘』に描かれたご夫妻を間近で見ていたことになる。僕が映画『死の棘』をみたとき、妻・ミホさんのヒステリー症状があまりにも母にそっくりなので震え上がった覚えがある。

父はいつものように、うっかり、こういうときはこういうセリフ、と思いついて考えもなく言ってしまった。だがしかし、母は確かに文学少女ではあるが、それゆえに繊細であり、傷つきやすい。それを知ってか知らずか、最愛の夫から、しかもまだ新婚といってもいいような頃に「いつかおかしくなると思っていた」と言われたのではたまらない。

母の生涯は、こんなひどいことを言うひとだけれども、自分が選んだ、そして掛け替えのない最愛の夫なのだ、自分自身の選択は間違いではなかったと、自分で自分を納得させて、そのことを証明するためにあったような気がする。

今現在の僕は、母の一生を決めてしまった乗り物恐怖症に代表される、母の生涯を通しての精神の病の本当の原因は、この父の心ない一言だったと確信している。

瞳は『江分利満氏の優雅な生活』の中で〝妻の病気は原因不明〟と書いているが、自分の心ない一言が原因だとは気がつかず、あえて深くは探ろうとしないまま逝ってしまった。

父は精神分析など知る由もなかった。せめて母の乗り物恐怖だけでも取り除けないかと相談に行ったのだが、診察室の父は先生に対して「もう、何がなんだか、さっぱり分からないんですよ」と訴えて頭を下げるばかりだった。その具体的な症状や、どういう状況で発症するか、等を先生に詳しく伝えることができなかった。その姿は普通の市井の医学に疎いオジサンのものだった。

しかし、心のどこかで妻の病気は自分のせいだと思っていた節がある。それ故に世間一般の人が、僕だったら離婚だな、とか、今だったらいい施設がありますよ、等という意見に与しなかった。

病気の妻を見捨てることなく、一生涯、守り通す。そのためには自分の仕事も生活も規制する。この硬い決意が、離婚や入院を選ばなかった理由ではないだろうか。瞳は妻の病気を自分自身の原罪として捉えたのだろう。

ある恋愛が破局を迎えたとき「正介さんがこれまであたしに対してどんなに酷いことを言ってきたか分かる？　ずっと我慢していたんだよ」と非難されたことがある。どうやら僕も人を傷つけるような言葉を無意識に口走ってしまうようだ。これは家風でもあるのだろうか。

瞳は妻に対しても子どもである僕に対しても手をあげることはなかった。しかし、〝言葉の暴力〟はあったのではないか。

伊丹十三さんが精神分析に熱中していたころ「正介もこれを読め」といって貸してくれた心理学者、アリス・ミラーの著書『魂の殺人――親は子どもに何をしたか』(新曜社)の中で、彼女は親に暴力を振るわれた子どもだけが他人に対して暴力を振るう、と書いている。それは言葉の暴力も同じことだろう。だとすると僕の口が悪いのは、それに当るのかもしれない。

いつの頃からか、僕は母の不安神経症について、父が自分の母親の出自を描いた『血族』や、父親の犯罪歴に関する疑惑を描いた『家族』（文春文庫）では触れなかった、母・治子の側の家庭環境によるものではないかと思うようになっていた。

治子の母、つまり僕にとっては祖母にあたるさわは関西の出で、後に本所向島に引っ越してきた。ずっと関西訛りが抜けず、治子にも影響が残った。父の母・静子はよく「あんた、下町の生まれだから、言葉を教える必要はないと思っていたのに、随分、訛るのね」と言って東京の言葉を教えたという。静子は東京の言葉にこだわり、自身も横須賀の生まれ育ちであったが、江戸言葉を身につけようとしていた。

治子は子ども心に自分の母を怖い人だと思っていたという。それは叱るときに「もう、よし」ときつく言うからだった。僕が大きくなったころ、その話をして、あれは関西弁で、本当はそんなにきついニュアンスじゃないらしいのよ、と言った。

そんなこともあるので、関西から東京の下町に引っ越すという母方の家族史を、少し長くなるが書き留めてみよう。もしかしたら、そこに母の幼児体験や、その後の精神形成の秘密があるかもしれない。

父に『家族』『血族』があるように、母方の歴史を遡る旅は、僕にとって、これまで書かれなかった、母方の〝血族〟を辿る、もう一本の道なのだった。

母の母方の祖父、小西織之助はおそらくは堺のひとで、企業家であったか商人であったようだ。

元は神職の出であったらしい。ともかく明治期にお雇い外国人、アドルフ・ルボウスキーから皮革の成形技術を学んだという。母はこの名前だけははっきりと覚えていた。僕も子どものころから聞かされ続けたので覚えてしまった。三遊亭圓生の「三十石」に出てくる異人、タレスキーと共に一番最初に覚えた外人の名前だった。ただしこの異人、タレスキーとお絹さんのエピソードはノーカット版にしか登場しない。

織之助は、たぶん当時の脱亜入欧の波に乗ってある程度の成功を収めたのではないかと思われる。皮革加工の工場を経営するようになるのだが、何を思ったか、突然、中国に渡ってしまう。自分が習得した技術を、今度は中国で教えたい、ということだったらしいが、これは母の不確かな記憶だ。自分の母・さわからそう聞かされていたようだ。

もっと詳しく聞いておくのだった、と言っていたが、それが憚られる理由があった。

織之助にはこのとき、妻子がいた。子どもとはすなわち治子の母・さわである。いわば妻子を捨てて単身、中国に渡ってしまった。ときどき帰国したが、そのときの様子はまるで今でいう日中友好協会の会長のようで羽振りが良かったらしい。成都に居をかまえ、手広くやっていたようだ。

当時、中国奥地に向かう日本からの探検隊が、成都に入ると必ず小西の屋敷に投宿した。そのころの探検記を読むと、成都までたどり着くと小西邸には畳の部屋があるので一息つける、というような記述がある。

当時の織之助は三井物産の出向社員という身分だったというようなことも母は言っていた。後に成都で客死し、墓は重慶にあるといわれている。どうやら現地にも妻子がいたらしい。

最近知り合った中国人に、曾祖父の墓は重慶にあるらしいから墓参りにいきたいのだが、と訊いたところ、重慶の中心部は再開発が進み、昔のお墓は撤去されているだろう、とのことだった。これでは足跡を辿ることもできない。

戦後、堺の菩提寺にあった、小西織之助の業績を顕彰した石碑を移築するという話があったらしい。お寺が引っ越すというのだ。

新たに建立というのは、ついては費用を出してくれという依頼であった。しかし、この頃、母の実家は戦災で焼けだされ、工場を失い、すでに没落していた。

そんなお金の余裕はありません、といって断ってしまい、この件はそれきり沙汰止みになってしまった。今となっては菩提寺の名前も場所もわからない。もしも、この時、費用を負担していれば、織之助のことが多少は分かったのではないかと母は言っていた。

この碑に関しては、アドルフ・ルボウスキーの業績を顕彰する碑ではなかったかという記憶も母にはあるようだった。寄進者の中に織之助の名前があり、移築のときに、今度も寄進していただけないか、という問い合わせがあったのではないか。この推理の方が無理が少ないような気もするのだが。

ともかく小西は客死し、堺に残された小西の妻は再婚する。それはとりもなおさず、さわに継父ができたということだ。ところが、今度は実母が死んでしまう。継父はすぐ再婚した。これはさわにとって継母となる。

つまり治子の母・さわは、幼くしてかどうかは定かでないが、ある幼少の一時期から血のつながらない両親に育てられたということになる。

母・治子はこの自分の祖父についてもっと詳しく聞いておけばよかったと後悔していたが、聞けないだけの理由はあった。いわば「あなたを捨てた父親とはどんなひとだったの」と実の母に訊くようなものだったからだ。

さわは後年、経営する工場の技術者であった古谷伝吉と結婚し、東京に出てくることになる。社長令嬢が、腕こそ立つとはいえ、一介の従業員と結婚したわけで、これは僕の勝手な推理だが、多少の不満が残ったのではなかったか。

家族愛に恵まれない不幸な生い立ちと身分不相応な結婚。継父母に強要された意に添わぬ結婚。その結果として厳格で杓子定規な人格が形成された。あまりにも、うがちすぎで単純な分析だが、これが治子たち子どもの精神形成に多大な影響を与えたのではないかと思われる。

以上はしかし、僕の推理でしかない。安手のメロドラマといったところだろうか。実際に何があったのか、今となっては調べる術もない。

母の記憶では、古谷伝吉は、小西織之助と共に皮革技術を勉強する学校の級友であったという。工場の共同経営者であったとも言っていた。しかし、それでは年齢が合わないだろう。伝吉はもともと千葉の房州の船大工の家に生まれたが、堺に住む子どものいない叔父だか叔母だかのところに養子に入った人だ。

僕の祖母・さわは大変、気丈で厳格なひとだった。一方の祖父・伝吉は、子どもたちに「お父さんは字が読めないのよ」などと馬鹿にされるようなひとだった。

幼かった治子を呼び寄せて膝に抱き上げ「いいか、治子、英語を教えてやる。水道はヒネルトジャー、あんパンはオストアンデル、っていうんだ。どうだお父さん、すごいだろう」などと言って悦に入るようなひとだった。

かなりの酒乱で、酔うと今でいう家庭内暴力を働く。事業は成功して羽振りが良かったため、浅草辺りで業界のひとたちと毎晩のように痛飲する。その遅い帰宅を、さわはきちんと着物を着て化粧をし、玄関先に正座して毅然として待っているのだという。それが、また癪に障ると言って伝吉は暴力を振るった。

末っ子であった幼い治子は、そんな母をもう乱暴しないで、とかばい、姉たちや兄をかばったという。家族みんなが父親を恐れていたが、自分だけは何故か可愛がられたし、お父さんのことは怖くなかった、と言っていた。瞳の友人、知人の酒乱なんか、あれに比べれば全然平気と言っていた理由でもあった。

母の姉たちは皆、優秀で府立第一高女（現都立白鷗高校）を一番の成績で卒業している。治子も入学したときから、あの姉さんたちの妹ならば優秀だろうと言われたらしい。

しかし、学年で一番の成績を取ったとき、家に帰って自慢げに報告すると、みんな、そんなの当たり前よ、という顔だったので面白くなかったようである。

戦争中の学徒動員で、治子は東大の地震研究所に通っていた。そこでやっていたのは魚雷の航跡計算だった。他の大学かもしれないが手回しの計算機を大勢の女学生が並んでガラガラと回している写真を雑誌で見たことがある。いわば人間コンピューターだ。

自慢話のように話す一方で「あたしの計算していたのは、今にして思うと、きっと人間魚雷の航跡計算だったんだわ」と後悔している様子でもあった。

この話を最近、母と同世代の人に話したら、お母さんはきっと優秀だったんでしょう、ぼくらなんか、普通は工場の下働きや農家の手伝いですよ、ということだった。

ある日、東大の教室で作業をしていると、廊下で学生が「今日、階段教室で『風と共に去りぬ』の上映会がありますよ」と大声でふれ回っていた。戦時中、東大構内で当時は上映が禁止されていた外国映画の試写があったという伝説が映画人の間で語り継がれているが、母はその生き証人だった。母は字幕がなければわからないから、と行かなかった。

僕が子どものころは、もう少し鮮明な記憶があり、階段教室には暗幕がかけてあったとか、もっと細かいことを話していたと思う。映画も少し観たようなことを言っていたのだが。のちに僕が映画評論を書くようになって、もう少し詳しく、と思って改めて聞いたときには、すでに母の記憶があやふやになっていたのは残念だ。

生真面目を通り越して冷たい印象でもあった祖母・さわに育てられた子どもたちは、勉強はできたが総じてメランコリックな性格でもあった。

それゆえにこそ、治子は毎日がお祭騒ぎのようであった瞳の家庭に憧れたらしい。

一方の瞳も、明るいを通り越してオポチュニストばかりで破天荒な自分の家族を蛇蝎のごとく嫌い、だからこそ生真面目な文学少女であった母に惹かれたようである。

僕が子どもの頃、十人以上の大家族であった我が家全員総出で箱根の温泉「小涌園」に出かけたことがあった。宿に到着して旅装を解いてから、誰もお金を持って来ていないということに気がついた。皆それぞれが、誰かが持ってきているだろう、と思い込んでいた。いや、そもそも最初から現金などないのだ。

それでどうしたか。瞳の母・静子が、そのころ瞳の弟と仕事をしていて我が家に同居していた青年に自宅のカギを渡し、家の権利書と実印を金庫から取り出して、それをカタにお金を借りて戻ってきてくれ、と指示した。

その間、家族皆で温泉を楽しんでいるのである。家族全員が居残り佐平次。不思議といえば不思議な家族であった。そんなことが面白く、笑いが絶えなかった。

瞳は自分の家をドストエフスキーの『カラマーゾフの兄弟』一家になぞらえ、自分はアリョーシャのように生きたいと思っていた。

一生を結婚もせず清廉潔白に、つましく生きようとしていた瞳。そんな瞳であったが、「あたしがパパを誘惑して堕落させたのよね」と母は言っていた。

つまり、お互いがお互いの家庭環境から離脱しようとしていたのだ。この二人が磁石のように引かれあったのも無理はない。

養父母に育てられたからといって厳格な冷たい性格の人間に育つとは限らない。冷酷とまでいえる厳格な母に育てられたからといってメランコリックな性格になるとは限らない。メランコリックな性格だから乗り物恐怖症になるとは限らない。そこには、まだ幾つもの複合的な要因があるようだった。

九月二十九日の午前中に市役所へ行って介護保険の申し込みをした。意外に簡単で、ありふれた申し込み用紙に指定通り幾つかの項目の書き込みをするだけであった。とはいうものの病名を具体的に書けなかった。やはり一般的には死病である「ガンです」と素直には言えないのだ。なにしろ市役所の窓口であり、どこの誰とも知らない他人が順番を待っているし、担当以外の市の職員もまわりにいる。彼らに守秘義務はあるのだろうか、などと考えてしまう。

僕が「どうしても病名を明記しなければいけませんか」と担当の方にいうと、なんのことはない、それだけで察してくれたようだ。僕はとりあえず申請理由として「医師から念のため取得しておくようにと勧められたので」と書いておいた。

家に帰って母に報告すると「あら、ガンだって言えばいいのに。間違いじゃないんだから」と平然としている。覚悟を決めた人には、かなわないなあ、と思う。

第七章　終末への伴走者として

ホスピスの予約と面接を終え、介護保険の申請手続も済ませた。外堀を埋めたことになるのか、後詰めは万全、となるのか。母の今後の病状がどのような推移をするのか知るよしもなかったが、できる限りのことはできたと思う。

ガン細胞の成長は遅いようであり、転移もしていないようである。端から見ると、とてもそんな酷い病状であるとは思えない。日常の生活もほぼいつも通りに過ごしている。だから、母を身近に知るひとたちもまさか末期ガンを患っているなど思いもよらなかったにちがいない。

十月一日の二時半、いつもの総合病院。帯状疱疹のため通っていた皮膚科のほうは今日で終わり。だいぶ良くなったので、薬は処方するが、もう通院はいいでしょう、とのこと。皮膚科の先生は中皮腫のことをご存じなのだろうか。続けて外来の内科に廻る。

レントゲンの結果、前回から腫瘍の大きさはあまり変わっていない、とのこと。まずは一安心。余命は今日から一年と思っていいのか。

僕の方からY医師に「市役所で介護保険を申請しました。担当医師の意見書なるものが必要らしいので、近々、先生のほうにその連絡がありますからよろしく」と報告した。意見書を書くにあたっては患者と担当医師の面談が必要なので、二十九日に再来院することとなった。

また「ガンの場合は急に介護が必要になってくるということが担当者にも分かっていますから、今現在、日常生活に支障がなくても介護保険の申請が却下されることはないと思います」とのこと、ちょっと安心する。申請には病名が必要で、そのために中皮腫であることを確認する手術をしなければならなくなるのではと心配していたのだ。

ホスピスで勧められた呼吸が苦しくなったときに飲む鎮静剤を処方してくださいとお願いしたが「この薬は末期のガン患者に使用するもので、まだ早いでしょう」とのことだった。

「実は、僕は末期のガンが専門なんです。ホスピスの医師は終末期のガン患者はたくさん診てますが、僕は手術はできないが終末期まではいかないという、中間的な時期の患者さんを多く担当しています。以前から緩和ケアも心がけています」とのこと。本当に大変になるまでは、この外来のＹ医師にお願いしようと思った。

まったく、母は悪運が強い。高年齢で手術ができないほど進行したガンを持つものとしては理想的な経過をたどれそうだ。

帰路、桜町病院の付近を通過するのでフロントパネルのタコメーターで測定してみると家との距離は約七キロだった。いつもの総合病院に比べると約半分の距離だ。緊急時や僕が通うのに家から近いというのは助かる。

何故、家から自動車で小一時間もかかるいつもの総合病院を利用していたのかと言えば、もちろん医療に信頼が置けるからではあるが、瞳は外出嫌いの妻をなんとか家から出してある程度の距離を移動できるようにしたかった。そのためにこの病院を選んだのだ。また小説『人殺し』の舞台として選んだ京都の病院も、これならば妻が長距離旅行をできるようになるだろうという密かな企みだった。

　後年、いつもの総合病院が敷地の半分をマンションにして医住接近の老人用として売り出したとき、瞳は入居を希望した。しかし母は強固に反対した。それはなにも今現在住んでいるこの地に愛着があったからではなかった。母の精神は環境の変化に耐えられなかったのだ。知らない人の中に入る、新しい人間関係を結ぶということが重荷なのだった。

「あんた、さっき、先生と何を笑っていたの」と後部座席の母が訊ねた。診察室で僕と先生が顔を見合わせて破顔一笑したことを聞きとがめたのだ。

「呼吸を楽にする鎮静剤を飲むと、呼吸しなくなるから楽にみえる、とおっしゃるから、つまり死ぬってことですか、て僕が言ったんだよ」と答えると「あたしの病気を肴に笑わないでよ」とへそを曲げてしまった。

　咄嗟にきつい冗談が出てしまうのは父親譲りであったが、これは失態だった。しかし、同時に母の耳が遠くなっていることも分かった。いつも先生の診断をニコニコ笑いながら聞いているが、その実、ほとんど何も聞こえていないらしい。昔から相手が気を悪くするから聞き返さないという性格だ。これまでの診察でも医師の言葉の細部はほとんど聞こえていないようであった。

　五日の午前十時に市役所から介護保険の係の真面目そうな若い女性が来宅した。

　この間、市役所の窓口では病名をはっきりと「ガンです」とは言えなかったので、最初に母の病名をお話しすることにした。

「母は中皮腫か腺ガンですが、細胞を採取してもどちらかはっきりしなかったそうです。つまり肺ガンの一種ではあると思います」と。「七月十六日の診察で余命一年と言われました」と付け加えたのだが、余計なことだったかもしれない。

とはいうものの、何もかもお話ししておかなければならなかった。なにしろ見た目はまったくの健常者だ。特に何ができないということはない。

強いて、今現在、母ができないことは足のつめ切りで、これはときどき僕がやっている。また入浴の際、跨いでバスタブに入れないことぐらいか。自分で工夫して、かねて用意のお風呂場用の椅子に坐りシャワーで洗っている。

視力や聴力についても訊かれた。母は、あたしは老眼にならないのと言うが、だいぶ前から読書の際は一番度数が強い大きな虫眼鏡を使っている。耳も遠くなっていないと言い張るが、テレビの音声は僕の倍ほどの音量にしている。医師の診断も聞き取れていないことは前述した通りだ。自分で思っているよりは衰えているのだ。

数年前に胃ガンを内視鏡手術で摘出したこと、胆嚢ポリープを腹腔鏡手術で摘出したこと、去年、肺に水が溜まり緊急入院したことなどをお話しする。こうして改めて数え上げてみると、随分沢山あったんだなあ、と驚く。

この最後の部分、肺に水が溜まったときから、ガンの疑いあり、と言われていたのだ。しかし、このときは排出された液体のなかにもガン細胞は見つからなかった。まれにそういうこともあるらしいが、症状としては中皮腫が一番近かった。

だが、その原因となる石綿の大量曝露などの経験はなかった。僕は、三月十日の東京大空襲のさなか、母が向島の実家から逃げ出し炎のなかを逃げまどったときに吸い込んだのではないかと考えていた。

それとも父の喫煙だろうか。父の肺ガンは喫煙などという生半可なものではないヘビースモーカー、チェーンスモーカーの挙げ句だろうと推測している。

畳の部屋で坐ったり寝たりすると一人で立ち上がることができないのだが、これは今にはじまったことではない。十年ほどまえに転倒して右膝の膝蓋骨をT字型に骨折してしまった後遺症だ。骨をかしめてある針金を抜く手術をしないで今にいたっている。再手術とそれにともなうリハビリが厭だというのが母の考え方だった。どこへ行ってもベッドでの生活なので特に痛痒は感じていないのだが。

去年、入院したときに一週間寝ていたら歩けなくなってしまい、そのリハビリに一月かかってしまった。幸いいつもの総合病院にはリハビリ病棟があるのでかなりなところまで回復したのだが、用心のため自宅の風呂場と洗面所付近には丁寧すぎるほどの手すりを付けておいた。

ということで介護の対象となるのか疑問が残るところだが、ガンの末期には突然、歩行不能とか呼吸困難が襲ってくるようだ。そのときになってから介護保険をといっても大変なので、あらかじめ取得しておこうというのがホスピスの勧めでもあった。

ガンの場合、手術や抗ガン剤、放射線の使用などをしていないと、ほとんど日常生活に支障がないまま進行し、最後の数週間で急に何もかもできなくなって死に至るようだ。

だから介護保険をお願いするのです、と係の人に話すと、隣で聞いていた母が、あらそうなの、と言う。どうやらその辺りのことは理解していなかったようだ。

それから決められた質問に幾つか答えた。入れ歯ですかとか、洋服を一人で脱いだり着たりしますかとか、十秒間、両足で立って居られますか、というようなことだ。

「あ、そうだ。最初にお聞きしなければいけなかったことを忘れてましたが、認知症でないことはもう分かりましたのでお訊きするまでもないのですが、生年月日とお名前を答えてください」

「昭和二年八月十八日。山口治子」と、よどみなく答えて面接試験は終わった。

市のほうで結果を協議し、主治医の意見書を取り寄せて月末には合否（？）の判定がでるという。だとしたら二十九日に予約した次回の診察日を繰り上げてもらった方がいいかもしれない。意見書は次回の診察時の問診で制作することにしていた。しかし、それから市に回すのでは協議が次の月にまわされて遅くなるかもしれない。

十月に入ってからも母の健康状態はこれといって支障がない。歩いたり階段を昇ったりすると息切れがするようだが、これは以前からそうだった。

考えてみれば、母がドア・トゥ・ドアの買い物や会食、通院以外まったく外出しなくなってから、もう一年以上経つだろうか。これまでは手押し車のような歩行補助具を使いながら、大人の足で徒歩五分程度の近所の郵便局や角のコンビニまで通っていたのだが。特に最近は月に一度程度の通院以外は外出していないことになる。

しかし、例のノンフィクションの執筆を毎日こなしていることを考えれば、一般の人よりもよほど健康で健全な生活をしているとも思える。この執筆が母の支えとなっていることも確かだろう。それが父が浮気をしていなかったという確証を得るためという不可思議な理由だとしても。

十五日。朝、母が、尿が白濁しているというので、抗生物質をもらいにホームドクターに行くと、やはり本人の検尿は必要であると言われた。しかし、母にはもうすでにここまでの往復ができるだけの体力がない。

先生が僕に、お母さんの尿を取ってきてください、と言う。

「エェッ、僕がおしっこ持ってくるんですか」と嫌な顔をしたら、先生が「何を言っているんですか。尿の採取ぐらい出来なくてなんですか。簡単ですよ。これから色々なことが起こるだろうし、今からそんなことでどうするんですか」と少しお冠で、採尿のやり方を教えてくれた。

それはそうだ。これから入浴やしもの世話もしなければならなくなるのかもしれない。小便を取ってくるぐらいでビビっているような段階ではない。

紙コップとプラスティックケースを持って帰宅、母に尿を採取するように促した。

やはり、尿は白濁して薄い乳酸菌飲料のようだった。それをホームドクターのところへ持っていき、処方箋をだしていただいた。それから調剤薬局へまわり薬をもらって帰宅した。

午後からいつもの総合病院のいつもの外来内科。痛み止めを出してもらう。母の痛みは帯状疱疹の後遺症によるものが大きかったようだ。結局、激痛になるというガン性の痛みは最後まであまり訴えなかったように思う。もしかしたら最近の痛み止めは進歩しているのかもしれないが。

レントゲン検査の結果をみると今日も腫瘍は大きくなっていないようであった。また今日から余命一年なのかなあ、と少しほっとする。

この日は例の介護保険の書類が来ていて、意見書を造るためのインタビューがあった。

二十二日。母、脇腹が痛いという。痛み止め薬を倍にする。

二十三日。都内の僕の行きつけの居酒屋で常連客が僕の還暦パーティーをやってくれた。この店では常連客が還暦を迎えると順番に祝いの酒宴を催すのだ。計十五名ほどのいつもの顔ぶれが集まっただろうか。こんなことが気分転換になる。当然、母が末期ガンで、などということは親しい友人にも言っていない。

二十六日。母がロスから帰国中の姪に小遣いを渡せといってポチ袋を僕に渡す。

イトコはアメリカ国籍のれっきとしたアメリカ人だから帰国ではなく、来日か。

会うのは明日だし、もう彼女は二児の母で四十を越えているんだよ、と答えると、ふと気がついたように「あたしには来年はないの」続けて「あたしは悲劇の主人公をやりたいの」と言う。これは昔からの母の持論。なにをもってそう言うのかは分からないが、継母にいじめられる娘や小姑にいじめられる嫁に憧れていたというか、そういう環境におかれたいという不思議な欲望があった。それと成人した姪に大枚な小遣いをやることにどんな繋がりがあるのか、それは分からない。ともかくある感覚とある感情が普通とは違う回路を通っているようだった。

二十七日。六本木ミッドタウンのエントランスでサカバーの長女、ミッシェルと会う。久しぶりに会ったイトコとハグ。中庭に面したカフェでお茶をする。デジカメでロスの人脈を見せられる。彼女の夫というのかパートナーというのか、ウオルト（Walt Fowler）はジャズミュージシャンでありハリウッド映画のオーケストレーションを生業としている。その名前は映画『パイレーツ・オブ・カリビアン』や『インセプション』にクレジットされている。最近はジェームス・テイラーのバックバンドを務め、ギタリストのスティーブ・ルカサーやポーカロ兄弟などは仕事仲間であり、レストランで会食してるところなどの写真があった。かつて憧れていたロスのスタジオミュージシャンが顔を揃えている。これが七十年代だったらなあ、と思う。思えば遠くに来たものだ。

二十九日。いつもの総合病院。最近は痛み止めもらうのみ。相変わらず腫瘍の大きさは変わっていないようで、またしても今日から一年かなあ、などと考えてしまう。

帰宅して留守中に来ていた母宛の宅配便を再配達してもらう。江戸料理『はち巻岡田』からのアンコウ鍋と三田の和菓子店『大坂家』からの栗御飯だった。ありがたい。美味い、美味い。豪華な食卓となった。本日は僕の誕生日の当日にあたり、還暦である。数日前に友人たちに祝ってもらったが、肉親では母と二人だけで酒を酌み交わし祝うことになってしまった。数年前に「今日は何の日だか知ってる」と母に聞いたら「肉の日?」と答えた。

三十一日。一人で府中競馬場へいく。僕は例によってマイナス。母から頼まれていた馬券は当たり、プラス百円。こんなことでも母にかなわない。

十一月十二日。帰宅すると、リビングの定席に坐っていた母が「ちょっと」と言い、目顔で、これ、と言う。母の目線を追ってテーブルの上を見ると、母の箸が置いてあった。母の愛用の象牙の箸が折れていた。

いまやワシントン条約に抵触するかもしれないが、我が家は全員、象牙の箸を使っている。それは瞳の母・静子が決めたことなのだ。僕が生まれたときは、静子が愛用の三味線の撥を業者に削らせ、子ども用の箸にしてくれた。

この母の折れてしまった箸は、ひどく短く細いので、もしかしたら僕が子どものころ使っていたものではないかと思われた。

僕はあるときから大人用の四角い箸を使っているのだが、どうも心持ち短くて使いづらかった。いわゆる夫婦箸の女性用のほうではなかったか。父は夫用のものを使っていたが、これはずいぶん長いものだった。もしかしたらある時期に夫婦箸を買って父と僕とで分けたのかもしれない。母はずっと子ども用と思われる短い丸箸だった。

そんなこともあったので、母に僕のを使いなよ、僕は新しく自分用のを買うから、と言って、僕の箸を渡したのだった。

父の愛用していた箸が葬儀のあと行方不明になるという事件があった。

あたしはパパのお箸を使って、毎日、チュパチュパって舐めていたかったのよう、それがどっかにいっちゃったのよ。あれだけが残念なの。

母は、そう言って嘆いていたが、その瞳に対する執着心の強さには辟易する。

父の箸の行方は図らずも母の葬儀のとき、分かることになる。霊前に供えられる御飯に添えられた愛用の箸はそのままお棺に入れる習慣だったのだ。だから、母のお棺に入れた箸は数ヶ月前まで僕のものであった。

それはともかく、母は箸が折れたことに何かの予兆を感じたようである。父の時は入院するたびに庭の植木が一本ずつ枯れていった。

二十一日。僕は外出していたが、ご近所に住む父と親しくしていた編集者Tさんが来て、母と夕食を共にしている。母もこのところ積極的に来客を迎えている。まさかそれとなくお別れのつもりでもないだろうが。


二十六日。いつもの総合病院。母の病状の進行はほぼ停まっているみたいだ。ただし、肺に溜まる水は少しずつ増えている。沢山食べるように、と言われる。歳のわりには普段から驚くほど食べていると思うのだが、どうしたものだろうか。

僕はピロリ菌除菌の予約をした。再挑戦である。除菌に積極的な医師と、まだピロリ菌が胃ガンの主な原因かどうかは確認されていないから、重篤な胃潰瘍の患者のみがおこなうべきという考えの医師がいる。

少し前に都心の行きつけの小料理屋のカウンターで飲んでいた時のこと。偶然、隣に威厳のある老紳士が坐り、同伴の人と話しているのを聞くともなく聞いていると、紳士は大病院の院長であるらしく、同伴者にピロリ菌除菌を勧めていた。

僕は通常、飲食の席で見ず知らずの方に声をかけたり、まして話題に割り込む、というようなことはしない。しかし、このときばかりは失礼を顧みず、ピロリ菌は除菌したほうがいいですか、とつい聞いてしまった。答えは、もともといないものはいなくなったほうがいいです、というものだった。その言葉で僕は決断した。

ピロリ菌除菌にはもう一つ隠された理由があった。僕は緊張すると昔から胃が痛くなる性分だ。運転免許の書き換えなどでさえそうなのだから厄介である。演劇をやっていたころには舞台に立つと激しい胃痛に襲われた。二十代の半ば、そのときは舞台の裏方をやっていたのだが、稽古中に風邪で数日休み、それ自体も大変な非難を受けたのだが、そのあと仕事に復帰したとき、僕がいなくても何事もなかったように稽古が進行していたことを知った途端に胃けいれんを起こした。そして、そのまま約一ヶ月は、薄い紅茶と洋菓子のプリンしか体が受け付けなかった。その間、水様便が続いて、あまりのことに医者に行き、点滴をしてもらったのだった。後に人間ドックでバリューム検査をしたところ、このときの胃潰瘍の跡はケロイド状に残っていた。

その後もちょっとしたプレッシャーで、胃けいれんや胃潰瘍、そして眠れないほどの激痛に見舞われる。

今の母の健康状態は、これまでの人生で味わったことがないほどのストレスを僕に与えている。もしものとき、劇症の胃潰瘍などになってしまったら、僕にはなすすべもない。そうなることはこれまでの経験から容易に予測できた。その要因となるものを一つでも減らしておきたいと思ったのだった。その最大の候補が最近、マスコミでしきりと取り上げられているピロリ菌の除菌だった。しかし、ピロリ菌除菌の本当の狙いを母に言うわけにはいかない。

三十日。今日は僕ひとりでいつもの総合病院へ。母に「ちょっと例のピロリ菌のことで病院へ行ってくるよ」と言うと、はたして、この忙しいときに、なんでそんな余計なことをするんだとばかりに不愉快そうな顔で、僕を送り出す。

内科の診察室での問診で、これまでの病歴などを説明すると、わりに簡単に「では、やりましょうか」の一言だった。あまりの呆気なさにまたしても狐につままれたような塩梅だ。

十二月二日。父が元気だったころ担当だった編集者のEさんと吉祥寺の行きつけの小料理「A」で飲み、母のことをそれとなく頼んだ。もしものときは父のときと同じようにお願いしてもいいものですかねえ、と遠回しに確認しておきたかったのだ。

出版界には作家が死亡したときの対処について、内規のようなものがある。父も、もしものときは皆さんにお願いするんだよ、と言っていたので、その通りにして葬儀の式次第を全般にわたってサポートしてもらった。有体にいえば、会計や受付の人員配置をしてくれるということだった。

それが物故作家の未亡人、という程度のことでも、同じように可能なのか、あらかじめ確認しておきたかったのだ。しかし、もう秒読みの段階です、などとは言えない。Eさんも漠然とした遠い将来の架空の話として聞いていたようだ。

四日。僕はかねてより父の大ファンで、母とたびたび会食しているM氏との次の会合を設定するため、M氏の部下で僕の高校時代からの友人Tに手紙（メールだが）を出した。


T様。ごぶさた。

ご存じかと思いますが、例の八戸の展覧会場での父の回顧展がはじまっています。もしもお時間があったら、ぜひどうぞ。かなり大規模なものになっています。（当時、八戸の実業家、小坂明さんが自社内に造られた洗心美術館で父の大々的な回顧展が催されていた。Tはそのころ青森に単身赴任していた）

お問い合わせがあった母のこと。（多少具合が悪い、とは話していた）
現状から書きますと以下の通りです。
（1）都内は無理です。（これまでは『はち巻岡田』か神田明神下の『左々舎』だった）
（2）第一案として、国立の『繁寿司』かウナギの『押田』だったら行けるかもしれません。
（3）第二案として拙宅にお越しいただき『繁寿司』から寿司をとる、というやりかたが考えられます。

お話ししていなかったかと思いますが今年の八月に帯状疱疹を患い、一週間ほど入院していました。痛みに強いのと、まさかと思っていたために、かなり悪化してしまい、現在、神経痛が残っているようです。本人はいずれ痛みがなくなったら都内でも大丈夫と言っていますが、帯状疱疹の後遺症としての神経痛は何年も残ります。従いまして完治は、ちょっと期待できません。ただし、痛み止めを処方していただいているので、日常生活に不自由はしていません。

ということなのですが、もともと計画しても、その日の心理状態、体調不安でドタキャンばかりしていた母です。僕も父もこれにふりまわされていたのはご存じの通り。

ということで、どうなのかなあ、ということです。日にちを今から指定していただいても、その日にならないと確実なことは分からない、というのが正直なところです。

お約束いただくと励みになり、良い結果になるかとも思うのですが……。

具体的には一月十七日と二十八日が先約あり、です。また土曜日と日曜日は僕がちょっとやらねばならないことがあります。

そんなところなのですが、よろしく御賢察の上、ご判断いただけると幸いです。

まあ、とはいうものの、先だっても自宅に来て五時間ばかり飲み食いして、話していった客もあり、その程度の応対はできる状態です。やっと歳相応という感じでもあり、あまり御心配なく。

というような内容であったが、これで当時の母を取り巻く日常の様子や、僕の情報操作をご理解いただけただろうか。

七日。ピロリ菌除菌開始。薬をもらった日からすぐに始めなかったのは、忘年会シーズンに入っていて幾つかの先約があったため。投薬を開始すると一週間はアルコールを摂ることができない。朝、タケプロン錠、クラリス錠一錠ずつ、アモリン三錠の計五錠。夕、同様に五錠。これを一週間続けるのである。抗生物質の大量投与で体内の菌をすべて殺してしまうという荒療治だ。場合によっては全身からの出血などという過激な副作用があるらしい。軟便や血便がでたら、ただちに治療を止めなければならない。僕の場合、口の中が不味いがこれといった副作用はまだみられない。今日からもちろん休肝である。

十日。朝、これまでで体験したことがないほど素晴らしい大便がでた。特大のバナナが二本、という感じ。副作用はまだなく、むしろ味覚も嗅覚も普段よりもいいぐらい。この状態を維持できないものだろうか。いつもは酒の飲み過ぎか神経性の胃炎か大腸炎で下痢が続いているから、野太い健全な大便のために肛門が悲鳴をあげている。しかし、なんとなく疲労感がある。もしかしたらアルコールの禁断症状？

十三日。ピロリ菌除菌終了。副作用はまったくなかった。この間の良便と別れるのはちょっと残念。バナナ大のものが日に四本といったところか。しかし、この間のストレス（お酒を飲めない）のためか血圧が高い。ともかく疲れた。

十五日。庭に鶏卵大の黄色いものが落ちている。なにかと思ったら柚子の実であるらしい。ふと見上げると、これまで一度も実をつけたことがなかったのに、五、六個の握り拳大の実がなっている。

父は庭に植木を沢山植えたのだが、不思議なことにどの木も花が咲かなかった。したがって実がならない。狭いところに沢山植えたのが原因だろうが、我が家の七不思議のひとつではあった。それがこの期に及んで実をつけるとは。喜ぶと思って母に見せたがあまり嬉しそうな顔をしない。何かにつけ、こちらの予想と反応が違うのが母の常だった。

ビールをひどく苦く感じる。これが僕にとってのピロリ菌除菌の唯一の副作用であった。

十七日。いつもの総合病院。レントゲンとCTスキャンの結果、母の腫瘍は順調に育っている由。呼吸が苦しくなってきているのではないですか、と先生。そろそろ酸素ボンベをつかってもいいと言われる。母は面倒だからいいです、と断る。先生も無理強いはしない。

十九日。山手線に乗ったら若者に席を譲られた。そんな歳じゃないです、と断った。なにしろ一駅しか乗らないのだ。このところの疲労が傍目からみてもわかるのだろうか。

二十二日。母が、知り合いを通じて紹介された骨董品業者に父の将棋盤を売ってしまった。来宅した業者が提示したのは、やめたほうがいいのではと思えるほどの安価であった。母はときどき思い切ったことをするので油断ができないのだ。これも紹介して頂いた方に失礼とか、遠いところをわざわざ来てくれたのだから、という心情の方が先にたってしまう性格からなのだが。

二十八日。今日は偶然、試写会がないので、六本木に出て、未見であった現在公開中の新作映画を二本、ハシゴで観た。はじめてシニア料金を行使することになる。千八百円が千円になるのはありがたい。窓口で、身分証明書は運転免許でいいのかな、と尋ねると受付の若い女性が、つまらなそうに「自己申告です」と答えた。少なからず釈然としないものが残った。

三十一日。大晦日。例年通り、駅前の『紀ノ国屋』で母とお節料理の材料のうち、足りないものを買い足す。帰宅後、母は台所でお節料理をつくる。その後ろ姿を見ると、なんだか身体全体が一回りも二回りも小さくなったようだ。

第八章　自ら終りを準備する人

年が明けると、先生に言われた余命一年が、いよいよ射程圏内に入ってくる。母の最期がますます具体的になってきた。しかし、その最後のステージはいつごろ始まるのだろうか。もしかしたら、もう始まっているのかもしれない。僕はなるべく普通の日常生活を続けることにして、深刻な話は避けようとしている。

二〇一一年元旦。

母と二人、向き合ってリビング兼ダイニングのテーブルに着き、朱塗りの漆の片口から朱漆の盃にお屠蘇を注いで簡単な年頭の挨拶をする。これが我が家の新年の数少ない行事らしきものである。

例年はお互いに、今年もよろしく、程度のことを言ってから飲み干すだけなのだが。

盃に口を付けようとしながら、

「今年は大変なことになると思うけど、あんたも頑張って」

と母が厳かに静かな口調で、しかししっかりとそう宣言した。

母さん。勘弁してくれよ。なんてことを言うんだ。そういうことを平然と落ち着いて言わないでくれよ。なんと答えていいのかわからないじゃないか。ウムと小さく頷くのが精一杯だった。

それから母は、リビングのテーブルの上のものを写真に撮ってくれ、と僕に頼んだ。テーブルの上にあるものは、銀座の呉服屋で毎年、買っている干支の張り子。もちろん今年は母の干支でもある兎だ。八月の誕生日で八十四歳になる。それと正月用のお屠蘇を入れた朱色の漆塗りの柄のある片口と三重のやはり朱塗りの盃。大は父用、中が僕で小が母用だ。お向かいの彫刻家今城國忠さんから苗木をいただいた蠟梅の枝を生けた、京都の陶芸作家竹中浩さんの器。蠟梅は蕾がだいぶ大きくなったので今朝、庭に出たときに枝を切ったものだ。その後ろには二歳ほどの僕を抱いた父の写真や若き日の父の写真が入った写真立て。

なんだか来るべき病室で我が家を懐かしんで眺めるための写真を用意しているようである。長逗留になるか、二度と帰宅できないと思っているのだろう。以心伝心、こうした思いが伝わってくる。

今までだったら、面倒くさいから嫌だよ、と言ってしまうところだが、書斎に行き、カメラを取り出し、電池を入れて買い置きのフイルムを入れた。オートフォーカスの小型カメラだ。

ついでに母のアップも撮る。化粧もしていないしお洒落もしていないので嫌がるかと思ったら、ちょっと襟を直してから澄まし顔をした。

すかさずシャッターを切った。まさか葬儀用のつもりじゃないだろうかと、そんな思いが脳裏をよぎる。

葬儀用としては、かねてから用意してある十年以上前に玄関先で撮ったものを使うつもりだ。

本人が葬式用にね、と言って毎年、誕生日に、玄関先で僕が撮影していた。何年分かが溜まっているので、気にいったものがあったら選んでおけよ、と言いたかったが言い出しかねていた。のちに分かることだが、数年分のなかから十枚ばかり、自分が気にいったものを粗選びして別の写真帳に分けてあった。

暮れに定期診察を済ませての元旦である。腫瘍の方は、順調に育っていると告げられた。レントゲンを見ると右の肺の下のほうに一塊。それはあまり大きくなっていないようだが、右肺全体、特に右側の肺を包む被膜（？）が肥厚しているように見える。

また血中の酸素量が減っている点は少なからず気がかりだ。正常値九・八に対して母の値は九・四か九・六ほどなのだが、それでもちょっと歩くと息切れがする、生活にやや差し障りがある、ということになるらしい。外来の医師が、そろそろ酸素吸入をはじめますか、と勧める。よく駅頭などで酸素ボンベをキャリーに乗せて常時、酸素吸入をしている人を見かけるが、あれをやりはじめてもいい時期だ、ということであった。

母は例によって、面倒だから、まだいいです、と言う。ともかく見栄っ張りだから歩行補助器も最近まで使おうとしなかったのだ。

医師も無理にとは言わない。家の中では固定の酸素発生装置を置いて、そこから十メートルぐらいはチューブを延長して使うことになるようだ。それが面倒なのは理解できる。

病院からの帰り道で、本当に酸素がなくても大丈夫なのかと訊いてみたが、やはり大丈夫だと言う。経験がないからそんなことを言うのかもしれないけど、やったら楽になるんじゃないか、と重ねて言うと、前回、肺の水を抜いたときも帯状疱疹で入院していたときもずっと酸素吸入をしていたから楽になるのは分かっている、使用すると、実際にとても楽になるのだという。

だったらと思うのだが、いかにも病人風がいやなのだろう。

誰も来ない元旦かと思っていたのだが、昼過ぎに友達づきあいしている駅前の行きつけの小料理屋の若い女将さんが御年賀に立ち寄ってくれた。あがってもらいリビングで適当に食べものや飲み物を出して、たわいない町のうわさ話などをする。母は僕が女性と話しているのを遠慮して、僕の書斎（元は父の書斎）でテレビを観るという。安楽椅子でほとんど寝ている様子だった。

二日。十二時。母を家に残して運動がてら谷保天神まで歩いていく。

例年、母と二人で谷保天神にお参りして去年のダルマをお焚き上げにくべ、今年のダルマを買うことにしていた。母に一つ、僕に一つ。かつては年賀に来る子どもたちに小さな起き上がり小法師になっているダルマを用意していたのだが、子どもたちも大きくなり、また最近の子どもはダルマなどでは満足しない。ダルマの背中に張る千社札のようなものを選ぶ。母は例年「家内安全」を選び、僕は「大願成就」にする。何が大願なんだかわからないが。

それからご近所の、父の作中、ドスト氏で知られる関頑亭先生のお宅と嵐山光三郎先生のお宅に年始に伺い、『大坂家』の御年賀をお渡しして、ほぼ我が家の正月は終わる。

今年はそれを一人でやることになった。母は家で休んでいる。谷保天神はいつになく人出が少ないように思えた。

その足で関頑亭先生宅に寄ると、玄関に出てきたご長男・純さんが「聞いた?」と言うから、何となく、まあ、と答えると「本葬は二月の二十六日。中野の宝仙寺」と畏まっておっしゃる。

おかしなことを言うなあ、頑亭先生の奥様である民さんの具合が悪いことは暮れにうかがっている。しかし、具合が悪いのに、もう本葬というのは、変だなあ、旧家というものはそういうものかなどと思っていたら、何となく邸内にお線香が香る。そういえば、玄関先に松飾りが出ていなかった。

頑亭先生が奥から憔悴しきったご様子で出てこられた。

純さんが「しょう・す・け・さん、ですよ」と小声で教え諭すように言うと、頑亭先生が「分かっていますよ」と、ちょっと憤慨されて小さく叱責した。親子というものはどこでも同じだなあ、などと思いつつ、鈍感な僕も、これでやっと察しがついた。

どうやら事態は深刻、と理解したが、言葉もない。それじゃあ、なんてモゴモゴ言いながらお暇しようとして、ついうっかり年賀の和菓子の折りを純さんに手渡してしまった。

頑亭先生はさすがに元気がなく、それでも「お宅も気をつけて」と声をかけてくれた。

関家をあとにしてから、ええと、つまり、これはもしかしたら民さんが亡くなられたということかなあ、などと考えながら、母にどう伝えようかと考えた。

そのまま嵐山光三郎先生のお宅にまわると、丁度、先生の姿が玄関先に見えた。

いつも通りの新年のご挨拶をしていると、奥様も手にしたお年玉の袋を選びながら出ていらっしゃった。一瞬、しめた、ありがたい、と思ったが自分の年齢を思い出し、気を取り直して、辞退しようとする。

僕が「それはちょっと」と言う前に、嵐山さんが「しょうちゃんはもう還暦なんだから」と奥様を制止すると、奥様が「あら、違うわよ」と応じた。お年玉は、ちょうど居合わせた近所の方のお子さんたちのためのものだった。

笑顔がこぼれ、ここにはいつも通りの和気あいあいとした日常とお正月があった。

帰宅して母に、どうも風船さん（そのふくよかな風貌から付けられた民夫人のあだ名）が亡くなられたようだ、と報告する。

母は深くため息をついたが、それならば、誰かから連絡があってもいいはずよ。連絡があるまでこちらからご挨拶したりするのはやめましょう、と大人の判断をする。

亡くなられたのが事実ならば、狭い街のことだから直ぐに伝わってくるはずだ。それまでこちらからはそっとしておいてあげましょう、と言う。

今年、父が書くところの「わが町」国立は、深い悲しみに覆われ、そのすべてが喪に服することになるのだろうか。静かに、しかし着実に事態は進行していくものだ。

三日の昼過ぎに神田明神下『左々舎』のご主人が、今、関家から廻って来ましたと玄関先に現れた。暮れに風船さんの臨終に立ち会われた由。関家では身内の不幸は外部に漏らさないという習慣があるようであった。

三十日の午後二時だったらしい。喧嘩相手がいなくなったと頑亭先生がおっしゃったとか。あとで知ったのだが、ずっと自宅介護で純さんと妹さんが添い寝をするようにして介護していたそうだ。僕にはとても出来そうもない。

四日。母、風船さんのために短歌を詠む。

「美しきもの作り出すその手に常に輝くは古りし指貫」

「大いなるダイヤのリングに勝りけり年月経たる指貫光る」

風船さんは帽子造りの作家であり、いつも指貫を身につけていた。国立のご自宅に併設された工房兼店舗はスタジオジブリは否定するかもしれないが宮崎駿監督のアニメ『ハウルの動く城』の帽子店のモデルにもなったらしい、といえば、大体のご想像がつくだろうか。古民家風の素敵なお店だ。

以前、テレビ朝日の人気番組「ちい散歩」で地井武男さんが取材で訪問したさい、風船さんは自作の帽子を片手にじっと地井さんを見つめ「今、あたしはあなたに恋したの」とさらりとおっしゃった。さしもの地井さんもギャフンとなる一幕があったが、そんなお人柄だった。

これが数年前のことだ。享年九十歳。大往生といえるだろうが、残された頑亭先生はじめ、ご家族のことを思うと言うに言われぬ悲しみが訪れる。

そして、明日は我が身か。

ともかく、母の詠んだ短歌を持って、さっそく頑亭さんのご自宅まで届けた。

これが母の絶筆になるのではないかと思われた。それはのちに予想もできなかった出来事によって裏切られることになるのだが、この時点では知る由もない。

五日。都内の量販店で母が欲しがっていた卓上の電気鍋を購入。一台で一人前の焼き物、煮物が作れ、蒸し器になるというすぐれもの。母は台所までの往復が大変なのだろう。しかし食欲だけは旺盛だ。

六日。頑亭先生がいらっしゃって、母に風船さんのために書いた短歌をあらためて色紙に筆で書いてくれとおっしゃる。葬儀のさい、仏前に飾りたいということらしい。

九日。「文藝春秋」誌に掲載されたノンフィクションに、元総理大臣、小泉純一郎の家系がでていた。父・瞳の名前があり、母方の先祖の出身地が小泉家と同じと記載されている。同じ町内であったかも知れない。遠い親戚が、小泉さんはうちの血縁だよと言っていたが、多少は「あり」かもしれない。

十日。関家に母の色紙を届け、ご霊前にお線香をそなえた。暮れの三十日に亡くなられたので、ずっとお通夜が続き、五日に家族だけで密葬になさった由。瞳の母・静子も大晦日に亡くなっているので、いかに大変であったかは容易に想像できた。

母は自分にもしものことがあったとき、僕がやるべきこと、自分がこうしてもらいたいことを幾つか伝えていた。それはここ数年、何度もくり返し言っていることなのだが、それが現実味を帯びてきた。

もしものときはキチンと入れ歯をいれてもらいたい。そののち、しっかりと口を閉じてもらいたい。入れ歯を入れ忘れていたり、ぽっかりと口を開けているご遺体を目撃するたびに、僕に、お願いだからこれだけは守ってね、と言っていた。

母は実の母・さわの亡くなる瞬間、入れ歯がすとんと落ちたのを見ていた。自分が死ぬ瞬間に入れ歯をしていたら、やはり落ちるだろう。それをきちんと元に戻してくれというのだ。

また、何年も前からお棺に入れられるときに着る着物を決めていた。

位牌はパパとの二人名前にしてもらいたい、というのも決して外せない強い要望だった。夫・瞳が亡くなったとき、母はとても動揺していて色々なことに思いが至らない状態だった。位牌を造る際、駅前の当時はどこの町にもあった、ごく普通の仏具屋に飛び込み、たいした考えもなく位牌を造ってしまったのだ。

僕などが見ると普通にすっきりしていて華美でなくいい位牌だと思っていたのだが、戒名の字体が気にいらないといい、母は後悔していた。なんで頑亭先生にしかるべき仏具屋を紹介してもらわなかったのか、決まり事を色々と教えていただいてからにすればよかったんだわ、といつまでも悔やんでいた。

幸か不幸か、というと余りにも罰当たりだが、関家でも近々、位牌を造られることだろう。僕はそれとなく純さんに、お宅ではどうしたのかと尋ねてみた。

「頑亭先生（純さんはお父様のことをこう呼ぶ）に話すと、おれが造るッて言うから。そうしたら何年かかるかわからないし、妹と相談して、〈お仏壇のはせがわ〉で造った」

ただし、戒名を印刷する、機械で彫って金彩する、彫って金を盛る、そして手書き、と四種類あるとのこと。さすがに頑亭先生にこれだけは相談したところ、手書きにしてくれ、と指定されたとのことだった。後日、僕が葬儀社にこのことを言うと、最近、手書きというのはあまり聞かないが職人がいるかどうか調べてみます、ということだった。幸い、まだ書ける人がいるというので、手書きでお願いして、母の希望に添うことができた。

本年、二〇一一年は瞳の十七回忌にあたる。三回忌、七回忌、十三回忌は、父が愛した駿河台の山の上ホテルで偲ぶ会をやった。母はその都度、自分で選んだ記念品を来賓の方々にお持ち帰りいただいていた。

しかし、十三回忌が終わったころから、もう十七回忌はやらない、体力的に無理だし、第一あたしは、もう居ないかもしれない、でも記念の品だけはお世話になった方々に差し上げたい、と言うようになった。

母は、ともかくパパのことをみんなに忘れてもらいたくないの、と言い続け、法事を欠かさず、著作が出れば縁の方々に献呈し、また瞳の書画展を開催して記憶を新たにしていただいていた。それはもう執念といってもいいものだった。

僕などは、作家の命日は太宰治の桜桃忌や司馬遼太郎の菜の花忌などのように、関係があった編集者や研究者、愛読者が自然に集まってやるもので、遺族が主催するものではないと思っていた。誰も思い出してくれないならば、それもまた、その作家の評価なのだと思う。

十七回忌に皆さんに差し上げたい思い出の品を、母は早くから決めていた。

熊本にある団扇屋さんの「渋うちわ」に父の色紙を印刷してもらい、それを配ることにしている、もう試し刷りも出来ていて期日や数量のお願いもしてある、というのだ。

でも、あたしはパパの八月三十日の命日まで生きているかどうか分からないし、団扇はパパとあたしの二人名前になるかしらねえ。

郵送するときの包装も中に入れる挨拶状の紙も選んである。あとは挨拶を書くだけなのだけど、あんたに書けるかしらねえ。

もしものときの香典返しも、父のときと同じように日本橋『丸善』の文房具と決めていた。これもやらねばならないだろう。

そんなところが僕に言い置いたことであり、しなければならないことであったが、それとは別に、父の死後、ずっと言い続けてきたことがあった。

それは、あたしの葬儀もパパと一緒で、自宅でやりたい、というものだった。

当時はお手伝いをお願いできるかたも沢山いらっしゃったし、現に色々とお力添えいただき、それでも大変であったという記憶がある。

母のときはそうしたことが可能なのだろうか。僕一人でどこまで仕切れるだろうか。

父の死後、もう十五年が経ち、狭い庭も樹木が繁って通り道もない状態だ。室内も母がベッドを必要とするようになったり物が増えて祭壇を祭る場所もなくなっていた。

かつて若い日々を演劇畑で過ごした僕にとって、舞台転換に似た家具の移動や、人の流れを考える動線の検討はいわばお手の物である。しかし今回はどうなるか、まったく想像がつかない状態だった。

母は広告業界の企画者であった瞳に似てきたのだろうか。そもそも我が家は、派手好き催事好きというところがあり、遊びに出かけたり人を集めたり、なんでも企画立案するのが特技であった。

まだ先のことになるとは思うが、いわば〝喪の仕事〟ともいえる一連の作業は大変なことになりそうだった。

十五日。銀座ヤマハホールで受講しているヤマハ音楽教室のサックスの発表会。

数年前、ヤマハのPR誌で五十過ぎから初体験の楽器をはじめて一年後にライブをやる、という企画で体験記を書く仕事をもらった。折角、多少は吹けるようになったので、企画自体が終わってもレッスンはそのまま続けていた。何か一つぐらいは楽器をものにしたかったのだ。

今年は新装なった銀座の名門「ヤマハホール」で発表会が行われることになった。数ヶ月前に同じ場所で坂本龍一氏がソロコンサートをやってチケットは即日完売だったとか。

昔は坂本君と一緒の舞台に立ったこともあるんだよ、とクラスメイトに言ったら、とんだ嘘つきという目で見られてしまった。その昔、新宿文化劇場が映画上映後に演劇の公演をしたとき、ご一緒したことがあったのだ。僕は端役と舞台監督の助手、坂本氏は作曲と演奏のほかに役者としてのちょい役もあった。しかし、思えば彼我の差はずいぶんと離れたものになってしまった。そのことの方が感慨深い。才能がないとは、つまりこういうことか。

ライブ演奏は、プロのミュージシャンがキーボードとベースとドラムでサポートしてくれたのだが、最悪のデキといってもよかった。演奏が終わるとクラスメイトは口もきかずに楽屋代わりの廊下を通り抜け、そのまま打ち上げにも出ないで解散してしまった。多少は舞台表現をご存じの方ならば、デキは推して知るべし。

ともかく、僕としては、胃が痛くならなかったのが救いだった。昔から本番の舞台に立つと、その軽重を問わず胃の激痛に襲われた。それが僕が演劇から遠ざかった理由の一つだった。やはりピロリ菌除菌が功を奏したのだろう。

演奏自体は悲惨な出来ばえだったが、薬効あらたかとはこのことか。これで来るべき緊張の瞬間をなんとか乗り越えられそうな自信がついたのは、望外の喜びだった。

しかし久しぶりの本番の舞台に昂奮してしまったのだろう。行きつけの居酒屋でしたたか飲んでしまい、いいご機嫌での帰り道、自宅間近の路上で転倒してしまった。

いきなり足をすくわれたように前方に真っ直ぐ倒れてしまい、胸部を強打し、胸にかかえたアルトサックスが鳩尾に食い込んで、息ができない。瞬間、何が起こったか分からず、このまま死んでしまうのか、と思いつつ、横たわっていた。

いったい、どのくらいの時間が経っただろうか。僕はようやく立ち上がることが出来た。

こんなときに、まったくもう、どうしようもないな。自己反省はするのだが、あとの祭だ。鳩尾の少し上の肋骨が合わさったところに激痛が残った。左手首は時計の竜頭がぶつかったのか、その部分が痛い。右手のひらに擦過傷。このときはあまり痛みがなかった右膝が大変なことになるのだが、それは数週間あとのことだった。

恐る恐る調べてみるとアルトサックスも壊れていた。管体の部分が少しへこんでいる。良く言えば身代わりになってくれたともいえるのだが、そもそもコンサートの昂奮で酔っぱらわなければ転んだりしないわけだ。修理代金など考えると、転んだことは打撲傷、擦過傷をふくめて高いものについた。こういうときには、よく余計な事件が起こるものである。

二十一日。駅前の寿司『繁寿司』に母と向かった。この日は最近の病院通いを別にすれば母にとって久しぶりの外出となった。

高校時代の同級生Tと、その上司、M氏とのお食事会だ。M氏が父の大ファンであることが分かってから、何度かこのメンバーで会食している。こんなとき、いつも母の歯切れのいい当意即妙な談論風発にはみなさん驚かれる。さすがは瞳との昼夜を分かたぬ丁々発止で鍛えられただけのことはある、というものだ。

Tが、ぜんぜん惚けてないし、それどころか博覧強記だね、と母のことを、ややうらやましそうにいうのだが、逆に僕は、普通のオカアサンだったら、どんなにいいだろうと夢想しているのだった。例えば朝日新聞の連載マンガ「ののちゃん」で、いしいひさいち画伯描くところの母親・まつ子のような母だったらと。

母が八十を超えたころから、たまに拙宅にお見えになり、晩御飯をご一緒する老紳士たちがいた。あるとき、この中の一人が、だいぶ御酒を召し上がって酩酊された上のこととは思うが、母に「奥さんのツバメにでもしていただこうかな」と冗談とも本気ともとれないことを言ったらしい。

母は間髪を入れず「あら、それは駄目よ。だって〝若いツバメ〟って言うじゃない」と切り返した。件の老紳士はそれっきり現れなくなった。

まあ、母の当意即妙とは、つまりこういうことなのだった。

最初は父の大ファンで母に瞳の話を聞きたがっていたM氏も、今ではお母さんのファンになりましたと、母との会食を楽しんでおられた。

二十五日。高校時代の同級生で最近はいい飲み仲間になっていたNの一周忌。Nの晩年（！）は商売が上手くいかず、詳細は分からないが妻子とは別居した挙げ句の孤独死であったという。思えば遠くに来たものだ。せんだってのTを含めて出席者は六名。場所は、彼らにとって小、中、高校と通った仙川駅前の居酒屋。僕にとっては演劇の勉強をした短大と、そのあと一年間の専攻科の三年を過ごした仙川であった。

子ども自慢や孫自慢がでないところがこのメンバーの取り柄というか、還暦とはいえ往年のシティーボーイの面目躍如、矜持である。いや、子どもどころか家庭をもたない僕に対する遠慮なのだろうか。

二十八日。いつもの総合病院。腫瘍は順調に育っているが急ではないと。ＣＴスキャン等で一日病院にいて疲れた。三十一日には、試写で都心に出たが、その帰り道、中央線のいつもの総合病院の最寄りの駅で途中下車をして、駅前商店街にある知り合いの居酒屋へ寄った。そして、店長に、朝早くても駅前に件の病院までのタクシーがいるか訊いてみた。

母は近々、再入院するだろう。普段、僕一人のときは駅からバスか歩きなのだが、念のためタクシーの状況も確かめておこうと思ったのだ。二十四時間、ほぼ空車が停まっているというので、少し安心する。

二月二日。この日、母は、父の行きつけの店であった金沢のバー『倫敦屋酒場』のご主人・戸田宏明さん、慎重社の臥煙さん、論創社のＩ君に会うため、一人で『繁寿司』にでかけた。

後に『人情　安宅の関』（戸田宏明著／論創社刊）として出版されることになる倫敦屋さん入魂の長編時代小説のゲラが出たのを祝っての会食だった。母が倫敦屋さんとＩ君との仲を取り持ち、父の担当者であった臥煙さんにオブザーバーとして立ち会ってもらう、というような塩梅になっていたのだ。

母は生真面目な性格なので、この時お預かりしたゲラを自分が校閲しなければならないのだ、と曲解したようだ。僕に「お預かりしたのはいいけれど、あたし、校閲なんかしたこともないし、どうしたらいいの」と尋ねる。なにしろ新聞の誤植も見つけてしまうような読書家だから、まあ誤植のチェックだけでいいんじゃないの、と言っておいた。

四日。十一時、家を出て、母といつもの総合病院へ。

本日は母の診察ではない。ロスに住んでいる叔母、サカバーが人間ドックで精密検査をしてもらいたいと帰国していた。やはり意思の疎通がいまひとつ不便なアメリカの病院よりも日本語での診断をというので、母がいつもの総合病院を紹介したのだった。

院内で会い、その足で西荻窪駅前の蕎麦『K』へ。たったいまアメリカから来たわけだから、フランス料理やイタリア料理よりも日本食のほうがいいと思ったのだ。この評判のお蕎麦屋さんは正解だった。母は天ぷらとざるそばを普通に食べて日本酒も少し飲んだ。健啖ぶりに変わりはないようだったが。

この日、母は坐っているときはどうということはなく、普段通りなのだが、歩くと数歩ごとに立ち止まり、息を整える状態だった。僕が母の左腕を抱きかかえ、支えるようにして歩く。もう少しだ、もう少しだと励ましながら、蕎麦屋からタクシー乗り場までの数十メートルを歩くのに随分時間を要した。これで一緒に歩くサカバーにも何事かが伝わったはずである。

国立の自宅までタクシー。拙宅でサカバーと母は五時まであれやこれやと話していた。

二月七日。あとで確認したところ、この日まで母は日記をつけている。この日以降は書かれないまま白紙のページが続いていた。博文館の定番の例の日記帳だ。縦書きで一ページが一日になっている、いちばん平凡なタイプだろうか。この日まで毎日毎日、びっしりと書き込んでいた。それは結婚前、いや女学生のころからの習慣であったようだ。

十一日。朝から粉雪。八時半ごろ起きてきた母が、酸素ボンベを使い始めたい、と訴えた。前回、外来の先生の診察のときは「まだ大丈夫です」と固辞したのに、やはりかなりつらくなっているのだろうか。

山崎先生の紹介してくれる医師の往診をたのみたいと、その旨、山崎先生に手紙を書くと言う。また、配達の人には裏木戸に廻ってもらいたいから、そう伝えてくれと頼まれた。我が家はどんな方にも表玄関から入っていただくようにしているのだが、玄関まではいつも母が坐っているリビングから階段を六段ばかり上がらなくてはならない。母にとって階段の昇り降りが障碍になってきている。

我が家の屋内の移動が大変なことについては多少の説明が必要だろう。

瞳が「変奇館」と名づけた我が家は、前述したように生活空間が半地下、一階、中二階に別れているという風変わりな造りをしている。風呂と台所、リビングとダイニングは半地下、玄関は一階、母の寝室は中二階にある。移動するときはその都度、五段から八段ほどの階段を昇り降りしなければならない。これは健常者であっても八十過ぎの老体にはきつい。まして、今後は十メートルほどのチューブを常時、引きずらなければならない。

この家の使いにくさを現代建築の建築家に話すと、家というものは家族構成や年齢の変化にともない二十年ごとに建て替えるものです、などとさらりとおっしゃるが、そんなことが軽々にできると思っているのだろうか。それを言うと、また、それならば最初からバリアフリーの建て売りをお買いになるべきでしたね。今はいい建て売りが出てますよ、などと、悪びれずに恬淡としている。困ったものだ。

母が普段坐っているリビングは半地下にあった。階段の昇り降りが苦痛で、また玄関までたどり着くのに時間がかかり、来た人にご迷惑をかけるという。

だから裏木戸に廻ってもらうためにも「勝手口っていう看板を出してね」と言う。そんなものいいじゃないかと言うと「『勝手口』ってのが、かかっているのが好きなの」と一歩も引かない。

酸素ボンベの話を自分から言い出すような容体のくせに、前夜は午前三時まで芥川賞受賞作を読んでいたらしい。

「だって長いんだもの」と言う。そんなのやめてサッサと寝なさいよ、と言うと「不安で眠れないのよ。眠るとその間に呼吸が停まってしまうんじゃないかと思って」とすぐ反論の余地がない答えが返って来た。

少し前に桜町病院でもらった不安解消（？）のための精神安定剤をすでに二錠、飲んだと言う。残りは二錠だが、いつもの総合病院でもくれるかしら、などとつぶやく。

朝食後、最近の習慣で僕が台所で洗い物をしていると、リビングのテーブルにいた母が、教え諭すように「正介も人生の前半はよかったけど、後半はねえ」と冗談とも本気とも取れないことを言い出した。まいったなあ。前半だって決して良かったわけじゃない。好きなことを出来たわけじゃない。

丁度、この日、父の着物の洗い張り、仕立て直しをしてもらったのが出来てきた。

父が残した着物のうちの何点かを僕が着られるようにサイズを合わせて仕立て直してもらったのだ。タンスの肥やしももったいないと思ったのと、こうしたことができる職人さんも数少なくなっているだろうから、いまのうち、という考えもあった。

母に話したら、そんなことは六十、七十になってからにしなさいよ、と嫌な顔をする。僕が「もう、六十なんですけど」と言うと、「あらそう」と。

喜ぶと思って、ちょっと着てみたのだが、むしろ母は物思いに沈んでいる感じだ。この期におよんで、無駄遣いをしてと思ったのか、最近、とみに似てきたといわれる瞳の面影を僕に見たのか。

十三日。母が突然、非常持ち出しとしてリュックやら鞄に入れて何ヶ所かに小分けしているものを、一つにまとめて整理したいと言い出した。ピンピンコロリが理想とされているが、予め準備ができるという点ではガンにも一得があった。

自分と瞳の実印、印鑑証明、銀行印、保険証、国民年金手帳、火災保険証書、土地の登記簿、そして後に相続税と相殺できるのがベストです、と税理士から言われた生命保険の証書、等々を母はベッドサイドや箪笥の引き出し、押し入れの奥などに小分けして置いていた。

それは保険会社か市役所から配られた震災時持ち出し用のビニールのリュックだったり、子どものころから持っていた小さな汚れた布製のハンドバッグなどで、それをまたベッドの脇、箪笥の奥、押し入れの中などに何の脈絡もなく小分けにしておいたのだ。

僕は以前から一ヶ所にまとめておいた方がいいよと母に言っていた。そして、そのために、ちょっと洒落た鞄を買ってきておいたのだ。それを思い出したのか、あるいは火災や地震ではないある事態が間近に迫っていることを念頭に置いたのかもしれないが、ともかく「いざというときにあんたにも分かるようにまとめたい」と言い出したのだ。

この作業には万感の思いがあった。母も僕も事情は理解している。しかし、それを言うわけにはいかない。作業は淡々として進んだ。

母が非常持ち出しとしていたのは、いわゆる重要な証書類ではなく、若かりし頃の瞳の写真や一番仲が良かったすぐ上の姉とのツーショットなどだった。

中には祖母・さわが娘たちのために造った郵便局の定期預金証書などというものもあった。額面は一円であった。これだけあれば一生食べるに困らない、と言ってさわが娘が生まれたときに作ったものだ。今では記念品としての価値しかないだろうか。

過去数十年ぶんの預金通帳の束があった。母はそれを捨てようとしたが、僕はいずれ考現学的な資料になるのではと思って取っておいてくれと言った。これが後に過去のお金の出入りが分かって意外に役立つのだったが、そんなことはこのとき分かるはずもなかった。

そんな仕分けをしているだけで一日が経ってしまった。

これは、今まで権勢を誇った女帝がいわば権力の委譲をしているようなものであった。

頭脳明晰である母は我が家の経済の全てを掌握していた。父も僕もおよそ事務的なことが不器用だ。母は税理士さんとのやりとりから郵便局、銀行の外交員、その他もろもろの手続きなり契約をすべてこなしていた。

振込め詐欺や訪問販売が猖獗を極めている昨今、母さんなど高齢者は狙われるよ、と忠告したこともあるのだが、あら、あんなもの屁でもないわ、ああいうひとたちを軽くあしらうのが面白くて好きなの、などと言う。

近所に老人相手に不必要な商品を売りつける洗脳商法のような店が出来たときも、ああいうのをやり込めるのが得意なの、あんた何を心配しているの、と言っていた。

母は淡々として作業を続けたが、僕はなんだか身体の奥底に経験のない奇妙な疲れを覚え、そのまましばらくソファにへたり込んでしまった。

母は何程もない、といった様子。強いひとだ。

十四日。本日は僕は明日のピロリ菌除菌の成否テストのため午後九時から絶食絶飲。

実は例の一月十五日に転倒した際にぶつけていた右膝に、水ぶくれができて親指大になっていた。いわゆる膝に水がたまる、ということだろうか。せっかく病院へ行くのだから、これも診てもらえばいいものだが、今の時点で、即入院とかギプスを装着などということになったら、母の介護に支障が出る。ちょっとインターネットで調べたら、水は抜いても元栓を閉めなければまた溜まるだけで、溜まり癖がつくだけとも。母の肺の水と同じだ。

十五日。九時。今日はいつもの総合病院に僕一人で行った。ピロリ菌除菌の呼気検査なるものを受けるためだ。尿素の錠剤を飲んで、数十分後に呼気を採取する、という検査内容だった。呼気の採取は、例の飲酒運転を取り締まる際のアルコール検査のごときもので風船を膨らますのだった。

検査の段取りは、わりと順調にいって、午前中に終了したが、この日、例の右膝の水ぶくれは三センチ四方に育っていた。かかりつけの総合病院にいるのに、診察が必要な症状をほったらかしておくというのもどういうものかと思うが、今の状況を考えるといたしかたない。

十六日。母が昼寝をしている姿を見ると、呼吸が荒く苦しげで、ほとんど末期患者みたいだ。酸素ボンベが間にあうといいのだが。

十八日。いつもの総合病院。検査の結果と母の申し出もあって酸素吸入を始めることになった。意地っ張りで見栄っ張りで世間体を気にして、なかでも他人に迷惑をかけたくないという母は、最後まで酸素吸入に抵抗感を持っていた。町中で見かける酸素ボンベを持ったひとを見て、自分ではとてもあんなことは出来ないと思ったようだ。

しかし、あの酸素ボンベは外出用で、一本では十時間程度しか保たず、家の中では小さな冷蔵庫ほどの酸素発生装置を使用する。その据え置き型の器具から十メートルばかりのビニールチューブを引き伸ばし、病室などで使っていた酸素マスクに接続するのだった。それ自体、なかなかに面倒くさいものだった。

検査やら何やらで五時までかかる。この日、一日中、すごい風が吹いていた。

十九日。母、昨日の病院との往復やら検査やらで疲れたらしく弱っている様子だ。

酸素吸入器の若い業者が来て、酸素発生装置をてきぱきと設置してくれる。大人一人が持ち運んで設置するようなものだった。使用方法の説明を受け、受領書に署名する。莫大な使用料がかかるのではないかと心配していたが、料金そのものは病院のほうの診察料に加算されるというようなシステムであるらしく、彼はただ器具の設置だけで帰っていった。

使用説明の際、移動中にチューブが曲がったり縒れたりして酸素が届かない状態にならないように注意することと、台所仕事をするときは酸素マスクをはずさなければならないと教えられた。火気厳禁である。ガスレンジ等の火が酸素によって燃え上がるという事故があるのだという。つまり台所で料理するときは酸素吸入できない。

意外に多いのがチューブそのものに患者が蹴躓いて転倒するという事故だという。母はそれを聞いていて気が重くなったようであった。練習のためにチューブを引きずりながら階段の昇り降りができるかどうか試してみる。僕が後ろから付き添ってチューブが絡まらないようにするのだが、あちらこちらに引っ掛かりなかなか大変な作業で、この手のことに不器用な母が、僕の留守中、自分一人でできるかどうか不安になる。

普通、ここまで来てしまった患者にはホームヘルパーがつくのだろうが、母は頑なに介護を拒否していた。父が元気であったころからお手伝いさんを頼んだりすれば、多少は慣れていたかもしれないが、他人が家庭内に入ることを嫌っていたのだ。一人で読書していることだけが望みで、誰かと会って話して、というようなことが苦手だった。ただただパパさえ居ればいい、だった。

二十二日。いつもの総合病院でピロリ菌除去の結果説明。内科の外来の診察室に入り、神妙な面持ちで診断を待つと、除菌できました、の一言だった。除菌成功である。一つの難関は突破した。

昨年末の除菌開始から、以前だと胃が痛くなるような局面が何回もあった。しかし、まったく胃痛は感じなかった。だから除菌成功とは思っていたのだが、実際に先生の言葉を聞くとホッとする。だが、これも実は母のためでもあるのだった。

二十三日。昨日から、僕はひどい花粉症。ピロリ菌の除去に成功し、もしかしたら、こっちのほうも軽減されるのではないかという淡い期待は木っ端みじんであった。

母が「ピロリ菌、どうしたの」と訊ねるので「成功したよ」となるべくそっけなく軽く答えた。僕ばかりが健康では申し訳ないような気持ち。

母はこの日、臥煙さんに電話をかけ、自分の病状を分かっているかぎり全部、話したようだ。例の「倫敦屋」さんが書いた時代小説のゲラを手渡され、几帳面な母のことだからそれを読んで、気がついたところに朱を入れるつもりだったのだ。しかし、体力的にどうしてもできないというお断りの電話だった。母はお断りの事情を説明するときも嘘をつけない。ありのままお話ししてご理解をいただいた、ということだろう。

忙しく日本中を飛び回っているツボヤンとやっと連絡がついた。彼は母が入院していると思ったらしい。酸素吸入しているが自宅療養だと言っておく。階段の昇り降りが大変になってきている母だが、自分の食事はいまだに自分で作っている。

二十四日。夜遅く帰宅したら、母が嬉しそうに「褒めてくれる?」と甘えるような声で言うので、なんだろうと思ったら、台所で食事を作るとき、教えられたように酸素吸入のチューブを外したということだった。嬉しそうに「偉いでしょう」と自慢げである。そう言われても返す言葉がない。そもそもいまだに自分で食事を作っているということがおかしい状況なのだ。

二十五日。これはあとで分かったことなのだが、京都の父の行きつけのバーである祇園『サンボア』の中川歡子さんから、この日、家に電話をいただいている。母は病気のことなど、おくびにも出さず、サンボアさんも、まさか病状がそんなに悪いとはまったく気がつかなかったそうだ。

第九章　母、父と同じホスピスを望む

二月二十六日。朝から母の機嫌が悪い。自分が関頑亭先生の奥様、風船さんの葬儀に行けないからしい。なんだか体調も一段と悪いみたいだ。

在宅介護の先生に来てもらってくれ、酸素の量を増やしてくれ、と矢継ぎ早に注文をする。在宅介護はまだ決まっていない。どこに連絡したらいいものだろうか。

酸素吸入の量を増やしてくれというが独断でやっていいものだろうか。もらっていた使用説明書にある事務所に電話すると、ここは医療機関ではないから判断ができないという。いつもの総合病院は土曜日で休みだ。

僕としては万策つきた感じで、月曜日までなんとか頑張ってくれ、と言うと、母が、山崎先生に電話してくれ、と指示した。

ただでさえ忙しい方に休みの日に電話はできないよ、と言うと「あの先生はお優しいから大丈夫だ」と言う。申し訳ないと思いつつ電話をするとなんとご本人につながった。

在宅介護の訪問介護が今日からでもできないものだろうか、と訊くと、通院している病院の紹介状が必要であるらしい。

確かだいぶ前に、総合病院で同時には受診できないと言われたような気がしていた。そんなことはない、通院している病院と並行して在宅なり訪問介護も受けられるはずだとのこと。しかし、それにしても担当医である非常勤の外来の先生に連絡が着くのは来週の金曜日だ。それまで母は我慢できるだろうか。母に訊くと、案の定、待てないと言うのだったが、中野の宝仙寺で執り行われる風船さんの本葬には絶対に出席してくれときつく言い張る。

他になすすべもなく、取り敢えず、僕の独断で酸素発生装置のメモリを〇・五から一（毎分のリッター数であったと思うが）に増やし、母を残して家を出た。

宝仙寺と頑亭先生とのお付き合いは長く、安置されている「金剛力士像　吽形」「不動明王光背」「弘法大師坐像」は頑亭先生の作である。

葬儀委員長は佐藤一夫さん、ガマさんだった。

ガマさんの挨拶によると、民さんは去年の半ばから自宅で養生されていて、家族の方々が代わる代わるに介護され、御長男と御長女が左右から川の字に添い寝して、枕元には頑亭さんが坐って励まし続け、その周りをお手伝いの方々が取り囲む日々であったとのこと。

最後はご家族が見守る中での大往生であった。どこを取っても、僕にはできそうにない。

母の場合は、どうしたものだろうかと思案しながら、夕刻に中野から戻り、僕は僕で請われるままに中野での一部始終を説明した。誰が来ていたか、どんな話がでたのか等々。母の色紙がお清めの席に展示してあったよ、と言いながら、いわゆる写メを見せたりした。

お子さんたちが川の字に添い寝して、お下のお世話など、甲斐甲斐しくなさっていたらしい、と話したあたりで、母の心の中で何かのスイッチがカチリと入った感じだった。

そんなことは、とてもではないがあんたなんかにはできない。母の気持ちが大きく動く気配が感じられた。

母がとうとう、もう一人ではなにもできないと言い出した。自分の食事の支度やら、身の回りのことはこれまで母が一人でやってきた。いざ、身体が動かない、億劫だということになると、たしかに人手は僕だけだからどうにもならない。

昨日までは台所にたち、レトルトのカレーなどを作り、食欲はないものの、それでも半分は食べていた。しかし、今日は作っても食べる気がしないらしい。たぶん水分を少し摂っただけだ。そして痛み止めを一日四錠のところ昨日あたりから六錠ずつ飲んでいるらしい。

そうこうしているうちに、母は今度こそ本気で、今すぐ桜町病院のホスピスに行くと訴えだした。理由はあんたに迷惑をかけられない、あんたの仕事の邪魔をしたくない、というのだ。

なんだか、この期におよんで恩着せがましいことを、と思うのだが、それがせめてもの強がりなのかもしれない。つらいから行きたいとは言えないのだ。

僕の仕事なんかどうでもいいよ。何でもやるよ、と言ってみたのだが、関家のように二人の子どもが添い寝して、両方から抱えてトイレの世話をするというようなことは、もとより僕一人ではできない。ご長男のお嫁さんも甲斐甲斐しく立ち働き、二人の大きなお孫さんがいる。確かに、何をするにも僕一人では大変だ。

デイケアを頼もうか、と言うと、あれは一日に二、三時間しか来てくれないのよね、と知っているようなことを言う。

確かに母は、昔から知らない赤の他人が家に入るのを嫌っていた。知らない人のほうがケアを頼みやすいよと言っても聞き入れようとしない。その結果、選択肢はホスピス行きしか残らない。昨日までは在宅介護で家にずっといる、と言っていたのに急に態度が変わってしまった。自宅で色々と一人で考えるのが厭になったのかもしれない。

意を決して桜町病院のホスピス棟に電話すると、今現在、ウエイティング・リストに十人並んでいる状態だと告げられた。当然、入れるのはいつになるか分からない。前日に、明日から入れますよ、という連絡をするので、それを待っていただくことになるという。桜町病院の一般病棟にまず入院して、そこで空きを待つということができるはずだと僕が重ねて問うと、その返事も月曜日になるという。

あいにく今日は土曜日なのだ。なんて間の悪いことだろう。

通常の土曜日ならば、この時間、僕はサックスのレッスンで家を空ける。銀座での教室が六時に終わってから、帰宅する前に駅前の行きつけの店で飲みながら夕食をとる、というのが定番なのだ。そして帰宅は深夜になるのが通例であった。奇しくも民夫人の本葬があったから、一旦帰宅して喪服を着替えてから街に繰り出そうと思い、式が終わり次第、自宅に戻ったのだった。

母はここでも運がいいといえるだろうか。母の病状の進行と、この葬儀の日程が奇跡的に重なった。

こんなときも頼みの綱はいつも通り、例の総合病院だ。院内でかねて懇意にしていた方に電話して、事情を説明して何とか対処の方法がないかと懇願した。

さすがにすぐ来てください、とは言わない。ベッドが空いているか、担当できる医師はいるか、などという理由があるのだろう。小一時間ほどしてから折り返し電話があり、今すぐＥＲ（緊急医療センター）に来てくれということになった。

容体急変による緊急入院ということならば受け入れ可能であるという。僕は本葬のお清めでかなり飲んでいるから、タクシーで行くことにした。
入院は何度目だろうか、荷作りは手慣れたものである。

玄関先で、しかし母はもうすでに自分で靴を履くことができない。僕が手伝うがなかなか上手く履けない。椅子に坐らせ、足を出してもらったのだが、その位置からだと靴を履いたまま室内を数歩、歩くことになる。

「あんた、これがどういう意味だか分かっているの」と冷静に言い放ち母が僕を制止する。

靴を室内で履いたまま外に出るのは死亡したときだ。普段、これをやるのは縁起が悪いとされる。母はそのことを指摘しているのだ。

「分かっているよ。でも、仕方がないじゃないか」と、僕も焦っているから半ば叱責するように、母を促した。

靴を履かせるために足元に跪いた姿勢から母の顔を見上げると、唇の周りに乾いたクリーム状のものが沢山こびりついている。乾燥した皮膚が剝離したものだろうか。はじめて眼にするものだった。

なんとか靴を履かせてようやくタクシーに乗る。傍らに既に据え置き型と一緒に搬入済みであった移動式の酸素吸入器のセットを置いた。これを使うのは初めてで、正常に作動しているのか不安になる。移動式はパスン、パスンと音がしているのが正常作動であり、固定式は音がしないのが正常作動なので、混乱してしまう。

酸素吸入の様子と母の様子を代わる代わる確認しながら、約一時間で病院に到着したのだが、実はそれからが大変だった。

一応はERに入るということなので、それなりの診察を受けなければ病室に入れない。採血やらレントゲンやら問診やら、毎度のことながら一連のルーティンをこなさなければならない。当然のことながら、担当の医師も今日、はじめて母を診察するのだ。

診察の結果、緊急ではあるものの、集中治療室に入るほど重篤ではない、ということで今日のところは一般病棟に入ることになった。病室のベッドに母がたどり着いたとき、時計の針は夜の九時過ぎを指していただろうか。

やっと病室に入ったが、それからも看護師さんの説明など分かりきったことが続く。

この一連のルーティンをみていた僕は、ふと、このまま行くと連日の検査漬けになり、その挙げ句に手術をしましょう、などということになるのではないかと気がついた。それだけは避けなければならない。しかし、ここにいると、すでにその路線は始まってしまっているのではないかという懸念が心をよぎった。

母としてはただ安心して横になれる場所が欲しいだけなのだ。酸素吸入をして痛み止めで苦痛を取り除き、いつものように読書をしハガキを書き、課題である原稿を書きたいだけだ。ともかく桜町病院ホスピス棟の順番がくるのを、安心して待てる場所があればいいのだ。

母の病室のある階は産科と同じ階であり、見舞いにいくついでに新生児室を覗くことが、小さな慰めとなるのだった。命が受け継がれていくと思えるからだろうか。

緊急医療室で母の背中にはみ出した患部を久しぶりに見たが、ふっくらとしたアンマンのようであったものが、ゴジラの背中に林立する背びれのようなものに成長していた。英語でガンをキャンサー（蟹）というのはこの禍々しい形状からであろうか。

体外の形状がこうだと、内部ではどんなことが起こっていることやら。これを見てしまうと暗澹たる気持ちになるのも無理ないな、と人ごとのように思う。

ふと、ある暗合に気がついて慄然とする。

体外に出ようとしている腫瘍は、赤ん坊が手のひらを半分ほど差し出して救いを求めているようである。またニワトリの鶏冠のようにも見える。

赤ん坊は母の原罪となった中絶を思わせ、鶏冠は終生、変わらなかった恐怖の象徴であった。これは出来すぎではないか。何かの申し合わせなのだろうか。

母がずっと言い続けていた、堕胎したときの胎児の身体の一部が、まだあたしのお腹のなかに残っているのよ、というのは本当だったのではないか。

いま、あの僕の弟か妹が救いを求めて、その小さな手のひらを差し出しているのではないか。

ともかく、これは、もう、かなり、相当なことになっている。これはいけません。いくらなんでも、これはひどすぎる。なす術もないとはこのことだろう。しかし同時に、僕としてはなにか納得がいくというか、ここまでなってしまうと諦めがつく、というような気持ちでもあった。

二十七日。ほぼ一睡もできなかった。鼓動が高まり手足は冷えたり鳥肌が立ったりする。これはある種のパニック症候群だろうか。母が抱えていた業病を僕もこのときになって受け継いだのだろうか。奇怪な幻影が脳裏を横切り、悪い方、悪い方へと思いが揺れる。

昨日のERの様子では、検査が一からはじまり、結果次第では手術を勧められたり抗ガン剤の投与や放射線治療を行うことになるかもしれない。いや、それは困る。

断わればいいのだ。しかし誰に、なんと言えばいいのだろう。

考えても結論がでない、分からないことをああだこうだと考えることを、人はパニックと呼ぶのだ。そこまで分かった上でも落ち着かない。ともかく午前中に色々なところへ電話してみよう。

大きな病院の事務長をしていて医療の現場に詳しいYさんにこの辺りのことを尋ねてみた。「そんなことは言えばいいのです。総合病院でもケア医療はしています」とのことで一挙に安心した。

早朝一番に例の酸素屋さんから酸素発生装置の機種変更の連絡があり、すぐ来宅して毎分五リットルまで出るタイプに交換してくれたのだが、肝心の患者がいないという妙なことになった。この新しい機械を母が使うことはあるのだろうか。

午前十一時にツボヤンと電話で話す。彼は、ともかく全部、教えてください、と言うので現在の母の状態を説明する。

昨夜、まったく寝ていないので運転が心配だが、いつもの総合病院まで自分で運転していく。

僕は常日頃、できる限り母と行動を共にしないことにしていた。散々書いてきたように、必ず一緒にいなければならない時間が多いからだ。僕でなくてもいいときは極力、別行動。近所の買い物や歌舞伎見物などは同行を拒否していた。あんたの運転で行きたいと母が甘えても断っていた。我が家の自家用車は、父が亡くなったとき、せめて形のあるものを残そうよ、と僕が提案して購入したものだ。母は僕が運転を拒否するたびに「うちの車は、あんたの力じゃタイヤ一本買えないんだ。あたしにも乗る権利があるんだ」と口汚く罵る。無理をすればハンドルぐらいは買えると思うが、そんなことを言われた車が、今日では、病院への送り迎えなど母のために連日、大活躍している。

病室に母を見舞うと、起き抜けでまだボーッとしているような感じだったが、昼食のために起き上がっていた。状態はよさそうだが、食べ物にはほとんど手をつけていない。

今度来る時は東京新聞をもってこい、などと相変わらず指示を出す。東京新聞の文化欄の書評の連載である「大波小波」を、母は聖書のごとく崇めていた。実は父の受け売りなのだが、ここに書かれることが名誉であり、見識ある読み巧者が執筆しているから権威があるのだ、と愛読していた。

看護師さんが来てケア治療の書類にサインする。痛みと不快感を取り去る処置のみを行います、という承諾書だった。つまり意味のない延命治療はしないということなのだが、一番の不安が解消することとなった。この病院も充分、終末医療に対応していた。

もう一度、Yさんに電話。色々と教えてもらう。桜町病院のベッドが空くまで、ここで預かってもらう、というような条件で大丈夫とのこと。少し安心した。

二十八日。昨日の母の容体から考えて、桜町病院に行くのは、ちょっと先になりそう、とYさんに電話する。十一時、いつもお願いしている電気屋さんが来た。風呂場に新しく蛍光灯と温熱機を取り付ける。明るくなったし、冬場の風呂の寒さ、温度差が解消された。介護の仕事をやりやすくするために、少し前に予約しておいたのだった。母の入院で取りやめにしてもよかったのだが、僕も還暦だしこれから必要になってくるだろうと思って、そのままお願いした。

ロスに住む父の妹・サカバーと、もう一人の妹の娘・タエさんから立て続けに電話があった。家に電話しても母が出ないので、異変を察知したのだ。入院はしているが定期検診のようなもの、と言っておく。ともかく元気なひとの見舞いが大嫌いなのだ。この期に及んでも面会謝絶が母の希望なのだった。

四時、いつもの総合病院。担当医から説明を聞く。腫瘍の状態は進行しているが、今回の症状は、ガンが進行したというよりも、食べていない、飲んでいないことからくる脱水症状と栄養失調であるとのことだった。

つまり、僕が付きっ切りで食事や身の回りをみてあげてさえいればよかったのだ。酸素吸入のチューブを引きずりながらの家事はすでに不可能だった。とっくに在宅介護が必要な時期になっていたのだった。

右肺は四分の三ほどが白くなり左肺にも転移がみられるという。病状が落ち着いたら三月九日すぎに帰宅もあり、という診断だが、とてもではないが、無理に決まっている。

診断を聞いたあとで病室に戻り退院の可能性などを母に告げると、母は「もう思い残すことはない、パパのところへ行く。あんたが心配だが、よく考えれば家もあるし多少は残せるし」と静かに言う。体調は回復しているようであり、口の周りのクリーム状のものも消えて綺麗になっていた。

三月一日。十一時、いつもの総合病院。

母が、昨夜、こんなことがあったと僕に話し始めた。

夜中にベッドから落ちたのよう。呼んでも誰も来ないんだようー。部屋の隅で膝を抱えて震えていたの。声を出しても誰も来ないから、室内に置いてある便器のふたをバタバタと動かして音をだしたら看護師さんが来てくれた、などと話し続ける。

そんなことはないだろう、夢と現実を混同しているのではないか。母は日頃から夢を観ないたちだったが、馬鹿に話の内容にリアリティーがあるので、もしやと思う。それだけのことがあったのならば怪我や骨折をしていてもおかしくない。しかし、そんな痕跡はなさそうだ。

念のためナースステーションで訊いてみるが、やはり「ベッドから落ちたりしてませんよ。それほどのことがあれば、当然気がつきます」という返事。やはり夢なのだろうか。あるいは惚けか幻覚か。

体力はかなり戻ったみたいなので、誰かが見舞いに来たいと言ってきたらどうする、と訊くと、あいかわらず面会は嫌だ、と言う。こういうときは一人静かに自分自身と対面したいというのが母の姿勢だった。

血中酸素は足りている。呼吸は割と良い。

七時。吉祥寺の第一ホテルのカフェでツボヤンと会い、これまでの経緯や病状など色々と話す。ここまで来てしまっては隠す必然性は何もない。やっと胸の内を話せた。

兄弟も妻子もいない僕にとって、頼りにできるのは父の仕事関係の人だけだ。いわゆる一般の会社などの経験がなく社会常識というものに疎い僕にとって大企業の第一線で働いている人の存在はありがたいことだった。

第十章　母、最後の子どもじみたイタズラをする

三月二日。行けば必ず「昨日よりも悪くなっている」と母は言うのだが、点滴が功を奏したのか顔色は良くなっている。

ちょうど回診で病室に現れた担当医に「まったりと寝ている間に死ねる薬をください」と冗談とも本気ともつかないことを言う。若い担当医は困ったような顔をするのみ。この入院から、担当が外来から院内の内科に変わった。

三日。十一時、自宅に論創社のI君が来てくれる。母のことを話し、例の書きかけている『人殺し』についてのノンフィクションの原稿をいずれ読んでくれと頼む。もしも、出版できるようなことになれば、せめてもの供養になると思ったのだ。彼はまだ若いので、退院のときなどは力仕事を引き受けてくれるとのことだった。

午後二時、病院へ見舞いに行く。状態に変わりがないようなので、病室を出ようとしたら「あたしガンバル」と言う。昨日までは「もう死にたい」などと言っていたのに、今日は、頑張ってみる、に変わった。昨日から投与を開始した軽い抗鬱剤が功を奏しているのだろうか。

母は血色も良く、呼吸も穏やかで会話も通常通りの感じに戻っていた。

少し安心したのだが、実は早朝に痰がつまり、呼び鈴で看護師さんを呼んで吸い出してもらうという事態があったという。かなり危ない状態だったらしく、次回、看護師さんが間にあわなかったり痰の量が多かったりした場合は、そのまま心停止に至ると担当医に言われた。

四日。早朝、六時半。遠くで電話が鳴っている。応接間の固定電話は寝室から遠く、階下にある。僕は午前四時ごろまで眠れず、このときもまだ浅い眠りの中にいた。

ついに来るべきものが来たのか。二階の寝室から全速力で階段を駆け下り、一階応接間のサイドテーブルの上の受話器を取る。相手は、いつもの総合病院の担当医だった。

「四時に看護師が見回ったときは異常なかったが、六時ごろ、お母様が自殺を企てられました。ご自分で点滴のチューブを抜かれたのです」

母は吉村昭さんの最期を新聞などで読んで知っていた。自ら点滴のチューブとカテーテルを抜いて自裁されようとなさったらしい。あたしもいざとなったら、そうするからね、と前から言っていた。

しかし、医療関係者は、点滴が痛かったり痒かったりして、無意識に引き抜いてしまうこともあると教えてくれた。それを自殺と誤解されるかたもいるようです、とのことだ。

僕はそれを聞いていたので、とっさに、母の場合も間違いでは、と先生に聞くと、母は自分の眼鏡をひねって壊し、眼鏡のツルで手首を傷つけ、それでも果たせないと、さらに点滴のチューブで首を絞めたのだ、と説明してくれた。

いつかはやると思っていたが、しかし、思い切ったことをするものだ。

「それで、今の状態はどうなんでしょうか」

「現在は落ち着かれているようです」
「怪我のほうはどうなんでしょう」
「手首を切ろうとなさったのですが、力がなくて軽いみみず腫れ程度になっています」
「本来の病状のほうはどうなんでしょうか。すぐにも危ないのでしょうか」
「いえ、病状自体は昨日とあまり変わりません」
「そうですか。それでしたら、できるだけ急いで支度しますが、まだ寝ていたもので、そちらに着くのは九時ぐらいになるかと思いますが、いかがでしょうか」
「それで結構だと思います」

気が動転していたので、このときは気がつかなかったが、ふと思い返してみると、母が自殺を企てるというのは意外ではなかった。今風の言い方をすれば想定内であっただろうか。

そうだ、そうだ、こうなることは分かっていたじゃないか。僕は自分自身にそう言い聞かせることで多少落ち着くことができた。タクシーを頼み、やはり計算通り九時に病院に着いた。

案の定、母はしれっとした、穏やかな顔で読書していた。

僕に気がつくと、いつも通りののんびりした口調で「聞いた？　あたしにもできると分かったわ。これで気が済んだわ」と、ゆっくりと言葉をかみしめるように言う。

あたしにもできると分かった、の意味が吉村さんにつながるのかどうかは定かではないが、やはり心臓に悪い。

何度も言及しているが、母はたびたびヒステリーの発作を起こしていた。それはテタニーと診断され、乗り物恐怖症につながる症状と表裏一体をなすものであった。

たとえば、それは子どもの頃、僕が宿題をしない、というようなことからはじまり、次第にエスカレートする。パパもあたしも優秀だったのに、あんたはなんだ、となり、宿題もやらないで映画ばかり観ているとと進む。映画なんか観るな。誰のお蔭で観られるんだ。いつまでも甘やかさないわよ、となり、次第に悪口雑言が渦巻いて止まることがなく、最近あった不愉快なできごと、知り合いを誰彼かまわず悪しざまに罵り始める。もうそうなると僕の宿題などはどこかにいってしまうようだ。

わめき続ける内容は、過去の出来事や、自分の生まれ育ちにまで至る。そして、ごめんよう、ごめんよう。ママ、とまらないんだよ、と言いながら涙を流して僕にあやまったかと思うと「ハーコはこんな身体じゃなかったんだ、ハーコは生まれてこのかた病気一つしたことがないんだよう」と進む。そして例の堕胎の件にいたり、みんなパパが悪いんだよう、と父を呪う言葉がとめどなく口からあふれる。

この辺りになると発作もそろそろ終わりだな、と当たられるこちらは少し安堵するのだが、その間はいたたまれないものがある。

問題はこの手の発作が起こっている最中、自分が何を言ったか、何をしたか覚えていないことだ。そして、精神の荒波が去ってしまうと、平静で温和な母が戻ってくる。その様子は一連のヒステリー発作がおこる前よりも柔和なものだ。今の様子はヒステリーの嵐が過ぎ去ったときに似ている。

僕も父も、こうした言動のほうが乗り物恐怖症よりも面倒で大変だと思っていた。

乗り物恐怖の方は対処の仕方が分かっていて、できるだけ発作がおきないようにすることもできた。しかし、突発的なヒステリー発作は何時どんな状況で起こるかわからないので、こちらのほうが本当は始末に困っていたのだった。

たびたび経験しているだけに、この朝の出来事も、一過性の精神状態であり、いつもと同じような経緯を辿るだろうと予想できた。自殺を企てた早朝はかなりな昂奮状態にあり、看護師さんたちにも迷惑をかけた様子だった。

母はいま、ベッドの上で読みかけの文芸雑誌のページを繰っていた。そしてこの朝の出来事の一部始終の詳細を記憶していない様子だった。

「あたしの日記、非公開にしてね。いろんな人の悪口が書いてあるから」

「今回のアカデミー賞をとった『英国王のスピーチ』もね、皇太后が『あたしの生きているうちは映画化しないで』って言ったらしいよ。まさか百一歳まで生きるとは思っていなかったんだって」

我が家ではごく当たり前の日常会話が成立した。

その映画は英国王が吃音であったということを暴く物語だが、未亡人である皇太后がその事実の公表を禁じていたのだった。

この様子ならばまずまず大丈夫だろうと思い、少し前から気になっていた、しかし聞きにくいことを、思い切って切り出した。今ならば、なんとなく大丈夫なような気がしたのだ。そして、聞きだせる最後の機会になるかもしれない。

「ねえ、母さん。もしものとき（納棺である）に着たい着物があるって言っていたよね」

「そうよ。刺繡のあるグレーのチヂミ。まだ一度も袖を通していないんだけど。タエ（瞳の妹の娘）が知っているわよ」

かねてから母は、死に装束として、まだ一度も袖を通していない、その着物を着ると決めていた。なんでも梅原龍三郎が所持していた銘墨で染め上げた墨染めであるらしい。

戦後、我が家には若干の好景気の時代があった。戦争中は軍需成り金であった正雄が朝鮮戦争に至る数年間で何がしかの財をふたたび築いたのであろう。銀座の『三松』という老舗でその頃あつらえたものであった。しかしその後、そんな立派なものを着て外出する機会は訪れなかった。六十年以上、簞笥の肥やしであった。

父の死に装束は、愛用のシルクデニムの上下にした。銀座の『フジヤマツムラ』で買ったものだ。それは母が前から予定していて、病室にあらかじめ持ち込んでいたので問題がなかった。しかし、母の場合は少し違う。この入院にさいして、出掛けに例の着物も持参しようかと考えたのだが、さすがにそれは憚られた。そして、その着物がどの簞笥に入れてあるのか、僕は知らないのだ。

そうか、タエさんが着物の在り処を知っているのか。そうすると、最期のときには彼女にこの件だけは頼らなければならない。親戚、友人、知人の誰にも一連の入院と病状を知らせるな、見舞いにも来てもらいたくない、というのが母の希望だったが、その一端に綻びができる。しかしこれだけは致しかたない。どのタイミングで彼女にお願いするか、それが問題だった。

母には覚悟ができている。誰かに会ってしまって、その思いをかき乱されたくないと思っているのだ。手を取り合って涙を流すような愁嘆場を演じる気はさらさらない。せっかくの決意が揺らぐことを恐れている。その気持ちがひしひしと迫る。

父も末期の病室で、母が、国立の我が家を見たいか、と尋ねたところ、未練が残るから見たくない、と言ったという。そして亡くなるまで帰宅することはなかった。

ともかくこの日はこの程度の会話ができる状態だった。一日遅れだが、昨日、押し入れから出して飾りつけたお雛さまをケータイで撮影したので、母に見せた。飾ってくれと母に頼まれていたのだ。

二時半から担当医との面談があった。母にパニック症候群の既往症があることなどを話し、正直なところ自傷行為は予測していた行動でした、しかしこれからは大丈夫だと思います、と伝えた。昂奮していたから、昔の話からなにから随分と先生に聞いていていただいた。それに対して担当医は現在の症状やこれからの対処などを詳しく説明してくれた。

母にとって自殺は親しみ深いものだった。

江ノ島電鉄での通学途中、車内で瞳から聞いたという太宰治の入水。鎌倉時代にご近所であったために何度か訪問している川端康成の自裁。そして僕も川端康成邸での正月の宴席でお目にかかっている三島由紀夫の自死。

そして、四年ほど前になるだろうか、小説家の吉村昭さんが自宅療養中に、点滴のチューブとカテーテルを抜いて自殺を図られたというニュースに接して、母は、いざとなったらあたしもそうする、と言っていた。

こうした例だけではなく、母の親族にも自殺者がいた。しかし、この手の情報は決して表沙汰にならないものだから、闇から闇、あるいはご近所のうわさ話として語られるだけで、次第に忘れ去られていく。

母の精神状態に影響を与えたのは、上から二番目の姉の自死であったと思われる。

母の姉は意に添わぬ見合いを強要された日に自ら死を選んだ。母は、そのありさまをまるで第一発見者であるかのように話していた。だからその後、あたしたちは見合いを強制されることもなく、比較的、自由にさせてくれたと言うのだ。そのため、母のすぐ上の姉には戦後の一時期、大恋愛があったというし、母も第一志望校の日本女子大ではなく、まだ出来たばかりで海のものとも山のものとも分からない鎌倉アカデミアに入学して瞳と知り合い、自由恋愛を許された。

すなわち、姉の自死がなければ、治子は瞳を知ることがなかったことになる。こうして、自裁という物語は母にとって幼少時の強い衝撃として残った。

僕は昂奮して、こんなことをナースステーションで担当医にしゃべり続けていた。担当医も母の姉のことを承知していたから、明け方の騒動の最中、母がある種のヒステリー発作でしゃべったのだろう。

面談は随分と長引いたが、その真の目的は別のところにあった。以前はこうした場合、自殺してしまっても病院側の責任など追及されることはなかったが、今は直ちに病院の監督責任が問われるようであり、裁判沙汰になったりもするようだ。そんなことは考えもつかなかったが、このときの面談の趣旨は、今後このようなことがあった場合は軽い拘禁処置をとる旨、承諾書にサインすることであったと思われる。つまり、再発防止のため、ベッドに縛りつけるということだ。母をそんな目に合わせたくないが、自分で蒔いた種でもある。

おそらく、さっき会ったときの様子では、本人も言っていたように、これで気が済んだ、気持ちの整理もついただろうと思われたので、ともかく書面にサインだけはした。

ふと廊下の方を見ると、車椅子に坐った母がリハビリに向かうところだった。インストラクターの若い女性が車椅子を押している。柔らかい笑みをたたえた、好奇心に満ちた母の横顔が見える。こうしたときの母はまるで童女のようだ。

先生との面談を終えて母が向かった先に行くと、廊下の片隅で歩行訓練をはじめようとしていた。インストラクターは明け方の事件を知っているのだろうか。まだ、近々帰宅して在宅介護を受けられるという想定で物事が進んでいる。インストラクターが真面目に一生懸命、母がもう一度、立って歩けるようにと努力してくれている。それが一層、哀れを誘う。母もその期待に応えようと廊下の手すりにつかまり、数歩ずつ歩こうとしていた。

僕は帰るよ、大丈夫？　というような言葉をかけて、僕は病院を後にした。

道々、ふと思い出したことがあった。鬱病患者の自殺は、鬱状態のときよりも、それが少し軽減されたときに起こるという。鬱状態では自殺する気力も生まれないのだ。もしかしたら抗鬱剤の投与で行動力が出てきたのかもしれない。

父は若いころから、母の中に不安神経症の病状が重くなると自殺にいたるのではないかという恐れを抱いていたのではないか。もちろん若いころの自殺願望と、今日の母のような、全てを諦めた最晩年のそれはちがうかもしれないが。

すでに四時を廻っていた。この日、病院の最寄りの駅である中央線O駅駅前でガマさんこと佐藤一夫さんと会うことになっていた。忙しい最中、ここまでご足労いただいたのだった。

母のこれまでのことを包み隠さず説明して、今後のことをお願いしたが、今朝方の自殺未遂にはふれなかった。今後も誰にも言わないだろう。

ガマさんは老人介護関係の公的機関にいるので、いわばその道のプロである。こういう関係が身近にあるというのも、母は本当に運がいい。

ガマさんは、我が家の辺りを往診の範囲にしている終末医療専門の医師のことも知っていた。すでに一年ほど前に我が家に来てもらい、母とどんな在宅ケアができるのか話し合ったことがあった。しかし、そのときは、まだまだ一人で大丈夫じゃないですか、ということになり、もしものときに再度検討するということになっていたのだ。この日は在宅介護、一時帰宅も視野に入れて出来ることを考えておきましょう、とのことだった。本当に有難いことだ。今日の様子では担当の先生も、リハビリをすれば帰宅できるという診断だったので、この時点ではまだ在宅介護、訪問看護は選択肢のなかに入っていた。

この忙しいときに六時から京橋の試写室で新作映画の試写を観た。昼間、母が「あんた試写に行ってもいいんじゃないの」と言ったからなのだ。

夜の試写に間に合う、あるいは試写室に行く、などと考えもしていなかった。それどころじゃない、というのが僕の気持ちだ。それを、こんなときにも、きちんと冷静に時間を考えて僕の予定を指摘するのが母だ。驚きは禁じ得ないが、ともかくその言葉を得て病室を辞し、ガマさんにも会えたのだ。

そして八時ごろ試写が終わり、場内が明るくなったのでケータイの電源を入れたところ、番号のみで未登録の着信記録があった。メッセージはない。

試写室では上映中、ケータイの電源をオフにするのが常識であり礼儀でもある。だから、試写が終わって退出するときに電源を入れて、その間の留守電なりメールをチェックするのが習慣になっていた。

もしやとも思い、咄嗟にリダイヤルすると、やはり相手は桜町病院だった。

「はい、桜町病院です。どうかなさいましたか?」

「そちらから電話をもらったようですが」

「こちらからは、していませんよ」

「この電話、どこにつながったんですか」

「こちらは総合受付です」

とんちんかんな受け答えになった。もしかしたら電話はホスピス棟からかもしれない。

「ホスピス棟をお願いします」

「患者さんにつなぐんですか?」

「いや、予約しているものです」

「お名前を」

「山口、山口治子です」

この間のやりとりを声高に、試写室を退出する群衆のなかでしていた。知り合いが聞きとがめるかと思い、一旦電話を切った。あいかわらずおっちょこちょいの僕だった。

人けのない静かなビルの一角を選んでかけなおす。電話は再び桜町病院の受付につながるのでホスピス棟に回してもらう。今度の相手は以前、面接を受けたときの医師だった。彼女が電話をくれたのだった。

「ホスピスのベッドに空きができました。八日の午前九時から十時の間に入院できますか」

思ってもいなかった展開だ。

「ぜひ、お願いします」

「では詳しいことは明日の九時ごろ」

ということになった。この前の様子では、入院まで一ヶ月、いや二ヶ月はかかると思っていたのだが、母はどこまでもついている。

父のときも、一月先というのが数日後には二週間、その翌日には数日後、となったので薄々は予測していたが、慌ただしいことになった。

今の状態ならば、まだ転院が可能だろう。おそらく、八日というのはその最後のタイミングなのだ。それを過ぎれば体力が落ちて移送に耐えられず、ホスピス行き自体が不可能となる。父を送った同じ場所で母も、というのは僕の密かな願いであり、母の最初からの希望であった。それを実現したい。

しかし、明日から八日まで、やらねばならないことが山のようにある。だが、これで同時に最大の不安材料がなくなった、ということでもあった。

今いる総合病院を退院して帰宅し在宅介護でホスピスの空きを待つのか、総合病院から桜町の一般病棟を経てホスピス棟か、あるいは一旦、別の未知の病院に転院してそこでホスピスの空きを待つか。ついさっきまで選択肢は多く、いずれも不確かで、いずれも母にとって良さそうなことではなかった。それが一気に解決したのだ。僕はこれを喜ばなければならないと思った。

明日の午前中には幾つかの判断をしなければならない。真っ直ぐ家に帰って休肝日としよう。なに、とても飲む気になれないし、酔っぱらいに取り巻かれる気にもならない。第一、とてもお酒を受け付けないだろうと感じるほど疲れている。真っ直ぐ家に帰りレトルトのスパゲティーで夕食を済ませた。

リビングにある固定電話は、母が手元に置いて出られるようにとコードを長いものにしてあった。これを外して、応接間にある電話にその延長コードをつなぎ代えると、僕の寝ている部屋のドアの前まで持ってくることができた。

今朝は浅い眠りの中でかすかなベルの音を聞き、起きることができたが、熟睡中にまた同じような事態がおこったら起きられないかもしれない。そのために、呼び出し音を最大にして寝室のドアの前に置いたのだが、のちにこれも功を奏することになるのだった。

このところ、毎晩、トータルで三時間ぐらいしか眠れない。精神的に参っていると思っていたが肉体的にも一杯一杯である。足が棒のようになっているのには驚いた。僕はもともと体力がないほうだが、これほどとは思っていなかった。このままでは共倒れになる。

三月五日の午前九時に桜町病院ホスピス棟に電話して、八日の入院手続き等の再確認をした。ウエイティング・リストは十一番目であったはずなのに、わずか十日で順番がまわってきた。間の十人の患者さんはホスピスにたどり着く前に亡くなったのだろうか、それとももう一度、手術に賭けようとしているのか、あるいは親族がまだ早いと思い止まらせたのか。いずれにしても、個々の事情を考えると胸に迫るものがある。

十二時、病院着。母はほとんど寝ているような状態だったが、起きればそこそこハッキリしている。そこを狙って桜町のホスピスへの転院が決まったことを話した。

母は、ずっとお世話になっていた外来の担当だったY医師がわざわざ病室に来てくれた等とありがたそうに話す。外来のY先生にはこの一年ばかり、本当にお世話になった。放射線治療や抗ガン剤、まして長時間の大手術などは避けましょう、という判断が今日まで母の命を長らえさせた。これも母の強運のひとつだろう。

しかし母は、僕の顔を見れば、起こせの寝かせろのと注文が多い。甘えているのだろう。出された食事には手をつけていない様子だ。僕が駅前の洋菓子店で購入した果実入りゼリーにも手をつけず、サイドテーブルに置きっぱなしになっている。あれほど甘いものに目がなかったというのに。

僕が怪訝そうにしているのに気がついたのだろうか、小声で「本当は食べられるけど、早く死にたいから食べないの」と、まるでイタズラの種明かしのように半ば得意気に打ち明けた。

なんてことを言うのだ。断食しているというのか。即身仏じゃあるまいし。

先生がたが一生懸命、延命を考えて栄養を摂らなければと点滴やらなにやら考えてくださっているというのに。そういえば、出された病院食にも数日前から手をつけていなかった。食欲がなく、また固形物がもう喉を通らないのだろうと思っていたのだが、まさか食べられるのに食べていなかったとは。

死ぬのにも体力がいるから、食べた方がいいよ、と言いたかったが、その言葉は呑み込んでしまった。

定時の薬二錠を飲む時間になったが、僕では対処できない。ナースステーションの看護師に頼む。やはり餅は餅屋で達者なものだ。

ふと枕カバーが汚れているのに気がついた。最初は抜けた髪の毛がこびりついているのかと思った。よくみるとボールペンで「死ナシテ」「死ニタイ」と書かれている。

達筆であった母だが、それは暴走族が道路脇の壁に書きなぐったような金釘流だった。

丁度、頭を乗せると顔の左右にこの字が読めるように書かれている。

来る日も来る日も日記をつけ続けた母。そして毎日、何通も手紙とハガキを、それもハガキは細かい字で、必ず紙面一杯をつかって書いて投函していた母。おそらく生涯の全執筆量は父・瞳を遥かに凌駕するのではないだろうか。

母さん、これが絶筆じゃ、悲しいよ。

頑亭先生の奥様に捧げた短歌が絶筆であってくれればよかった。

昼食を最上階のレストランでとり、そこで、この総合病院のコーディネーター、Iさんと転院のことなどの打ち合わせをした。病院間の転院など申し送りや時間調整などをする係なのだろうか。こうしたセクションがあるとは知らなかったが、患者の側としても助かる。

病室にもどったのだが、いたたまれない気持ちであり、同時に腰が抜けるほど疲れてもいた。ここで僕まで倒れたらどうしようもない。心を鬼にして帰宅することにした。

母は眠っている。この際だからと貴重品が入った小さなバッグを持ち帰ることにした。

母が普段から片時も離さずに持っているものだ。今はサイドテーブルの中にあることを確認済みであったが、転院時のどさくさで在り処がわからなくなったりしたら困ると考えていた。中身はクレジットカードやキャッシュカード、それになんだか知らないが、いつのまにか増えてしまった各種のカード類。簡単な家計簿、出入を記録した手帳なども入っていた。これまで僕には決して教えなかった色々な「重要」書類（？）が入っている。ないことに気がついてパニックを起こさなければいいが。

六日。午前中に小さなタグボックスを駅前で購入。食卓の片隅に積まれたままになっていた、母の書いている父についての例の原稿の束を入れた。これも近々、予想されるどさくさ紛れに紛失したりしないためだった。もしもこの原稿が完成し出版に至ったら、なかなかのものになっていただろう。

十二時、病院着。母は割と落ち着いている。

「具合が悪い。覚悟しておいてね」と厳かに言う。しばらくして、僕に聞こえていなかったとでも思ったのか、もう一度、同じ言葉を、変に落ち着いた口調で、念を押すように言う。

母にしては珍しく入れ歯を外していた。これまで人前では入院中といえども決して外さなかったのだが、やはり億劫になったのだろうか。薬を飲み込むことも自分ではできないという。しかし、気持ちは落ち着いているみたいだ。ある種の諦観期か？　一日ごとに落ち込んだり、諦めたりするようになっている。

ずっと目をつぶり、うつらうつらしているので二時に退室。

帰宅して自宅の風呂場で床屋。中学時代からの近所の床屋さんが年齢もあり数年前に廃業してしまった。別の床屋を探して僕の好みを納得してもらうのに時間が掛かるのも億劫だ。それに緊縮財政ということもあり、自前で散髪できる電動バリカンを買い込み、それ以来、自分で散髪している。近々、想定されるあらたまった席のため、身ぎれいにしておきたいと思ったのだ。毎日が斎戒沐浴という塩梅になってきた。

七日。午前中、なんと雪。眠れない、心拍数が多い。数年前から服用している降圧剤が効かず血圧が高いままなかなか下がらない。

総合病院の若い女性コーディネーターから電話があり、桜町ＯＫ、とのこと。転院の際の一連の段取りを再確認してくれたのだ。入院中のいつもの総合病院と転院先の桜町病院のホスピス棟との間で連絡があるのはありがたい。

十二時、病院着。母の意識は割とはっきりしている。

病室から退出するときに看護師さんが二人、病室の前で立ち話をしているのを、聞くともなく聞いてしまった。この病室に入ると、あの枕の落書きを見なければならないから、気が重い、というような内容だった。それが決まりなのだろうか、例の枕カバーは不思議なことに交換されていなかった。

母の落書きは、看護師さんが枕を整えたり酸素吸入や点滴のチューブを確認するとき、自然に母に覆い被さるようになり、嫌でも目に入ってしまうことを計算して書かれていた。

そして、例の甘えるような諭すような目つきで看護師さんを、あたしの希望は分かるわね、というような意味深な笑顔と眼差しで見上げるのだろう。看護師さんがいたたまれない、と思うのも無理はない。

　コーディネーターと病院のレストランで転院の打ち合わせをしてから、四時に担当医からの最後の診断があった。心臓のまわりに水が溜まっているのだが、それを抜けば多少は楽になるかもしれない、というような話だった。

　決してあきらめないで救命を試みる、というのが現代医学の定法なのだろう。これは医師として最後の最後まで見放さないということでもあり感謝したいことなのだが、すでに本人の覚悟も決まっているし、転院の手続きがはじまっている。ここで思い直す人も多いと思うのだが、僕は、このまま転院に向けて進むことにした。

　四時五十分。病院の総合受付で今回の入院費を払ってしまう。通常は退院日に払うのだが、明日は早朝の退院になることが分かっている。まだ受付が開いていない。その旨、総合受付でたずねると、今日、今すぐでも支払いは可能です、ということだったので済ましてしまったのだ。

　明日のこともあるし、疲労困憊して体力も極限状態なので、贅沢をして自宅までタクシーで帰宅した。

第十一章　夫・瞳に一番近い場所にたどり着く

父の死は、誰でもいつかは死ぬものだ、というごくありきたりの教訓を与えてくれた。そして、それは母にも当てはまるだろう。しかし、いつどのようにして。

母の性格からして、僕は自ら死を選ぶのではないかと恐れていた。この件に関して、母の本当の姿を知らない人からは、女は滅多なことじゃ死なないよ、という月並みな助言をいただいたりもした。

母は母で、このことについて随分と考えたと思う。そして、三回忌をやろう、父の回顧展をやろう、また、あんたが心配だから、という思いに一縷の望みを託して、辛うじてこの世とつながっていたのではないか。だからこそ、ガンの宣告を受けたときは、どうやってパパのところへ行けるかやっと分かった、と自分を納得させたのだろう。

瞳と同じホスピスを選ぶことは、その最愛の夫との再会を果たす上での、理想的なもっとも近い道だと考えていたのだろう。

死という悲しい現実はあるものの、自らが一番望んでいた死に場所を得られたことで、母は幸せだったと思える。

三月八日。五時起き。慌ただしく支度をして、六時にいつもの総合病院に到着した。予約していた介護タクシーが車寄せに来ている。タクシーといっても寝台が入るようになっているワゴン車だった。長引くと思った入院なので荷物もかなりあり、それを後部の空きスペースに入れる。

担当医や看護師に御礼を言ってから階下におりた。母はストレッチャーに乗せられ一階ロビーを抜けて車寄せに向かった。運転手兼介添えの若い男性が慣れた手つきで後部からストレッチャーを車内に入れる。これでこの総合病院を退院することになる。

何もかも、すっかりお世話になった。色々とご迷惑もおかけした。申し訳ない気持ちになる。皆さんが一生懸命、母を助けてくれたのだ。担当医と看護師数名が下まで降りてきてくれた。

走り出した車窓から後ろを振りかえると医師と看護師の方々が病院の玄関先まで出て深々とお辞儀をしている。その姿を見たら、込み上げてくるものがあった。

父がその最後の入院先であった大学病院から桜町病院のホスピスに転院するとき、僕は拙著『ぼくの父はこうして死んだ』の中で「……この一つも良いことがなかった大学病院からほとんど奪い去るようにして父を寝台車に乗せると、逃げるように退院した……」と書かざるを得なかった。

しかし、今、僕は母の転院にあたり、確かに不治の病を得たことは不幸であったが、何もかも、母の希望がかない感謝の気持ちだけが残る、と思えることが救いであった。

早期発見であった胃ガンと胆管ポリープの摘出手術の処置は的確であった。中皮腫に対する何もしないという選択から、その後の緩和ケアに至るまでを含めて、患者の意志を尊重してくれた治療は、そのすべてが理想的な進行だっただろう。

道中、介護タクシー会社から派遣されている運転手さんと話したら、会社は我が家の最寄り駅のロータリーに面したビルにあるという。それは知らなかった。

母を見るとウインドウからぼんやりと空を見上げて静かに横たわっている。

大丈夫だよ、時間通りいっているよ、などと声をかけるが、小さくうなずくのみだった。

八時五十分、桜町病院ホスピス棟車寄せに到着。ほぼ予定通りだった。

最初は相部屋ということだったが、病室に入ってみると二人部屋で、もう一つのベッドは空いていた。

はじめてお目にかかる若い男性、H先生が母を問診する。やはり、それなりの診察があるのだったが、総合病院での入院時のように大仰なレントゲン撮影やら血液検査などはやらないようだった。軸足は本人の意識レベルや苦痛の程度の確認ということだろうか。問診に母がかなりしゃべるので驚いた。

母への診察が終わり、僕と担当の先生はちょっとした応接間というような感じの別室に移った。

父のときにも聞いた、月単位で考えてください、週単位で考えてください、という話が出る。先生の見立ては一両日中から一月以内ということだった。かなり幅があるようだったが、いよいよ母の最期が具体的な数字で出てくる。

そして、これはちょっと意外だったのだが、母の自殺未遂について先生が触れられた。

要するに、この病院でもそういうことがあったら、直ちに退院していただきます、ということだった。この病院はキリスト教系である。すなわち、自殺は御法度なのだった。断食していたことを知られたら追い出されるのだろうか。

これまでの一般病院では拘束などの処置が取られるが、ここではそうしたことは許されない。もうすでに自ら死を願っているのだが、ここでは自殺は許されない。ここへ来れば安楽に死ねると思っている母だが、ここでの処置は安楽死というわけではない。

それはある種の終末医療とひとの生死にかかわる矛盾ともいえるようなものであり、いわば、この母の思惑違いは最後の瞬間に母を落胆させることになる。

ホスピス棟の発想は今までの家庭生活、自宅での暮らしをできるかぎりそのまま続けながら死を迎えるということだから、病室も自宅にいるようにくつろげることをテーマにしていてホテルの客室のようだ。

一般の病院ではお仕着せの患者着を着せられるが、ここではいつも自宅で使っているものでいいのだった。そして、その他の洗面道具や入浴に必要なものも自分で好みのものを持ち込むことになっていた。

だから、病棟にはこうしたものが用意されていないようであり、大判のタオルなど持参してこなかったものを、隣接する一般病棟の購買部で買ったりした。どの程度、ここで過ごせるかは分からないが、荷物を整理し終わると病室は少しはくつろげるようになったと思う。

母も落ち着いている様子なので、いったん自宅に戻って家の方の片づけなどもしておこうと思い、病院を後にした。

病院の敷地を出てバス停までの小道を歩いているときにケータイが鳴った。院内では電源を切っていたのだが、それをオンにした直後であった。画面表示で相手はガマさんだと分かった。

「もしもし、佐藤です」

「ああ、ガマさん。さすが、丁度いいタイミングですね。たった今、ホスピスのほうに移って、病室で落ち着いたところです」

「あ、それはよかった。実はまったく違う用件なんだけど」なにごとかと思った。「今度さ、市長選（四月二十四日）に立候補することになったんだけど、推薦人になってくれる？」

市長選とはいささか驚いた。しかし、ガマさんが市役所を辞めたときから、ガマさんを知る人達はいずれ市長に、と思っていた。その意味では意外ではない。いよいよですね、というのが第一印象であった。

「でも、僕なんかじゃ、かえってマイナスじゃないですか。嵐山光三郎さんとかもっと適任者がいると思うんだけど」

「いや、嵐山さんは市の仕事をしているからだめなんだ。市からお金をもらっているひとは推薦人になれないんです」

そんな事情もあるのか。母のことをお願いした手前、無下にもできない。もちろん、これまでのお付き合いもある。

「それでは、お受けしますが、推薦理由を訊かれたら、主義主張ではなく、お人柄で、って言ってもいいですか」

「お、いいよ。それじゃ、お願い」

「もしかしたら、まだ立候補のことはもちろん、僕が推薦人になったなんてことも誰にも言わない方がいいんですよね」

「そう、そうして。あ、ところでさ、しょうちゃん、肩書はなんだっけ」

瞬時、返答に窮す。「……一応……作家……ということで……」とお願いした。

署名原稿とはいえ主に会員誌で映画評論やレストラン紹介を書いているのだから、知人にも日頃何をしているのか知られていなくて当然なのだった。

　のちにガマさんは初立候補、初当選となった。

　一旦、自宅に戻り、一時間ばかり仮眠したが、本当に眠れたのかどうかもわからない浅い眠りだった。六時に吉祥寺まで出て父の時もお世話になった編集者、Eさんに会い、これまでの経緯すべてを話す。

　九日。午前中に母のすぐ上の姉の娘であるマリさんから電話があった。昨日、彼女に何度か連絡をとろうとしたのだが、留守であった。彼女とその妹のチヨリさんに少し手伝ってもらおうかと思っていた。自分で仕事をしているはずだから、多少は時間が自由になるのではないかとタカをくくっていた。ほかに頼れるひともいないので入院中の留守番や葬儀の支度など頼めないかなあ、という甘い思惑もあったのだ。時として女手は必要不可欠だ。

　だが、電話で話した限りでは、二人とも早朝に家を出て深夜まで仕事があるという。だから昨夜も失礼した、とのことだった。とても何かを頼めるような状態ではない様子であった。やはり、こういうときにも妻子がいないことの不自由が身に沁みる。

　ともかく、ハルコオバチャン（彼女たちは母をそう呼ぶ）が入院したことをはじめて伝えた。ただしお見舞いは、どちら様にもご遠慮していただいていることと、入院していることは誰にも言わないでね、と最後に言い添えた。

　どこまで話したか記憶は定かではないが、そんなに大変ではないと言ったと思う。そして、母がいつも入院のたびに言っていることを、たんに伝えただけのつもりだった。しかし、これが後に意外な齟齬を生み出すことになるのだが、そんなことをこの時点で知る由もなかった。

　桜町病院はやはり家から近い。いつもの総合病院までは自動車で一時間少しで渋滞することも多かったが、ここまではあわてないでのんびり走っても、三十分を切る程度だ。

担当のH医師の説明を受ける。いつもの総合病院の医療チームと、言うことがことごとく正反対であるのが面白い。

一般の医療現場では、言うまでもないことだが、病気を治して元気に社会復帰、というのが基本であり、そのためにはこういうことが出来る、こういう手段もある、というのが主眼になる。

しかし、ここホスピスは最後のステージを迎えた人をいかに安らかに、その人らしく送るか、ということが主眼になる。

つまり、こうした処置をすれば、本人は楽になりますが、延命にはつながらず、亡くなることに変わりはありません、ということになる。だから、先生の話を聞いているかぎりでは、一般の医療と手段も結果も正反対のように思えてしまうのだった。

点滴を打てば栄養補給になると思っていたが、一本でスポーツ飲料一本ぶん程度の栄養しか摂れないらしい。点滴さえやっていれば、口から栄養を摂らなくてもずっと生きていけるような気がしていたが、それは違うようだった。血中の溶存酸素量も多ければいい、と思っていたがそうではないらしい。通常の治療では酸素の血中濃度を測定して酸素吸入をして正常値に近づけるのだが、数値が上がったからといってそれが身体に廻っているかどうかが問題で、やはり末期では酸素をいくら足しても身体に廻らない。身体のほうが利用できないから無意味になるのだった。

また健康な肺はゴム風船のようなもので、肋骨や横隔膜の動きにしたがって膨れ、空気が入る。しかし、末期になってくると肺細胞そのものが劣化して硬化してくるので、いくら肋骨を広げても肺細胞自体がゴム風船からビニール、それが最後にはボール紙のように固くなり、その動きに追随してこなくなるのだという。したがって人工呼吸器を装着していればいいというものではない。

つまり、ひとはそうして最期を迎えるのだ。そこには冷徹で厳粛な終末医療の姿がある。リンゲルと人工心肺や酸素吸入さえしておけば、植物状態でもずっと生きているのではと思っていたが、そういうことをしても死が避けられないのは、こうした理由からだった。

一般の医療は、延命を願い、いまこうすれば、いまできることは、という発想になる。一日でも一時間でも命が長らえれば、という考えだ。

一般治療で患者が治るのは、本人にまだ基礎体力があり、生命の余力が残されているからこそなのだ。だから手術を勧めたり抗ガン剤を使用したりするのだ。患者本人にも家族にもそういう説明になるが、終末医療では穏やかな最期がテーマになる。

ただし、誤解していただきたくないのだが、ホスピスでは何もしない、ということではない。現に母はここでも溶存酸素量を常時、測定して酸素吸入をしているし、点滴で栄養補給もしている。太股か肩からの強制的な高濃度栄養補給も提案されている。タンが絡めば丁寧に除痰してもらえる。

「床ずれ作るは介護の恥」という言葉も前回、父がこちらにお世話になった際に聞いていた。

父は入院していた大学病院の外科医から「手術しないと一生、寝たきりになり、床ずれで酷い目にあいますよ」と言われて、無意味で効果がなく延命どころか命を縮める無益な大手術をしてしまったのだ。父のときに犯してしまった数々の失敗を反面教師として、母の病状、闘病に向かい合いたい、というのが僕の考えであり、母もそれを心から願っていた。

しかし、ホスピスでの手厚い看護、介護にもかかわらず、死は確実に訪れるものなのだ。

今日の午前中の診断では、週単位で考えられる程度の状態であるとのことだった。つまり、今週を乗り越えれば来週、来週を乗り越えれば、再来週ということだ。しかし、一月を越えることはない。

どうやら病室の母は、先生とはかなり話すらしい。僕には、さっき病室を見舞ったときに弱々しい声で「今、何時？」と言っただけだ。

「二時四十分」と僕は短く答えた。

この日から個室に移動している。父が最期を迎えた中庭に面した部屋ではなかったが。

十日。午前中にタエさんが来てくれた。母が納棺の際に着たいと言っていた着物を箪笥の中から探し出してもらうためだ。それは、僕にとっても、母から言われていた喪の仕事の最後に残されたものだった。

あとは、ごく普通に、世間の常識通りの流れに従えばいいと思っている。ただし、葬儀を執り行う場所は、最近では珍しいといわれる自宅なのだが。

自家用車を運転して、タエさんがやって来た。今日は、これまでどなた様もお断りしていたお見舞いが、そろそろ本人も落ち着いてきたので可能になりました、という名目で来てもらった。自宅から多少の荷物を持っていくから、まず、こっちに来て、それからタエさんの運転で病院まで行きましょう、とだけ話しておいた。

薄々はもしやと思っていたのだろうが、細かい経緯はまだ何も話していない。

まずはリビングのテーブルを挟んで坐った。僕は話しだした。

「うちのオフクロが、もしものときに着たいって言っていた着物、わかるよね」

瞬間的に、それと察したタエさんが両手で顔を覆った。

咄嗟に事態を理解するスピードが我が血族の持ち味だ。ときとしてお先走りのおっちょこちょいにも陥るのだが、多くを語る必要はなかった。そのまま、タエさんは声を押し殺したように泣き続け、僕は彼女が泣き止むのを無言で待った。

どの位の時間がたっただろうか。ようやく両手を顔から外すとタエさんが、どの着物だか分かるわ、あたし知ってる、と言って立ち上がった。

中二階の母の寝室に行き、桐の和簞笥の中から着物を探し始めた。意外にも、ものの数分で見つかり、それを数日前まで母が寝ていたベッドの上に広げた。梅原龍三郎が所持していたという銘墨で染めたそれは、淡く深い上品な青灰色であった。

「長襦袢はどうする」

「いいんじゃないか」

「だったら、あとは帯ね」

襦袢や帯までは気がつかなかった。タエさんが似合いそうなものを選んでくれる。やはり、男では細かいことに気が回らない。

マイカーで来ていた彼女の運転で病院まで行く間、助手席に坐った僕は、これまでの闘病と現在の状態をできる限り詳しく説明した。しかし断食や自傷など、母が試みた自裁行為についてはふれなかった。

着物を病室に届ければ、母を送る準備として僕に出来ることは終わる。後は病院と葬祭関係者など専門業者でなければ出来ない仕事ばかりが残る。今風にいえば、僕に関しては「終わりのはじまり」だ。あとはただ静かにそのときを待つのみ。用意万端、細工は流々、仕上げを御覧じろ、か。

院内の駐車場に車を停め、タエさんにはホスピス棟のカフェで待っていてもらうことにして、病室にタトウ紙に入れた着物を持って入った。

母は寝ていた。鎮静剤などで眠らされているわけではないようだ。静かな寝息をたててゆっくりと眠っている。傍らのキャビネットの引き出しに着物をしまう。

あとで看護師さんにこの件も伝えておかなければならない。もしものときはこの着物を着せてください、と。それから入れ歯を入れて、しっかりと口を閉じて、というのが母の遺言です、と。洗面台に置かれているケースの中の入れ歯を確認する。どうやら病院のひとが気を利かして洗浄剤を入れてくれたようだ。

カフェテリアに戻り、タエさんに「今、寝ているみたいだから、そっと病室に入って顔だけでも見てください」と告げた。

病室に戻り、数分間、二人で母を少し離れたところから見つめていた。

母は深い眠りの中にあるようだった。

この期に及んで女同士にありがちな涙ながらの別れのシーンなどは見たくなかった。母もそれを恐れていたようだ。折角の決心が揺らぐとでも思っていたのだろう。

だがしかし、本人の意志はどうあれ、親類縁者には会わせてあげるべきだった、という意見もあるだろう。また、皆さんがお別れのために会いたいと思う気持ちも尊重すべきだろう、と。

しかし、父も母もそうしたことは好まなかった。両親とも、会うべきであった人たちとの別れにも滅多に出かけないのだった。

辛い重苦しい時間が経過して、納得したようでもあるタエさんを伴い、カフェテリアに戻り、二人ともソファに坐り込んでしまった。

お互いにしばらく無言であったが、突然、タエさんが普通の勤め人の家庭に嫁ぎ、一人息子を大学に通わせて立派に就職させ、一人前にした苦労を話しだした。

自分自身の両親は長唄の師匠と日舞の師匠であった。伯父の瞳も文筆業で叔母も日舞の師匠で、義理の叔父はジャズシンガーで俳優だ。自由業であり芸能一家である我が家系の中にあって一人、普通の家庭に入るのにはそれなりの覚悟が必要だったのだろう。

その気持ちは察するに余りあるが、なんと返答したものか困惑するばかりだった。今、彼女の人生の苦労話に対処するだけの余裕が僕にはない。

普通に日常生活をおくること、社会生活をつつがなく過ごすことこそ大事業である、というのが瞳の終生変わらなかった主張だった。タエさんこそ立派なんだよと言いたかったが、今それを言っている余裕が僕にはなかったのだ。

その一方で人間というものは、こういうときに不思議な言動を取るものだ、などと思いながら、その心労を聞いていた。ひとしきり話し終えると気が済んだのか、彼女は帰ると言って立ち上がった。

これで、堰を切ったように親戚の全てが、母の容体をふくめた諸々を知ることになるだろう。それは予め覚悟しておかなければならないことだ。

おそらく今日から親戚や知人から問い合わせの電話が次々と入り、それに逐一答えなければならない。こんなときに親戚や友人知人との受け答えは妻、病院との交渉は息子、病室のお世話は娘、などという世間並みの分業ができないことが、いまさらながらつくづく情けなかった。

タエさんを送り出し、丁度、通りかかった担当のH医師に挨拶をする。先生の話では、今朝はまだ先生との受け答えができた、とのことだった。

病室に戻ると母は起きているようであった。

「さっきね、タエが着物を持ってきたんだよ。ここに置いてあるからね」

母は理解したのだろうか。返事はない。ただ窓外の木漏れ日を目で追っているだけだった。うつらうつらとしながらも、これで準備が整ったことを自覚したのだろうか。

その心中を思うと胸に迫るものがある。

僕は病室の傍らに置かれた椅子に坐った。母は相変わらず窓を覆うレースのカーテンの作る影を目で追っている。

少しでも瞳に近づこうとしているのか。もうそこまで瞳が、愛する夫が迎えにきてくれているのではと探しているのか。あるいは瞳を呼び寄せようと念じ続けているのか。

どの位の時間が経っただろうか。

僕は退出しようと立ち上がり、ベッドの脇へ近づいた。

このところ、普段は胸の上で組んでいることが多い母の左手が滑り落ちるように身体の脇に下ろされた。その上を向いていた左手の手のひらに、僕は自分の左手を重ねた。温かく、柔らかい手のひらだった。

たがいに握り合うことはなかった。母にはそれだけの握力がすでにないだろう。僕もあえて握りしめようとは思わなかった。ただ、そのまま手のひらと手のひらを重ねていただけだった。母は僕と目を合わせることはなく、窓外を静かに眺めている。

なまじ目を合わせれば未練が残ると思ったのか。瞳の元に行こうという決意が揺らぐと思ったのか。気の弱い僕を気づかったのか。

僕もあえて、頑張ってとか、しっかりしてくれとか、声をかけなかった。お母さん、と話しかけなかった。母をまっすぐに父の元に送り出してあげたいと思えばこそだった。もう充分に戦ってきたじゃないか、という気持ちだった。心に迷いがなく、このままゆっくりと眠るように、そう僕は念じていた。それにしても、母に残された時間は、あとどのくらいあるのだろうか。

いまにして思えば、大震災発生まで、残すところ、二十四時間を切っている。この日が、母の望みであった着物を揃えることができる最後のタイミングだった。辛うじて全ての旅支度を間に合わせることができた。いまさらながら母の強運に驚かざるを得ない。

病室を出て、いつも通り、六本木の映画配給会社に出向き、社内に設けられている客席数六十ほどの試写室で新作映画の試写を観る。危篤状態の母を残して映画見物とは大変な思い違いかもしれないが、ことさらに日常生活を変えないことで精神のバランスをとろうとしているのだ。

ホスピスの先生たちは、こんな状態になって会話ができなくても、家族が近くにいれば、その存在を感じることができるのです、とおっしゃる。それが患者の助けになると。

しかし、僕としては、いつもの母のように一人で自分自身に向き合い、旅立つ用意をしてもらいたいという思いが強い。瞳を除けばこの世で心を許した人は一人もいない。僕ですら入り込めない孤独な自分だけの世界に生きていた。病を得た最初から、僕に死の恐怖や長生きしたいなどと訴えることはなかった。ただひたすら瞳の元に早く行きたい、とそればかりを言い募ってきた。そんな母にどんな言葉をかけてあげればいいのだろう。僕は無言を守り、母に迷いを与えないことだけを念じていた。それもまた、僕の大いなる誤解であったかもしれないが。

試写が終わって帰路につく。ちょうど夕食の時間なので駅前のいつもの居酒屋に立ち寄ることにした。

カウンター十席ばかりの店なのだが、ここでたまに見かける男性客が突然、男泣きに泣きだした。

「オフクロがよう。もうだめなんだよう。あれ、何て言うの、スパゲティーだよ、スパゲティー。何本もチューブをつながれてよ。アネキが声をかけると返事するのに、俺が呼んでも答えないんだよう。俺のことは、もう分からねえんだよう」
　功成り名遂げた壮年の男が、身も世もあらぬ体でカウンターに突っ伏して、声を上げて泣きはじ
めた。
　この店の主人も、常連客の誰それも親の介護で大変だ、などと話しだした。みんな、老いた親を
かかえて、その最期を看取る年齢に達している。けっして僕だけのことではないのだ。
　みんな介護が必要な末期の家族を抱えているらしい。あのひとも施設に入っている、このひとも
スパゲティー状態で、という話になった。
「正介さんのところは、まだまだお元気だから、大丈夫でしょう。ついこないだも、お母さんが道
を歩いているの、見かけましたよ」などと主人が言う。
　入院してから約二週間ほどか、それまでは駅前の寿司屋あたりまで出かけていたのだから、誰も
がうちの母は元気だと思って不思議ではない。なんといっても僕自身がまだ母の今の病状を信じら
れない気持ちなのだから。
　親戚にも話していないぐらいだから、友人知人にも数年前からの母の闘病について話していない。
話しだせばきりがない。しかし、思いのたけを全て話し、人目も憚らず号泣し、それでストレスを
解消したほうがいいのか。友人に泣いて告白したほうがいいのか。
　僕はただカウンターに坐って明日にも迫っている母のことを考えていた。
　三月十一日。着物の件が終わり、僕に出来ることは終わった。あとは不可抗力なことばかりが残
っている。今後の母についてはホスピスの医師団の指示に従うのみだ。
　ともかく、準備は整った。多少は気持ちも落ち着いたのか僕自身の血圧も心拍数も安定してきた。
二月の下旬からほとんど寝ていない。二時間もすると目が覚めてしまうので、例のホームドクター

に入眠剤を出してもらっていた。この手の物を飲むのは初めてだし、つい先だっても病院から早朝に電話があったこともあり、まだ服用していない。本当にどうしようもなくなったら使い始めるつもりだった。

こんなことでは父が早稲田の学生だったころからの親友Mさんと同じことになってしまうかもしれない。

Mさんは一流企業のロンドン支店長であったが、お母様が亡くなられたとき、急遽ロンドンから戻り、亡骸に対面し、突っ伏すようにご遺体にすがりついたときに、心臓発作か脳溢血を起こされ、そのまま絶命されたのだった。

お前も、精神も肉体も弱いからこういうことになるなよ、と父はMさんの葬儀から帰ったとき、僕に言ったのだった。それが奇妙に心に残っている。父が僕に何か教え諭したり説教じみたことをいうことは滅多になかったからだ。

もしものときはあらかじめ世間一般で決められているような路線に乗ればいいだろう。余計なことをしては却って後に問題を残すものだ。

父はその生前、葬式に行ってみたら香典謝絶とか献花のみとか音楽葬、無宗教などであったりすると困ると言っていた。普通がいいんだよ、普通が、というのが父のポリシーだった。来場した参列者が当惑するようなことをしてはいけない、というのだ。一旦出した香典を引っ込めさせるというのは失礼だと言っていた。献花のみだと、どこにどちら向きに置けばいいのか、焼香順はどうなるのかなどと当惑するものだ。冠婚葬祭の手順にはそれなりの理由があるのだというのが父の考え方だった。だから、僕も極力、その言葉に従うつもりだった。

同世代の女友達が数年前に連れ合いを亡くしたのだが、一切誰にも教えず、密葬とした。それはご夫君の遺言でもあったのだが、なにしろ働き盛りでの死だったから付き合いも多い。知らなくて失礼をしました、という弔問客が一年近くも五月雨式に自宅を訪れ、いつまでたっても気が抜けなかったという。そのお相手も大変なのだ、と言っていた。

父は長い間をかけて確立された冠婚葬祭の現在の姿には、一見無意味な形式主義と見えても、それなりに意味がある、と言っていた。とはいえ父が全ての伝統に忠実だったというわけではない。むしろ、形骸化した瑣事は省くことが多かった。

この日、桜町病院のホスピス棟に僕が着いたのは午後一時を少し廻ったところだった。ベッドに横たわる母の姿を見ると、朦朧としていて昨日よりも具合が悪そうだ。一層苦しそうに見え、いやが上にも、そのときが近いことを感じさせた。

呼吸が苦しいときは睡眠剤を使用してもいいかというような相談が医師からあった。ベッドサイドで医師が母親本人に「苦しいですか。苦しいですか」と訊く。睡眠薬や痛み止めの使用は本人の自己申告になっているらしい。

母は「ええ」というような受け答えをする。

そして、それに続けて「早くして……早くして……」と意外にもはっきりとした口調で言った。医師が「早く、なんですか?」と聞き返すと黙ってしまう。

そして再び「早く、早くして……」と訴える。医師はそのたびに「早く、なんですか?」と聞き返す。その問答が数回続いた。

早く楽にしてくれ、ということなのだろうが、それを、そこまであたしに言わせる気か、とでも言いたいのだろう。母のことだから、この先生、察しが悪い、気が利かない、と思っているのだろう。

しかし、ここは安楽に死ねる場所を提供するが、安楽死を実行する場所でもなければ、まして自ら死を覚悟して選んだとはいえ自殺を幇助してくれるわけでもない。担当医の大変な気持ちも充分理解できる。

母さん、ともかく、もう少し、もう少しだから堪えてくれよ。

いずれにしても「このご様子からみて、やはりお苦しいのでしょう」と担当医が僕に言って「少し眠っていただいたほうがいいようです」と続けた。

入眠剤というのか睡眠薬か鎮静剤かを点滴で投与すると軽い睡眠状態になる。軽い睡眠状態だと痛みや苦しさを感じなくなるので呼吸も楽になる、と父のときにも教えられていた。眠ると当面の苦痛は遠ざけられるようだ。

処置を終えた医師と看護師が退出する。

ホテルの一室のような病室で、レースのカーテン越しの明るい窓外を見上げている母と、二人だけになった。

朦朧としてはいるが母の眼は揺れるカーテンの影を追っている。睡眠薬だか鎮静剤だかが効きだすまで、少し時間があるのだろう。

ベッドに近づいて「大丈夫だよ」と小さく言ったのだが聞こえただろうか。それが僕に出来るせめてものことだった。そして、そのあとに「もうすぐパパに会えるからね」という言葉を付け加えようとして、さすがに呑み込んだ。

頑張って、しっかりしろよ、というようなことは言えなかった。いまさら、なんだというのだ。もう充分に頑張ったじゃないか。

これが僕と母の別れになるのだろうか。もう駄目だといって総合病院に入院し、このホスピスに転院した今日まで、母が僕に話しかけたり、眼を合わせることがなくなっていた。言葉にしたり顔を見たりすれば未練が残るとでも思っているのだろう。ひたすら瞳の面影を求めているようでもあった。

母はそろそろ眠りに入ったように思われた。僕はそっと逃げ出すように退出した。

ともかく、僕自身が疲労困憊していた。ここで倒れるわけにはいかない。自宅に戻り、少しだけ休んでおこうと思った。こんなときに交代要員がいないのは、やはり大変だ。

ナースステーションで、一旦、帰宅します、と伝えると、先生からお話しがあります、とのことだった。応接間のような別室に招じ入れられ、H医師から経過が説明された。それは、ガンを告知されたときの吉行淳之介さん風にいえば〝シビアなことおっしゃいますな〟というもので、事実、かなり〝シビア〟なものだった。

「こちらにいらっしゃったときには、僕たちも週単位で考えられる状態だと判断していました。しかし、今朝あたりから急速に症状が悪くなっています。高濃度の輸液を大腿部から注入するということも考えられたのですが、すでに下半身にも水が溜まっていて、そこに穴を開けるというのはかえって身体に負担が増すだけだと思われ、得策ではありません」そしてそれに続いて「昨日までは週単位と言っていましたが、今の状態を拝見すると、一日単位で考えていただきたいと思います」

つまり、今日を乗り越えれば明日。明日を乗り越えれば、もう一日。しかし、来週までは持たないという意味だった。いよいよ、最期の瞬間が具体的に、現実的になってきた。

昨日、着物を持ってきたことを母に告げた。それによって全ての準備が整ったことを母も知ったのだと思う。もう、思い残すことはない、命の炎の最後の明かりを、もう消していい、と。

この世と母を結んでいた細い紐の結び目が、するりと解ける音が聞こえた。

第十二章　独りで逝った母のために

先生の〝シビアなお話〟はなおも続く。あのときはどうしたのだったか。父のときは、どうしたのか。

僕は緊張とある種の高揚のなかで、薄れていた十六年前の記憶を呼び起こそうと努めた。

「あの、葬儀社のほうはどうしたのでしたっけ。確か、こちらでいつもの出入りの葬儀社をご紹介いただけたと思うのですが」

「葬儀社をご紹介することはできませんが、近くの葬儀社の電話番号はお教えできます」

「予約、というようなことは、どうなんでしょう……」

ショッキングな話を聞いて気が動転してしまったのか、土壇場になると余計な、詰まらないことを言い出すものだ。

医師の隣にいた看護師が「葬儀社は年中無休二十四時間受付をしていますから、もしものときのあとで大丈夫です」と、近くの葬儀社の電話番号をリストアップしたものを手渡してくれた。その中に父のときにお願いした会社の名前があった。あのときは心のこもった素敵な葬儀だった。今回もそこにしよう、と思う。

担当医との経過説明の面談は終わった。

一旦、その場を離れて、ホスピス棟にあるカフェテリアに行き、勝手知ったるセルフサービスの珈琲を注ぎ、料金入れにコインを入れる。五十インチほどの大きな薄型テレビの前に置かれた応接セットのソファに腰かけた。

その時、強い目眩を感じた。身体が震え、グラグラと揺れる。全身がドクンドクンと脈打っている。

やはり先程の医師のシビアな話でショック状態になってしまったのか。それとも、これは心筋梗塞か脳梗塞の発作だろうか。

頭がクラクラする。足腰に力が入らないような感じで立ち上がることもできない。しかし、幸いここは病院だ。発作が起こっても早期発見となるだろう。近くにいる看護師に救いを求めたほうがいいか。これは母と同じパニック症候群の発作か――そう思っていた時、カフェテリアのカウンターに入っていたボランティアの婦人が「地震」と呟いた。

見上げると、モダンなシャンデリアが大きく左右に揺れている。

ああ、これは地震だったのか。しかもかなり大きい。辺りの物が音を立てて揺れ動いている。目眩か心臓発作と思われたものは、後に東日本大震災としてひとびとの記憶に強く残ることになる大地震の揺れであった。

僕は思わずガラスの大扉を開けて中庭に走り出た。この病棟は平屋で瓦屋根だ。その瓦が落下するのではと思い、さらに中庭の真ん中まで出る。

見ると通りの電信柱が、構内の松の木が揺れている。それは子どもの頃、鉛筆を親指と人指し指に挟んで揺らすと、鉛筆が柔らかくなったように見える手品のようにグニャリグニャリと揺れていた。あんなに大きく、太く硬いものが、まるで柔らかいゴムホースのようだ。中庭の池の水が波打ち、みるみる遊歩道にあふれ出してきた。

ボランティアの婦人が二人、やはり庭に出てきて、三人で固まるような形になった。

あれ、僕は生き残ろうとしている。母の事態を前にして、自分は命長らえようとしている。頭の中は母のことで一杯のはずなのに、自分自身の危機から逃れようとしている。

少し揺れが収まったのでカフェテリアに戻った。まあ、こんなものか。何かが落ちたりした被害はなさそうだ。これで揺れも収まるのだろう。そんな悠長なことを考えながらもう少し休んでいこうとソファに坐り直したところに、もう一度、揺れが来た。強い余震だ。あわててまた外へ飛び出す。今度はソファに脱ぎ捨ててあったダウンジャケットを羽織るだけの余裕があった。ともかく寒い日だった。さっきの婦人方も飛び出してきて、また一緒になる。揺れは長く続いたようであったが、それでも一段落したので、再び室内に戻った。

その場にいた女性が、これほどの地震なら、きっとテレビでやってるわ、と言いながら、応接セット前の薄型テレビのスイッチを押した。

すでに津波の映像が映し出されていた。

これは阪神大震災を凌駕する、と思った。死者は一万人を超えるだろう。

まだまだ余震が続く中、ホスピス棟のカフェテリアを、廊下を、医師、看護師、シスターが何事もないかのごとく整然と、すべるように病室を一つ一つ廻って異常がないか確認している。地震で建物がゆがむ場合を考えてドアを開けて廻っている。

その毅然とした姿に頭が下がる。余震のたびに中庭に飛び出すしか能のない自分が情けなくなってくる。

それから僕は漫然とテレビ報道を観ていた。津波が次々と家並を襲っていく。海中にはこんなにゴミが溜まっているのかと思っていたら、それがすでに木っ端みじんに破壊されて粉々になった家屋の残骸であることに気がつき、愕然とする。濁流の被害をさらに恐ろしいものにしているのは、津波が作ったこの膨大なスクラップなのだった。

揺れに驚いたのか病室から数人の患者さんが出てきて、僕と並んでテレビを観るような塩梅になった。その後ろに付き添いの家族の方たちが並ぶ。

車椅子に坐り携帯用の酸素ボンベで酸素吸入をしている初老の女性が食い入るように画面を観ているが、表情は冷静である。いままさに死の床にあるご本人の心中はいかばかりであろうか。

そして、僕は事態の深刻さにまだ気がつかず、漫然となすすべもなく四時ごろまでテレビ画面を眺めていた。もう新しい情報は出ないようであった。最初に流された映像がくり返しくり返し放送されている。


陽のあるうちに帰ろうと思い立ったとき、すっかり母のことを忘れているのに気がついた。まったくなんということだろう。僕はやっと腰を上げて病室の母の様子を見にいった。

母は半覚醒状態で苦しそうだ。両手を虚空に差し伸ばしている様子は断末魔のときの父に似ていて、助けを求めているようでもある。

声は出ない。多少の苦痛があるのか、顔をゆがめている。先程の激しい揺れに、いよいよ地獄の釜の蓋が開いたとでも思っただろうか。いや、そもそも地震だと気がついているのだろうか。僕のように自分自身の目眩だとでも感じてくれていればいいのだが。今の母に大震災を伝えるのは、いかにも不適切と思われた。

もしも地震発生が半月ほどズレたら、僕は都心にいて帰宅難民になっただろう。一方の母は、自宅で酸素吸入をしながら、なすすべもなく停電の恐怖に怯え、一人で過ごさなければならなかっただろう。これも母の運の強さの一つなのだろうか。

ナースステーションに行くと、医師が丁度、受付にいた。母がまた苦しそうにしているので、少し寝かしてやっていただけないかとお願いする。

この期に及んで付き添っていないのか、と思われるかもしれないが、僕は帰宅しようとしていた。今や母一人、子一人であり、数日後と予測される葬儀は自宅でやる、というのも母のいわば遺言の一つだった。そのために、その段取りを自宅に戻って検討しなければならなかった。

弔問客の動線を考えなければならない。僕が一番、きちんと勉強したのは演劇であり、そのなかでも舞台監督部、あるいは演出部といわれる、大道具、小道具、あるいは持ち道具、衣装の出し入れを担当する部署が専門だった。

だから人の動きを考えて祭壇を飾りつける場所や誘導する順路を決めていくのは、いわば僕の職業的な義務であり誇りであった。ここでしくじるわけにはいかない。

父の葬儀に際して、頑亭先生が庭の池の上にお焼香の場所を造ると提案したとき、みんなは、そんなこと不可能だろうと不安そうに顔を見合わせた。しかし、僕は、仮設の張出舞台を建て込んで上下《かみしも》に登退場のための開帳場（斜めに傾斜した舞台。八百屋の店頭に似ているのでヤオヤとも）の花道をつくれば半日で準備ができるから大丈夫ですよ、と即断することができた。

今回も母のためにそれなりの舞台を準備しなければならない。

医師達と病室に入り、母の処置を確認してからナースステーションに戻り、居合わせた看護師に、一旦、帰宅いたします、と言づけた。そのとき隣に立っていた小太りで初老のシスターが、電車、動いていないですよ、と知らずにいた情報を教えてくれた。

だったらタクシーで帰ります、と言い残して外に出たが、これも考えが甘かった。いつもは運転手が油を売っている一般病棟前のタクシー乗り場に空車がいるわけもなく、駅に通じる大通りに出ても、通過するタクシーは全て乗車拒否だった。

大通りではバスが平常通り動いていて、武蔵小金井駅までバスで出た。駅前は大群衆で埋めつくされ、タクシー乗り場にはすでに長蛇の列ができている。一旦は最後尾に並んだものの、二十分以上待ったその間に空車は一台しか来ない。

これは大変なことになった。今日中に帰宅できるかどうか怪しいところだ。ともかく家にたどり着かねば。

たまたま構内に入ってきたバスに、府中第七小学校行きと書かれていたように見えたので、タクシーを諦めて停留所に急いだ。七小停留所は自宅に近い最寄りのバス停だ。

幾つも並んでいるバス停にも行列ができていて、ちょうどそこにいた調布行きというバスが今にも発車しそうだったので、思わず飛び乗ってしまった。府中行きに乗るべきだったのだが、もう正常な判断能力が働かなくなっていたのだ。

走り出したバスは途中から次々と乗客が増えて、とうとう通勤ラッシュ並みになってしまった。このバスに乗り込んでから、改めて自宅までの帰宅コースを考えてみた。そのときの思惑は、調布に出て、そこで府中行きのバスに乗り換えるというものだった。府中からならば歩いて帰宅できると計算していた。

しかし、僕は東八道路に面した自動車免許試験場の前で下車してしまう。免許試験場にはいつもタクシーが列をなして集まっていた。今日もまだいるのではないかという判断だったのだが、それも間違いだった。タクシーはもとより人っ子一人見当らないのであった。

近くのファミリーレストランに入り、ここでコーヒーなど飲みながら善後策を講じようと考えた。ともかく、母はこれ以上は望み得ないような〝安全〟な場所にいる。その点だけでも心配がないのはありがたい。安否を確認するために帰宅を急がなければならないというような事情は僕に限ってはなかった。

取り敢えずいつも利用している地元のタクシーを呼ぼうと電話したのだが、携帯電話の回線はパンク状態でつながるどころではなかった。この店は下が駐車場の高床式だから、まだまだ間欠的に続いている小さな余震に店は盛大に揺れる。その中で若い店員さんたちが甲斐甲斐しく働いているのには感心してしまう。

ふと気がつくと、さっきまで深刻そうに話し込んでいるアベックがいたはずなのに、客は僕だけになっていた。

すでに万策つきたという感がある。もしやと思い、キャッシャーにいた若い女店員に、この辺りに府中行きのバス停はないかと尋ねてみた。当初は心当たりがないようであったが、彼女が厨房の中に聞いてくれた。東八道路を立川のほうに二十分ほど歩くと府中行きのバス停があるはずだと丁寧に地図まで書いてくれた。

それじゃあ、と御礼を言ってコーヒーの代金を払おうとしたら「お客さん、ちょっとしか坐っていなかったから百円、おまけしておきますね」と言う。そんなサービスがあったのか。

ゆっくり坐って今後のことを考える時間にしよう、などと悠長なことを考えていたというのに、実際に坐っていた時間はごくわずかであったらしい。

人間の時間感覚などというものはそのときの精神状態で長くも短くもなるものなのだろう。気を取り直して立川方面、つまり自宅のほうに向かって広い歩道を歩き始めた。

この日は風が酷く冷たかった。下りの車線はもうすでに大渋滞している。バス停までは二十分ぐらいと聞いた。

新宿方面に走るタクシーに手を上げる。当然のことながら、いずれも乗車拒否だ。あたりは次第に日がかげりだしていた。寒風吹きすさぶ中を歩き続け、それでもタクシーが通過するたび、おざなりに片手を上げる。すると驚いたことに一台のタクシーが停まってくれた。地獄で仏とはこのことか。

外国の映画には、主人公を密かに助ける不思議な人物が登場し、実はこれが天使だったという設定が時としてあるが、この運転手はもしかしたら、そうした天使の仮の姿なのではないかと思った。最初、無人の車かと錯覚するほど小柄な、ごま塩頭の初老の運転手だった。ハンドルに辛うじてつかまっているという感じだ。

「逆方向なんですが、いいですか」

「ああ、かまいませんよ。Uターンするけどいいかな」とカーナビをにらんでいるが、どうも不慣れな様子だ。

「かまいませんよ。とにかく助かりました。多少は遠回りになってもいいですから、お願いします」

「そうですか」と運転手は答えたが、いきなりタクシーは逆方向に走り出した。運転はぎくしゃくして停まるたびにエンストする。まるで初心者のようなのは、度の強い丸眼鏡をかけているせいでもないだろう。この不況で企業を首になり、タクシードライバーになるひとが多いと聞いていたが、彼もそんなひとりなのだろうか。雰囲気が変だが応対が親切でもある。結局、ちょっと回り道だが僕が道を教えることになった。

やっと正しい方角である東八道路に出たが、そこは大渋滞の真っ只中だった。

ともかく、やっとそこそこ温かいところに坐ることができた。渋滞していようがいずれは到着するだろう。今、僕に必要なのは考える時間なのだから、この場を考える場所にすればいいと思ったのだった。そこから普段の倍以上の時間をかけて帰宅することになった。

そして、自宅にほど近い角まできたので、ここでいいですと言って停めてもらった。自宅の前まで行くと、この運転手ではまた道に迷うと思ったので、分かりやすいところで降りた。料金は二千四百円だったが、御礼の意味もこめて三千円を手渡して下車したのだった。

自宅玄関ドアの前まで来て、もしも家の中が、あのテレビ映像で見た地震の被災地のようにメチャクチャになっていたらどうしようと、ここに至って初めて気がついた。

なにしろ、葬儀は自宅で、というのが母のたっての希望であったからだ。

一度、深呼吸をして、恐る恐るドアを開ける。意外にも我が家の室内はまったくの無傷であった。外のドラム缶ほどはある石油タンクから自動給油なので、寒くなると春までつけっぱなしにしてあるリビングと書斎の石油ストーブは自動停止していた。よく出来ている。

不安定に置いてある小さなガラスの置物や、積み重ねてある什器類、天井までの作り付けの本棚、僕のオーディオセットなどなど、倒れるどころか微動だにしていないようだった。応接間の壁にかけた、額装された父の書や色紙、小さな絵画の額縁がそれぞれ微妙に曲がっている。被害はそんなところか。

常日頃から「変奇館」と呼び、父も随分ときつい言葉で批判したりしていた現代建築であったが、このときばかりは、素直に設計者に頭が下がる思いだった。建築中、ガソリンスタンドが建つのではと近所で疑われたほどの堅牢な造りに感謝しないわけにはいかない。

ふと、母の生霊が自らの葬儀の場を汚されまいと力を振るったのではないかと思った。母の生霊がその念力で揺れる家を、倒れようとしている家財道具を押しとどめていたのではないか……。

時刻は六時になっていた。四時ごろ病院を出て約二時間で帰宅できたのは、かなりの幸運であったと言えるだろう。

レトルトのミートソースを温め、スパゲティーを食べながらテレビを観た。映画の紹介をしている身として、この未曾有の大災害となる被害の映像を観ないわけにはいかない。記憶にとどめなくてはならない。しかし、なんという被害だろうか。やはり居ても立ってもいられない。

母のことを考えて、誰彼に連絡したり段取りを考えたりしなければならない時なのに、気持ちばかりが急いてしまって、何も頭に入らないし、考えもまとまらない。

無性に人恋しくなり、性懲りもなく駅前のいつもの居酒屋に出掛けると店はいつも通りに営業していた。ビールなどを飲みながら店内のテレビを観ていると常連客が少しずつ集まってきた。

それぞれに体験談を語り、すこし自慢そうである。

仕事先の小金井から歩いてきたが、その間に焼鳥屋に二度入った、などと言いながら一杯機嫌の常連客が到着する。

東京駅付近で目撃したOLたちの、ヘルメットをかぶり小さなおそろいのリュックを背負った姿が可愛かったなどと不謹慎なことを言う輩がいるかと思うと、ある者は、甲州街道沿いでは家の前に「ご自由にお持ちください」と履き古しではあるがスニーカーを並べていて、ハイヒールの女性たちが履き替えていたと報告した。

深夜に近くなり、都心から七時間歩いた、という七十歳の健脚自慢が店にたどり着いた。

「しょうちゃんはどこにいたの？」「どうやって帰って来たの」と皆から聞かれたが、母がほとんど危篤状態だということはもとより、入院していることすら話していない。

まあ、なんとなく近所にいたからと適当にごまかしておく。

「お母さん、驚かれたんじゃないの。今、ご自宅？　お一人で大丈夫？　一人にしておいてもいいの？」という質問にはグッと詰まってしまう。

母は、今現在、看護と介護のプロに手厚く見守られ、おそらく日本中でもっとも安全な場所にいる。本当をいえば、冷静沈着な看護師やシスターに感動した地震体験から、混乱したバスの乗り間違えやらの帰宅困難事情まで、謎のタクシードライバーの一件なども含めて、いつも通り面白おかしく話したいところだったのだが。

結局、深夜までこの店で痛飲することとなってしまった。

翌、十二日。余震の続く中、交通は混乱あるいは途絶している。例によって何かあるとすぐに停まってしまう中央線など正常に動いているはずもない。

体調も最悪だし、こんなときは出歩かない方がいいか。

今年に入ってから朝一番の血圧が上が一八〇の下が一一〇前後で推移している。すでに何年か前から降圧剤を使用しているのだが、その服用後も一向に下がる気配がない。困るのは心拍数も一日中、八十以上ということだ。僕はスポーツマンでもないのにスポーツマン心臓の気があって通常の心拍数は六十を超えることは珍しかった。そんなことだから不安でもあったのだ。

数週間前にホームドクターに相談したところ、血圧と心拍数を同時に下げる薬を追加されたが、多少下がったものの正常値まではいたらなかった。また軽い入眠剤も処方してもらったのだが、早朝に病院から電話がかかってくることもあったので、もしものときに寝ていてはと思い、服用は思い止まっていた。

そんな中で、母と僕がずっとお世話になっていた、このホームドクターその人が体調を崩し、数日前から休診していた。しかも近々、閉院するという張り紙がガラス扉に張り出してあった。処方薬は四月一杯、受付で受け取れるというが、先生は入院してしまった。心拍数を下げる薬を止める条件を聞き忘れていたので、それも不安材料であった。

母はすでに意識がないように思われた。僕ができることは、もうないのではないか。桜町病院の担当医は、昏睡状態でも家族が近くにいるのは分るもので、それが患者には力になるものなのですよ、とおっしゃるのだが。

思いは千々に乱れたが、僕はここで一生の不覚となるような決断をしてしまう。一日、家にいて〝休み〟にしてもらう、と考えついたのだ。

病院に電話してその旨を伝えると、担当のH医師が「もしものときはどうしますか。もちろんこちらから連絡いたしますが、あなたの到着を待ってから、ということにしますか」と決断を迫った。このとき僕は何となく「到着まで保たせることもできます」という意味が含まれているように思ったが、記憶は定かではない。僕の誤解かもしれないが、人工呼吸や電気ショックで僕の到着まで生命だけは維持することは出来るが、どうするかと問われているように思った。よく考えればホスピスでそんな延命処置をするはずはないのだが。ともかく、無益な延命はもとより母の本意ではない。

「その必要はありません。最初にお話ししたように自然に任せてください」と僕は答えた。

H医師の反応についても記憶が定かではない。この辺りの記憶は混乱している。

少しは寝ておこうと思うのだが、浅い眠りにさえつくこともできない。応接間のソファでうたた寝でもしようと思うのだが、ついついテレビを観てしまう。そうするとますます気持ちが高ぶってくる。

このころにはゲンパツ（僕は若干以上の軽蔑をこめて原子力発電所のことをゲンパツとカタカナで書く）の事故も報道されはじめていた。

ちょっと考えただけでもすでにメルトダウンと言っていい状況だろうと推測できた。冷却装置が稼働していないということは、炉心が溶融をはじめるということで、それをメルトダウンという。映画『チャイナ・シンドローム』と『シルクウッド』を公開当時に観ていたから、今後の推移は予測できた。『チャイナ・シンドローム』では全電源喪失はメルトダウンと同義語だと教えられた。『シルクウッド』では除染の困難を知った。全裸になり高圧ポンプで耳の穴も鼻の穴も洗浄するのだ。

だから言ったじゃないか、と今言うのはよそう。だが、もう深山幽谷に分け入り、清冽な湧き水に喉を潤し、甘い清涼な空気を胸いっぱいに吸い込むことも、新鮮な海の幸、山の幸をなんの躊躇もなく口いっぱいに頬張ることもできなくなった。そんな世界が残されてしまった。

ふと父が亡くなった年に阪神大震災があったことを思い出す。まったくなんということだ。

あの世で母は「パパは阪神大震災だけど、あたしのほうがすごいでしょう」などと自慢げに話すつもりなのだろうか、そんな不謹慎な想像が頭をよぎる。

父が亡くなってからの年数は阪神大震災からと同じである。母が亡くなってからの年数は、この震災から何年という風に僕の記憶の中に重なり合って残るだろう。決して忘れることのできない刻印のようなものだ。

このとき僕は、母の生霊が、魂魄この世に止まって恨み晴らさでおくべきや、と我と我が身の思いのたけを吐き出して、その荒ぶる魂が大地震を引き起こしたのではないかと想像していた。まったく母もとんでもないことをしてくれたものだ。

父が最期の病室にいたときにも、こんなことがあった。

介護をしなければならない病院をそこそこに逃げ出し、僕が行きつけであった近所のスナックのカウンターで飲んでいたところ、目の前のガラス棚が、何の前触れもなく音を立てて崩れ落ちたのだ。棚に並んでいたグラスや酒類のボトルを巻き込んで、まるで滝のように、しかも僕の目の前の幅一メートル程だけが粉々になった。

このとき僕は、父の生霊が、酒など飲んで漫然と時を過ごしている僕に警告したのではないかと感じたものだった。

それとこの大震災ではスケールが違いすぎるが、大震災は僕にとって母が残したメッセージと思えた。そして、それに伴うゲンパツ事故も僕にとっては母の呪縛であった。

今、旅立というときに、僕を道連れにしようとしているのではないか。あたしが死んだからといって、あんたを自由になんかさせないわよ。あたしが死んだら、今まで自由に行けなかった旅行やら、好き勝手に朝まで飲んだり遊んだりしようと思っているんでしょ、でもそんなことはさせないわ。

大震災が起これば、これは母の荒ぶる生霊が僕を呪っての事だと思い、家がまったく無傷なのを見ると、母の生霊が、その念力で自分自身の葬儀の場となる自宅を被災から守ったと感じる。まったく身勝手な想像だ。

これは後で分かることなのだが、前年（二〇一〇年）の暮れから五月一杯まで、八戸の洗心美術館で大規模な父の回顧展が開催されていた。

主催者である小坂さんから「冬は寒いので春になって、少し暖かくなってからいらっしゃってください」と母に連絡があった。

しかし、ご存じのように年末から年明け、そして二月にいたるまで、母が長距離を旅できるような状態ではなかった。また僕も母を残して青森まで出かけるということは憚られた。

母のことはだいぶ前から分かっていたので、少し落ち着いたら気分転換と骨休みもかねて八戸にお邪魔しようと密かに企んでもいた。

しかし、震災により、美術館は休館になり、交通は長く混乱することになった。

なんだか母がいまだに僕の自由を許していないような気がしたものだ。

これも実際の被災者の方々には失礼な話だとは知りつつも、精神的心理的には、母とのこれまでの関係の象徴であった。

父が亡くなったときは、御礼参りとして、母を伴いお世話になった上山温泉を訪れた。今回も、と思っていたのだが、上山温泉郷は安全が確認されるまで営業停止になり、葉山館は被災者の方たちの避難所になっているということだった。両親がお世話になった金沢、京都、湯布院にも結局、義理を果たせなかった。いうまでもなくゲンパツ事故のせいなのだが。

体を休めるつもりがテレビを消すことができない。まんじりともできないうちに時間ばかりが経っていく。僕はいても立ってもいられないという状態で家の中を無意味に歩き回っていた。そしてくり返される津波の映像。

深夜に至り、突然、天啓のように祭壇の配置と会葬者の動線を思いついた。これならば、ここ自宅で葬儀を出せる。実際にやるべきことを思いつき、現実に引き戻された。それで僕はやっと少しばかり落ち着きをとりもどすことが出来たのだった。

第十三章　母の厳粛なる葬送

三月十三日早朝。延長コードで寝室のドアの前まで持ってきておいた電話が鳴っている。見るとサイドテーブルの上の時計は五時を指していた。ついに、その時が来たか。

電話は予想した通り、桜町病院ホスピス棟の担当医師からだった。

「四時にナースが見回ったときには呼吸をしていらっしゃいましたが、今、僕（H医師）が病室を確認したところ、どうも息をしていらっしゃらないようです」

「すぐ行きます、三十分ほどで行けます」と答えるのが精一杯だった。

受話器を置いたとたん不安になってきた。交通の状況は一昨日の震災以来、ご存じの通りだ。ただでさえ心身ともに普通の状態ではない。自分で運転していって事故でも起こしたのでは洒落にならない。それこそ神にでもすがるような気持ちで、いつも利用しているタクシー会社に電話すると、すぐに応答があった。

「小金井の病院まで、今からすぐ行ってもらえますか」

「わかりました、すぐ行きます」と色好い返事を貰って安堵した。

顔ぐらいは洗ったのだろうか、着替えをすまして、歯ブラシ、歯磨きチューブ、電動ひげそりなどを鞄に放り込んだ。まだ喪服でなくてもいいのだろう。そんな判断をしていた。

タクシーはすぐに来てくれた。車中でガソリンスタンドは長蛇の列だし、燃料の手当てはどうしているのですか、と訊くとタクシーはＬＰガスだし、会社の中にタンクがあるから大丈夫です、との返事だった。

案に相違して道路は空いていて、予定通り五時半には病院へ到着した。

受付でＨ先生と会ってそのまま病室へと急ぐ。

母はベッドの上で寝ているかのように穏やかな表情で休んでいた。

口を真一文字にかみしめ、どうやら希望通り入れ歯を入れてもらっているらしい。顎の下におしぼりのようなものがあてがわれていて口が開かないように手当てされている。

母の願いは聞き届けられたようだ。

よかったね、母さん。

先生が、もうすでに死亡していることは既定の事実なのだが、あらためて、その死を確認してくださる。

「五時五十三分。死亡を確認いたしました」というようなことをおっしゃったと思う。

ありがとうございました。お世話になりました、と頭を垂れて言っただろうか。

担当のＨ医師と付き添っていた看護師が静かに退席し、家族だけの別れの時を作ってくれた。

母と二人だけになったと思った瞬間、病室の傍らに置かれた椅子にしゃがみ込み、そして堰を切ったような、突き上げるような悲しみと共に涙があふれ、嗚咽が漏れた。

父のときにも同じ涙が流れた。あのときの失敗はタオルどころかハンカチもなかったことだ。病室内のトイレを覗いたのだが、まだ入院して一日も経っていなかったのでトイレットペーパーすら置かれていなかった。ホスピスでは家族が揃えるものなのだ。

その記憶があるので、クローゼットに大判のタオルを確保しておいた。そのタオルを両手で顔に当て、思う存分、泣くことができた。

「僕、一人になっちゃったよ。僕一人じゃ、なにもできないんだよう。悪い子で悪かったよう。何にもできなくて御免よう」

声に出して言ってみた。いまさら、遅いが、そう言わざるを得なかった。母は許してくれるだろうか。

父のときに分かったことだが、いつ果てるともしれない涙も、いずれは止まるものだ。いったい、どのくらい泣き続けていたものか。涙は止まった。僕は立ち上がり、心の中で、まだ少しやらなければならないことがあるからね、と言い残して病室を離れた。事務的な連絡を幾つかしなければならない。

ロビーの傍らにある公衆電話ボックスから、まず葬儀社に電話をかけた。なるほど早朝でも業務は行われていた。病院名と母の名前と自宅での葬儀です、と伝える。父のときもお願いしたものですが、と言い添えると葬儀社のひとは記憶にある様子だった。

母のすぐ上の姉の娘たち、つまり僕の母方のイトコにあたるマリさんとチヨリさんに電話する。マリさんはすでに仕事に出たのか、つながらなかった。妹のチヨリさんのほうに電話すると僕が何も言い出さない前に「今朝、早くにマリチャンから電話があって、ハルコオバチャン、死んだと思う、さっき感じた。次にショウスケチャンから電話があったら、その知らせよって」と言うのだった。どうも母方の親族には多少の霊感のようなものがあるようだ。それは母の運の強さにも現れていた。

明日お通夜で、明後日が本葬、共に自宅で、と伝える。いつも利用している電車が動いていないので行けるかどうか分からない、と言うので、事情が事情だから無理をしないでくれと言う。続いてタエさんに連絡。こちらはいつも自家用車なのだが、やはりガソリンが払底しているというニュースが入っていた。無理するな、と言っておく。

これまで母のことで相談に乗ってもらっていたガマさん、ツボヤン、Eさんに連絡。ツボヤンは自宅が近いので、すぐこちらへ来るという。これであらかたの連絡はついたと思う。親戚にはそれぞれのイトコたちから連絡がいくだろう。

病室に戻るとエンバーミングというのか死に化粧の係の若い女性が来ていた。看護師の一人なのだろうか、よくは分からなかったが、ともかく薄化粧にしてくださいね、とお願いする。母はほとんど化粧らしきものをしないひとだった。父が厚化粧の女性を苦手としていたからでもあるだろうが、肌が綺麗なのが自慢であった。

僕はこの時間を利用して、トイレの洗面所を借り、顔を洗い、歯を磨き、髭をそった。九時に葬儀社の担当者が来院し、病棟の応接間を借りて打ち合わせを始めた。

父のときにもお願いしていたので、基本的にはあのときと同じですとお願いした。若い担当者は父のときの方の息子だということだった。

自宅で通夜も本葬もやるというのは、今となっては少数派であるようだった。なにしろ、父のときは珍しいというので業界誌から取材の申し込みがあったほどだ。

父の著作権の管理や書画の販売をしていて、いわば現役だった母は、八十過ぎのお婆さんにしては会葬者が多いかもしれない。仕事がら観客動員数は気になるものだが、これぱかりは読めない。父のとき、控室にしていたリビングで、出版社からお手伝いに来ていただいていた方が会葬者の数の予想で賭をしていたことを思い出す。父もそういうことが好きだったなあ。あの勝負は、どっちが勝ったのだろう。

もう一度病室に戻ると、母のお化粧は終わっていて、生前は一度も袖を通すことがなかった例の墨染めの着物を着ていた。

「今は顔色が赤っぽく見えるかもしれませんが、時間が経つと地の色がもう少し白くなりますから……」

そう言って若い女性は言いよどんだ。ちょっと言葉が生々しかったと思ったのか。

彼女にしても、後にお世話になる方々にしても、喪の仕事にかかわる人は皆一様に仕事に自信と誇りをもっているような感じであった。一連の作業が丁寧で思いやりに満ちている。最近、葬式を出した知人に聞いてみても、皆同じような感想を持っていた。

これは映画『おくりびと』の影響ではないだろうか。映画もたまには役に立つ。いや、こちらの意識が『おくりびと』以降、変化したのかもしれないが。

ツボヤンが来る。彼の行動力はありがたい。病室で遺体と対面してもらう。

少し距離をとって病室にたたずんだ彼がしずかに頭をたれた。供養の儀式はこうしてはじまるのだな、と改めて実感される。

退室してロビーで彼と多少の打ち合わせをしていると、ご遺体を搬送します、という知らせが来た。

葬儀社の方がすでに亡骸となっている母を車寄せに停まっている黒塗りのワゴン車に運ぶのだ。霊柩車であったかもしれない。

母の亡骸はストレッチャーに乗せられ、広いロビー脇を通り、フロントをすぎる。

そのストレッチャーに担当の医師と看護師、シスターが前後左右、六名ずつであっただろうか、寄り添うように静かに同道する。

皆さんが、つかず離れずというか、ある間隔をあけて付き従う。それはストレッチャーに寄り添う、というよりは壁際に沿って拡がるようにして歩き、遠くから見守るという感じだった。あたりの気配をうかがいながら、ある種の隠密行動といった塩梅である。

廊下の奥の病室のドアが開き、看護師がひとり、姿をみせた。患者がロビーに出ようとしているのだろうか。医師が左手を少し上げて軽く制止した。看護師は部屋に戻り、ドアを閉めた。この心配りが心に響く。

それは他の入院患者に、このストレッチャーを見せないためでもあった。

左右に延びる病棟の、やや暗くなっている廊下の先で、看護師が病室の扉を閉め、あるいは外に出ようとしている車椅子の患者を押しとどめている姿が見えた。つまり、遺体の搬出が終わるまで、病棟の共有部分は完全な人払いを施されているのだった。

そのことが一層の厳粛さをこの葬列に与えた。

母の葬列が恭しく、厳かに、しめやかに、ゆっくりと音もなく進む。辺りは静まり返り、僕たち以外の人影はない。僕たちだけが午前中の明るい日差しの中を静々と進む。

ストレッチャーが車に付けられ、母は寝台付きワゴン車に移された。後部ドアが閉められ、静かに動き出す。

僕は母の枕元のような場所に坐っている。母は静かな眠りについている。ふとリアウインドウ越しに病棟を振りかえると、車寄せの外に医師、看護師、シスターが十人ばかり、横一列に並び、深く頭を下げているところだった。静かにゆっくりと皆さんが頭を垂れ、半ば祈るような様子であった。

その姿を見て、再び鼻の奥が熱くなり、目頭に込み上げてくるものがあった。まだまだ早い。泣くのはもう少し先だ、と自分に言い聞かせ、辛うじて涙を押さえることができた。

母と自宅に向かう。

この数年間の闘病生活を通して、母は僕の前で一度も涙を見せなかった。

いや、父が亡くなったとき、ともにこのホスピスのベッドサイドで泣いて以来、母の涙というものを見たことがない。

ぼくの母はこうして死んだ。

終章　葬儀のあとさき

それからの出来事をあとがき風に思い出すまま書いてみる。

お気づきかもしれないが、母は最期の三十六時間余りを一人で過ごした。それに気がついたのは葬儀も終わり、ずいぶん経ったころだった。これは永く、僕の原罪となるだろう。

母の通夜が営まれることとなった三月十四日。陸続として親戚、知人、友人たちが現れたのだが、どうしたことか母方の親族はマリさんとチヨリさん以外、現れない。

ご存じのように当日は震災直後でガソリンの手当てもつかないという報道があり、交通も途絶していた。

それもあるから、マリさんに「皆、遅いね」と言うと「ショウスケチャン（母方の親戚は僕をこう呼ぶ）、連絡した？」と問い返された。

いや、僕はしてないけど、昨日してくれたんじゃないの、と僕は少し当惑気味に答えた。

「だって、ショウスケチャンが内緒にしておいてって言うから、あたしもチヨリもどこにも連絡してないわ」

しまった。このところ疎遠にしていたとはいえ、うっかり母方のメンタリティーを忘れていた。治子逝去の第一報は、父方の親族にはその日の内に、常套句を使うなという父の教えに逆らうことになるが〝文字通り〟地球の裏側（父の妹・サカバーはロス在住）にまで届いた。だから九州佐賀嬉野市の本家からは高齢の瞳のイトコまで、まるで震災などどこ吹く風といった風情で時間通りに現れた。九州からの新幹線は平常通り動いていたという。こっちの方は、そうなることが分かっていたから、特に心配はしていなかったのだが、母方の親族については考えが甘かった。

しかし、母と同じような考え方をする彼女たちの言動が、母に接したようで少し嬉しかった。母方の親族のメンタリティーは、謹厳実直。決まりを守り、決して出すぎず、遠慮がち。悪く言えば、気が利かない、引っ込み思案ということになる。

これに対して父方は、まあ、ともかく何かあればしゃしゃり出る。一言いわなければ、あたしの気が済まない、となる。場を仕切りたがり、お節介にしておっちょこちょい。良くいえば快活で面白い。飲み込みが早くて気が利くのだが、悪く言えば相手の事情を斟酌しない、場が読めない、ということでもあった。

つまり、父方はラテン系で開放的であり、母方はゲルマン的に閉鎖的であった。

それは父と母が、それぞれの家系というか家庭に不満があり、お互いに惹かれあった、ということの原因であり、結果であった。

トーマス・マンの『トニオ・クレーゲル』に、主人公が父方のドイツの冷酷なまでのゲルマン的な性格と母から受け継いだラテンの血に分裂している自己に悩むという描写があったと思う。僕の場合は父方がラテンで、母方がゲルマンというわけだ。もっとも僕には、父方、母方の悪いところだけが遺伝しているようではあるが。つまり憂鬱なおっちょこちょい、というような。

母が長い間の闘病を誰にも言わないでくれ、誰にも知らせないでくれ、見舞いは断ってくれ、と言っていたのも、つまりは母方のこうした秘密主義ともいえるメンタリティーによるものだった。最期に至り、自分一人で、その死と沈思黙考して向き合いたい、という強い意志も、大本はここにあるのだろう。

それはともかくとして、早速、マリさん、チヨリさんにお願いして母方の親族に連絡をしてもらった。

母方の生家は墨田区向島であり、親族はいまだに下町から千葉の浦安辺りに住んでいる。いずれも土地の液状化現象などで被災しており、自宅の玄関ドアが開かなかったり断水もしているという。たとえ連絡がついたとしても来られるような状況ではない。それでも何人かが無理を押して参列してくれた。父方でも北区赤羽に住む父の兄の未亡人が、山手線の駅まで行ったのだが群衆に阻まれてホームに上がれない、ということで通夜には欠席した。

あの日はそんな状況だった。


だいぶ時間が経って、相続のことなどがあり、母の戸籍謄本なども必要となった。それを何気なく眺めていたら、あることに気がついた。

母の母、さわが小西織之助の実子ではなく、養女となっていたのだ。また、意に沿わぬ見合いを強要されて帰宅直後に縊死したと母が言っていた姉だが、その没年からすると死亡時は十歳に満たない少女であった。それでは、母が、これが一番好きだったお姉さん、と言って僕に見せた写真、そこに写っていた振り袖姿の若い女性は誰だったのだろうか。

かつて父がこんなことになるなよ、こんなことをするなよ、と僕に言ったことが二つある。それは父が僕に直接、言い残した遺言のようなものだ。

一つは、ご母堂の死に際し、その亡骸に突っ伏したまま亡くなられた、早稲田に通っていたころからの親友Mさんの轍を踏むな、ということ。僕の中に母と同じ精神的な弱さを感じていたのだろう。

あとの一つは、僕に物の書き方を諭した件である。父が私淑していた鎌倉アカデミア時代の吉野秀雄先生のご子息・吉野壮児さんが、先生の死後、父親への反発を描いた『歌びとの家』を発表なさったときのことだ。吉野先生の名著に『やわらかな心』がある。それに対して壮児さんが書かれたのは「硬い心」とでもいえるようなものであった。

ある朝、いつものように寝坊してリビングに下りていくと、父が文芸誌のあるページを開いてテーブルの上に置くと、ズイと僕のほうに押し出して、「(俺にもしものことがあっても)こういうものを書くなよ」と言ったのだった。今にして思うと、それが『歌びとの家』であったのではないか。この原稿が僕の「硬い心」になっていなければいいのだが。いや、そうとしか読めないかもしれない。そうだとしたら、僕の至らなさだ。

しかし、父は、その一方で秘密の暴露のない私小説は駄目だ、とも言っていた。この拙文が小説なのかエッセイなのかノンフィクションなのかは分からないが、父はなんと思うだろうか。母は母で、あたしのことは何でも書いていいわよ、と常々言っていた。僕がこの十年ばかり単行本を上梓していないことを気にしていたのだ。

母は夫にさんざん書かれたというのに、息子に創作上のアイデアを提供しようというのだ。精緻な腑分けが出来たとは思わないが、この母についての原稿は、母から僕に与えられた、執筆の材料という献体だと思っている。

父の死後、母は積極的に外出するようになり、社交的といってもいいほどの意外な側面をみせた。それはパパのことを忘れてもらいたくない、の一念からでもあったし、またこれまで自由に行けなかったところへ行きたいという単純な欲求でもあっただろう。

あるいはまた、母の不安神経症の原因自体が、夫・瞳との関係にあったと書いたが、父の死後それが解消されたので、症状自体も軽減されたのだろう。

いや、本当はすでに発作は消滅していたのかもしれない。生来のさびしがり屋という性格はそのままだったから、むしろこの乗り物恐怖症を利用していたのかもしれない。

真相が那辺にあるか明確ではないが、僕が相も変わらず、いずれの外出にも同行を強いられることに変りはなかった。

某社の重役が父の大ファンということが最近分かり、ある人物を介して会食の申し込みがあった。母はこういうとき、嬉々として出掛けるわけだが、もちろん僕も同伴した。いや、僕が送り迎えをして同席しなければ、多少の面識ができても他人と食事をするなどということは、終生できなかったのだ。

仲介役は僕の友人であった。彼が席上、「お母さんはともかくとして、なんで正介にまでタダ飯を食わせなきゃならないんだよ」と面と向かって言う。いやそれは、と話そうとしても事情は複雑で、たとえ説明しても他人にはなるほどとすぐに理解はできないだろう。

いやそれは、もしかしたら治子さん、いいかげんに正介を自由にさせてやったらどうですか、という彼なりの優しさだったのかもしれない。

しかし、僕の隣に坐っている母は、こういう会話を隣で聞いていても、ただ笑ってやり過ごすだけなのだった。おそらく記憶もしていないと思う。それがこの母の病気の病気たる所以なのだった。

父の葬儀の席上、ちょっと時間が空いたとき、喫茶『ロージナ茶房』のご主人、伊藤接さんが、僕を拙宅前の路上に呼び出し、瞳さんもいいときに死んだよ、正介君、これからは自分のやりたいことをやりなさい、と励ましてくれた。

お言葉はありがたかったが、僕の本心は「おやじと僕は世間が思うよりも上手くいっていた。むしろ母がうらやむほど仲良しだった。それにひきかえ問題は母親のほうなんですよ。だから本当のことを言えばこれからのほうが、もっと大変なんです」というものだった。今までは父親と分担していた母の面倒を、これからは僕が一人で何もかも、みてやらなければならない。

こういう話をすると「今はいい施設がありますよ」などとおっしゃる方もいたが、そうはできなかった。父がしてきたように、ただ、僕が自分を殺して付き合っていればいいだけなのだから。

いつのころだっただろうか。母が、おじいちゃまが亡くなるとき、パパは最後まで「オヤジ、頑張れ。オヤジ、頑張れ」って言い続けていたのよ、と教えてくれた。

これは僕にとって意外な証言だった。瞳は一貫して父親との確執を書いてきたという経緯もある。それは『血族』『家族』に結実したし、そもそもデビュー作であった『江分利満氏の優雅な生活』で父と兄弟を疎ましく思う主人公を描いていた瞳ではなかったか。

あの父にして、自称〝冷血動物〟であった父にして、今まさに死を迎えようとしている父・正雄に、そんな言葉を投げかけていたとは、想像もしていなかった。冷徹にその死を見つめていたものとばかり思い込んでいた。

いや、父・瞳こそ、本当に心優しく温かく、人情にあふれた人間だった。

父が危篤状態であったとき、僕は母をホスピスの父の傍らに残し、泊まり込みの準備と称して自宅に戻り、数日分の着替えなどの荷造りをしていた。正直にいえば、現場から逃げ出したのだ。そこに母から、臨終という電話がかかってきたのだった。

臨終という極限状態に対する恐怖から父の死にも母の死にも立ち会わなかった僕こそ冷血動物だ。父のときは自宅に着替えを取りに帰ることを理由に病室を離れた。母のときは大震災を口実に家に留まった。ちょっと無理をすれば、父のときも母のときも、ごく自然にその最期の瞬間に立ち会えたはずなのに。

我が家には芸事が全てというような家風があり、何事も芸能界の習慣にたとえるようなところがあった。演劇用語が家庭生活に持ち込まれ、「役者は親の死に目にあえないものだ」というものを家訓だと僕は曲解していた。肉親の死に対して、その言葉を思い出し、一端の芸人気取りだったが、その実、親の死に直面するのが怖くて現場を逃げ出したのだ。今考えると本番の舞台は臨終の病室であったというのに。

「週刊新潮」の二〇一一年八月二十五日号の「墓碑銘」は前田武彦さんだった。肺炎のため八月五日に亡くなられたという。享年八十二歳。

その本文を読んでいたら、あれ、と思う箇所があった。

結婚当初は「……取れた金歯を質入れしたほど赤貧で、出産を断念したことも数回ある。後に一男一女を授かり、子煩悩だった」と、割とあっさり堕胎に触れている。奥様のお気持ちは察するに余りあるが、誰もが母のように、中絶のあとで不安神経症が重くなったりはしないのだろう。

ちなみに前田さんは鎌倉アカデミアの卒業生で、我が家とは当時から、お付きあいがあった。

母は父の死後、れっきとした特集記事まで書いていただいたのに「あんなに『週刊新潮』に貢献したのに、パパが『墓碑銘』に取り上げられない」などと、いつものように見当違いなワガママを言っていた。本人が三月三十一日号の「墓碑銘」に取り上げられたのだから、もって瞑すべしだろう。

僕はその取材を受けたころ、ふわふわと雲の上を歩いているように現実感がなく、頭が働かず記憶もおぼつかないというような塩梅で、取材に上手く答えることができなかった。しかし、画家の柳原良平さん、写真家の田沼武能さん、文芸評論家の大村彦次郎さん、作家の岩橋邦枝さんが、心優しい、気持ちの行き届いたコメントを残してくださっている。この場を借りて改めて御礼を申し上げます。

父には息子を親兄弟の軋轢で苦労させたくないという思いがあった。瞳には諸悪の根源は兄弟、肉親だという思い込みがあった。それについては色々と書いている。

時として詐欺師まがいの起業家であった父親。気っぷがよく派手好きで宵越しの銭は持たない性格であった母親。父親が何度目かの破産をし、川崎の貧乏長屋に逼塞していたある夜、母はまだ小学生だった瞳の手をひいて寒空の深夜、南武線の踏み切りに何時間も立ちつくしていた。瞳は後に母は心中を企てたのだと理解した。しかし、その数ヶ月後には麻布仙台坂上に屋敷をかまえ、お手伝いや運転手付きの自家用車を持つような生活になる。

あるいはまた、この家の竈の灰まで俺のものだ、と言った腹違いの兄との確執。後にこの兄は「俺はそんなこと言っていない」と言っていたが。

そんな経済的な浮き沈みや兄弟間の行き違いなどから、繊細な神経の持ち主であった瞳は、家族というものにつくづく愛想を尽かしていた。親族や親兄弟というものにとことん疲弊していた。愛読した『カラマーゾフの兄弟』の影響で若き日は自分自身をアリョーシャになぞらえていたようだ。家族関係がこの小説に似ていると思っていたのだ。瞳は生涯、結婚しないつもりであったらしい。自分は清く生きようと思っていたようだ。

しかし、母との恋愛がそれを変えてしまう。母は、あたしがパパを堕落させちゃったのよ、と言っていた。

父、瞳が『江分利満氏の優雅な生活』のなかで、離乳食として与えたマカロニのお代わりをねだる僕を抱きながら「コイツは俺をこんなに頼りにしているんだな」「俺は、もう自殺を考えたりすることができなくなった」と思ったと書いたとき。また、すでに書いた、僕の最初の記憶の中に登場する、病床の母が、「ごめんね。ママ、こんな身体になっちゃって」と言ったあのとき。それからの僕の六十年間はずっと父の思いに答えようとし、母を介護しなければと考えてきた。

母の死後、生まれて初めて門限もなく、日付が変わる前に必ず帰宅しなくてもいい僕がいる。それでも、未だに、こんなに遅くなると、また母が五月蠅いなと思い、ふと、もうそんな心配はしなくていいのだと気がついて寂しく思うのだった。

母の死後、僕は三度、嗚咽とともに涙した。

最初は、死亡確認をしたあと。枕元の先生と看護師さんは音もなく退出された。僕と母を二人だけにしてくれるためだった。退出を確認した瞬間に涙が込み上げた。思いっきり泣けた。声を出し、もう涙が枯れはてる、と思えるまで泣き続けた。

二度目に激しく涙したのは葬儀も終わり、一週間ほど経ったころだった。

宅配の不在通知がポストに入っていたので、その手配をした、翌日の午前中、その荷物を届けに来た若い配達員に「ごめんね。母が亡くなったものだから、誰もいなくて」と留守の言い訳をした。すると、その若い配達員が、ええ、あの優しい奥さんが、と言うなり、その場にしゃがみ込んでしまったのだった。いつも、色々とお話ししていただいた奥さんなんですよ、と彼はしゃがみ込んだまま涙声で言い添えた。

そして、ようやく気が済んだという風情で帰っていったのだが、ドアを閉めたそのあと、これは来るな、と感じた。涙は意外なときにやってくる。

しかし、母さん、あまりにも月並みな設定じゃないか。映画やなんかによくあるパターンだ。葬儀の席上や親戚、友人、知人との挨拶では泣けないが、しばらくしてから、あまり親しくない人の何気ない一言に故人の知られざる一面を教えられ、突然涙があふれてくるという場面を、一体何本の映画で観ただろうか。

まいったなあ。こういう瞬間があるだろうとは予想していた。それが思いがけないときにやってくる、というのも予感していた。しかし、まさか本当に、こんな典型的な場面が用意されているとは。

彼が立ち上がって荷物を渡し、僕が判子を押して、ドアが閉められた瞬間、涙があふれた。

母さん、もういい加減にしてくれよ。あんまり定跡通りじゃないか。

僕はしばらく泣き続け、リビングの椅子から立ち上がることができなかった。

三度目はそれから一月半も経過したころだっただろうか。

ふっと良く留守電に残されていた母の言葉が、その音声とともによみがえってきた。

「しょうすけさん、ママですよ」でそれはいつもはじまった。「○○さんから電話がありましたよ。これを聞いたら電話してあげてくださいね」

ゆっくりと一言一言を嚙んでふくめるような声色だった。

その声が耳の奥にこだまして、また激しく泣いた。自宅であったのが幸いであった。


父はその最期の病室で母に「生まれ変わったらやっぱり妻はあなたがいい。息子はやっぱり正介がいい」と語りかけたという。例の直木賞受賞時にグラビア写真のキャプションとして書いたものと同じセリフを再び口にしたのだ。お気に入りだったのだろう。今、ここに至り万感の思いがあったのか、パロディーが真実になる瞬間だった。

剽窃の誹りを免れ得ないとしても、僕自身も、こう言わざるを得ない。

「お父さんはやっぱり瞳がいいな。お母さんはやっぱり治子がいい」

シェークスピア劇終幕の決まり文句じゃないけれど、心置きなく、人の世のあれこれや人情の機微など、まだまだ聞きたいこと、話し合いたいことが沢山あったのだから。

この稿を草すにあたって、母の日記や、語り下ろし『瞳さんと』（中島茂信・聞き書き／小学館文庫）をあえて参照しなかった。あくまで僕が母から聞いて知っている、記憶していることから構成してみた。

カバー表写真　堀池　猶道
装幀　新潮社装幀室

江《え》分《ぶ》利《り》満《まん》家《け》の崩壊《ほうかい》

著者

山口正介《やまぐちしょうすけ》

発行

2012年10月20日

発行者 佐藤隆信

発行所 株式会社新潮社

〒162-8711 東京都新宿区矢来町71

電話 編集部 03-3266-5411

読者係 03-3266-5111

http://www.shinchosha.co.jp

印刷所

二光印刷株式会社

製本所

加藤製本株式会社

乱丁・落丁本は、ご面倒ですが小社読者係宛お送り下さい。
送料小社負担にてお取替えいたします。
価格はカバーに表示してあります。

ISBN978-4-10-390605-6 C0095